U0513906

长篇抗日小说

卧牛酒店

李超英 著

山东画报出版社
济 南

图书在版编目（CIP）数据

卧牛酒店 / 李超英著. -- 济南 : 山东画报出版社, 2025. 4. -- ISBN 978-7-5474-5107-6

Ⅰ. I247.5

中国国家版本馆CIP数据核字第2024WJ8999号

WONIU JIUDIAN
卧牛 酒店
李超英　著

责任编辑　王　伟
装帧设计　王　芳　刘悦桢
书名题签　于明辉
封面插图　董安治

主管单位　山东出版传媒股份有限公司
出版发行　山東畫報出版社
社　　址　济南市市中区舜耕路517号　邮编 250003
电　　话　总编室（0531）82098472
市场部（0531）82098479　82098476（传真）
网　　址　http:www.hbcbs.com.cn
电子信箱　hbcb@sdpress.com.cn
印　　刷　山东临沂新华印刷物流集团有限责任公司
规　　格　160毫米×230毫米　32开
9.5印张　260千字
版　　次　2025年4月第1版
印　　次　2025年4月第1次印刷
书　　号　ISBN 978-7-5474-5107-6
定　　价　46.00元

如有印装质量问题，请与出版社总编室联系更换。

谨以此书纪念

中国人民抗日战争暨世界反法西斯战争胜利八十周年！

序

长篇抗战小说《卧牛酒店》一书，真实描述了一个中国民族工商业家族支持和参加抗日战争的故事。从一个家族不惧重重困难，不畏日寇、汉奸的残酷折磨和欺压，积极参加抗战的缩影，折射和反映出中国人民不屈不挠、浴血奋战的世界反法西斯精神。

该书的编写和出版时间，正值中国人民抗日战争暨世界反法西斯战争胜利八十周年之际，再次提醒中国人民和全世界爱好和平的人们，永远不能忘记二战日寇侵华的那段屈辱历史，教育和警示我们子孙后代，时刻警惕日本军国主义死灰复燃，只有警钟长鸣，防患于未然，才能让世界充满和平的气氛，保卫和平的成果，尊享和平的幸福生活。

《卧牛酒店》一书写作方法以小见大，情节环环相扣、逻辑严谨、内容生动完整。该书既是一部一滴水见太阳的抗战经典之作，又是一部能激发全国人民爱国主义热情的史诗篇章。

前言

《卧牛酒店》是具有真实故事、真实地点和人物原型的中共地下党抗日小说。从山东省乐陵市冀鲁边区革命纪念馆中，也可以查看到众多相关佐证的史料。整篇小说的时间线从1930年贯穿到1945年，完整叙述了一个家族在中国人民十四年抗日战争中不屈不挠、不畏牺牲、前赴后继地将抗战进行到底的民族精神。

故事主人公是中国共产党的优秀党员、卧牛县商会会长、洛北地区特别党支部书记季鸿泰。在面临国家和民族存亡之际，祖孙三代坚决拥护和支持中国共产党的抗日主张，积极加入中国共产党。面对日寇和汉奸的残酷欺压，他们进行了不屈不挠的顽强斗争，历尽千难万险，克服重重困难，卖房卖地筹款，节衣缩食开店，倾其家族工商业的全部财力，为八路军临海军区野战医院购买急需的药品和医疗器械，抢救了众多八路军临海军区的抗日将士和革命群众，为痛击日本侵略者做出了巨大贡献，谱写了中华民族不屈不挠、英勇奋战、可歌可泣的光辉诗篇。

主要人物表

01. 县商会会长　　季鸿泰
02. 季会长太太　　季张氏
03. 季家大少爷　　季传瑞
04. 大少奶奶　　季许氏
05. 季家二少爷　　季传祥
06. 二少奶奶　　季王氏
07. 大小姐　　季雪梅
08. 大公子　　季嘉圣
09. 二小姐　　季雪兰
10. 二公子　　季嘉承
11. 酿酒工艺师　　苏　米
12. 私塾老师甲　　邢儒林
13. 私塾老师乙　　杨万田
14. 药店医生　　吴玉棠
15. 药店伙计　　王春柱
16. 内房掌柜　　王尚德
17. 钱庄掌柜　　孙文庆
18. 接生婆　　宋奶奶
19. 酒楼掌柜　　苗福林
20. 酒楼小二　　窦小豆
21. 三鑫掌柜　　金发财
22. 军区司令员　　江云龙
23. 政治部主任　　李自清
24. 独立团团长　　徐匡五
25. 运输处处长　　程向东
26. 物理课老师　　程晓洁
27. 船东郑老大　　郑力航
28. 侦察员甲　　王铁林
29. 侦察员乙　　曹守信
30. 特务营营长　　郭丙庆

31. 保安团司令　　赵常明

32. 宪兵队长　　松野一郎

33. 日本翻译　　刘怀水

34. 宪兵曹长　　小岛君

35. 锄奸大队长　　路有水

36. 警卫排长　　李风竹

37. 汽车司机　　王长工

38. 卧牛县长　　周有三

39. 作战参谋　　刘义德

40. 侦察参谋　　占大山

41. 警卫连长　　孟青松

42. 典礼司仪　　孔　德

目录

第一章

季府喜添爱孙 张灯结彩庆贺

在广阔的鲁北平原上，坐落着一个具有千年历史文化的县城。从空中鸟瞰城池的形状，就像一头俯卧的巨大水牛，故得名卧牛城。由于土地平整，水系发达，交通便利，通商繁忙，再加上历代人都尊儒重教，卧牛县自古就是鲁北平原上有名的富足之地。

位于卧牛县城中心的季府，是卧牛城里有名的大户人家，整套宅院坐落在卧牛县城十字大街向南的柴火市街东侧。这里是县城商业最繁华的地段，柴火市街南北长度大约三百米。大街东面的中间部分是季府大宅院，整套宅院由东、中、西三部分组成，南北长度约占整条柴火市大街的一半。这套大宅院的主人就是卧牛县城有名的大绅士、县商会会长季鸿泰，人们尊称他为季老爷。

季老爷宅院西面靠街部分是商铺，从北向南的五家商铺依次排列。五家商铺全是统一建筑风格的房屋，商铺大门上悬挂着统一尺寸的牌匾。这是整条大街最整齐、最美观、最具商业特色的清末鲁北建筑群。

大宅院中间部分是“目”字形的内宅区，从南往北是三进院的布局。最前面的院有朝东南的黑漆红边铁皮包木的宅院大门，这是整个宅院的正门。大门上方挂有黑底红边金字的长方形牌匾，上面阳刻两个隶书的大金字“季府”。进大门迎面是一个砖雕影壁，整面影壁上画着《泰山日出祥云流水图》，泰山日出寓意家兴人旺，祥云寓意祥云高照，流水寓意财源滚滚。在影壁的两边镶有一副对联，上联是“耕读兴祖业”，下联是“忠厚传家长”。影壁后面是三间三门的南屋，靠东一间是放轿子的车库，中间是马棚，靠西一间是饲料库。大门北边有三间一门两窗的东屋，是季府看家护院的家丁和马夫的值班房。西面是三间一门两窗的西屋，是季府储存粮食及杂物的仓库，西南角小矮房是茅厕。院子主轴线甬道两旁各种有一棵两手对口粗的枣树，左边一棵是金丝小枣树，右边一棵是大圆枣树。每年农历七月底、八月初的金秋时节，两棵挂满果子的枣树就飘来香气，映红满院。院内种植两棵枣树的寓意是祈盼季府里的子子孙孙早些成熟，早安家立业。

前院和中院之间是一道两米二高的砖墙，中间是一座庄重、简洁大方的垂花木门，通向中院。中院有五间北屋正房，中间是中院和后院的过堂，东面两里间屋分别是季会长的办公室和书房，西面两里间屋分别是季会长的会客厅和餐厅。中院东面有三间一门两窗的东屋，是季府的私塾学堂，靠前院的两间是有梁的，通开间做教室用，北边里间留有内门通向教室，是私塾老师备课兼住宿的房间。中院西面对称地也有三间一门两窗的西屋，是季府的银库和账房。在中院主甬道的东西两旁，各种有一棵碗口粗的大柿子树。每年深秋时节，鲜红的柿子挂在树枝上，就像一个个小红灯笼一样，很是惹眼，又喜庆吉祥，这两棵柿子树的寓意是祈盼季府家人的学业、事业、商业事事如意。

穿过中院中间堂屋的后门，是季府后院内宅。季府一家三辈共有七口人，季老爷夫妇、大公子季传瑞夫妇、二公子季传祥夫妇及大孙女季雪梅。左边是三间一门两窗的东屋，二少爷一家四口居住在此。右面同样是三间一门两窗的西屋，是季府内宅的餐厅和厨房。西南角是内宅的茅厕，分为男女两个茅厕。后院正房是五间大瓦房，中间是大客厅，是全家人聚会的地方。东面两里间是季会长夫妇的卧室和家设佛堂，西面两里间由大少爷两口子住着。在后院中间主甬道东西两侧，各种有一棵三米多高的甜石榴树。每年中秋节前后，拳头大小的石榴压满枝头，成熟的石榴张开嘴笑，露出一粒粒晶莹剔透、红水晶般的石榴籽，满院都透着石榴成熟后特有的香甜味。两棵枝叶茂密、硕果累累的大石榴树，寓意是祈盼季府里多子多孙、人丁兴旺。

季府从前到后三进院落中轴线南北贯穿，东西两侧建筑物工整对称，中院正房和后院正房的屋脊依次增高一尺九寸，充分体现了中国建筑的传统模式，寓意步步登高。再从前、中、后三院种植的果树看，枣树寓意子孙早熟，柿子树寓意事事如意，石榴树寓意多子多孙。由此可见，季府的层层院、棵棵树，都充满了对生活的美好向往和期盼。

眼下，季老爷的最爱就是二儿子屋里的大孙女雪梅，一有空就把雪梅喊来背唐诗。雪梅每背会一首，爷爷就赏她一个铜钱，抱着她去前面街上买糖葫芦。

季老爷夫妇看着二儿媳的肚子一天天大起来，就把抱孙子的希望放在二儿媳身上。每逢雪梅和爷爷玩完游戏了，奶奶就拉着孙女的手问："小梅啊，你是喜欢要弟弟啊，还是要妹妹啊？"每次季雪梅都会语气坚定地向奶奶说："我要弟弟！"奶奶看着孙女那股子认真劲儿就高兴地说："童言无戏，天随人愿啊。"尽管老太太嘴上这样说，其实心里还是不踏实，她还是照样每逢初一、十五虔诚地给观音菩萨敬香，希望菩萨保佑季家早添爱孙。

1930 年 8 月 22 日卯时，在季府后院的内宅东屋北间里，一声婴儿响亮的啼哭，划破了黎明前的宁静。接生婆宋奶奶赶紧向季老爷和二少爷报喜："老爷、二少爷，恭喜！恭喜！二少奶奶生了个七斤九两的大胖小子啊！"正在客厅里来回走动、搓着手着急的季老爷闻喜拍掌，对二少爷说："太好啦，真是天遂人愿！快、快，赶紧到祠堂敬香，感念观音保佑，感恩祖宗庇荫，咱老季家孙女、孙子双全了！"

季老爷率全家男女老少来到季家祠堂，首先在供桌上摆好整只鸡、整条鱼、长寿糕、大馒头、步步糕、红苹果、石榴、橘子、香蕉等九大贡品，斟上三杯纯高粱白酒，再敬上三炷高高的檀香，又烧了九叠黄表纸。然后，全家人都跪下向李氏祖宗汇报："咱老季家喜添爱孙，请祖宗保佑孙子健康壮实成长，早成家立业，光宗耀祖！"全家一起行三跪九叩大礼。随后，季府的大门外响起了噼里啪啦的鞭炮声，整个季府沉浸在一片喜庆欢乐的气氛中。

按照鲁北地区的习俗，孩子过满月才能起名。满月的头一天，二少爷季传祥和二少奶奶抱着儿子来到客厅，向老爷说："这孩子还没起名字呢，明天满月了，请爷爷给小家伙起个名字吧。"季老爷高兴地说："我早想好了，祝长孙立业嘉庆，盼长孙读圣贤书，取两句话中的各一个字，既显底气足又盼孙子成才，按咱家的家谱，他也是'嘉'字辈，就叫'季嘉圣'吧，音好、字好、意好，很符合咱中国人起名的规矩。"大家都说爷爷起的名字真好听。二少奶奶又问老爷，再给孩子起个乳名吧。老爷一笑说："马上满月了，看这小子头发还不是很密，干脆就叫'秃子'吧？"二少奶奶听后，自言自语地嘟囔道，这叫啥名啊？老爷说："老辈人都说，给小男孩起名，起得越难听，就越长命啊！"二少奶奶一听就乐了，说道："那小名就叫秃子吧，孙子辈男孩排行老大，今后就叫'大秃子'吧！"二少奶奶的话音刚落，客厅内响起一片愉快的笑声。

到了9月21日这天，全家都忙活着张罗满月酒。宅院大门、各房内门都贴上红纸书写的大金喜字，中院里摆满了酒席，酒桌都铺上大红桌布，酒菜里特意安排了四喜丸子，在主餐的饭里也特意安排了红枣粽子，寓意孩子早熟、光宗耀祖。总之，季府大院里的欢庆气氛非常浓厚，三言两语也说不完、道不尽。

季老爷家有这么大的喜事，县城四街各商铺纷纷前来贺喜，虽然说喜礼多少、品种类型各不一样，但大家都是想表达一份祝贺的心意。自然，季老爷那高兴劲不用说，给爱孙过满月的酒席一定要办得风风光光、热热闹闹的。孙子满月这天上午，季老爷身穿浅蓝色印花夏布长袍，脚登黑色双鼻千层底布鞋，花白的头发向后梳得整齐，满面红光地站在前院大门口，迎接前来喝喜酒的亲朋好友。季老爷高兴地山羊胡子一撅一撅的，冲着大伙右手一挥说："走，咱们喝满月喜酒去。"季老爷兴奋地一路哼着谭富英唱的拿手京剧《空城计》："我正在城楼观山景，耳听得城外乱纷纷，旌旗招展空翻影，却原来是司马发来的兵……"众人随着季老爷又说又笑地到了酒席前。

二少奶奶抱着嘉圣，随后也来到酒席前。大家见了都夸这小子长的大脑门、双眼皮，白白胖胖的，长大了肯定有大出息！酒席上，大家七嘴八舌，直夸得二少奶奶不好意思，赶紧向客人们还礼说："那俺就托大家的吉言，孩子还是有出息好，有大出息更好。大家都吃好，都喝好啊！"二少奶奶感谢过大家之后，就抱着儿子回内宅休息去了。

街里街坊看到季老爷在酒席上始终笑得胡子朝上翘着，满心的喜悦都写在脸上，高兴得眼睛都眯成一条缝了。

第二章

酿酒技师临门
卧牛酒店开业

第二天早上，季老爷和往常一样，早起先到书房里泡一壶绿茶，喝上头一泡茶之后，便走出大门到前面店铺转转看看。他刚出大门往右面一看，发现有一位身体瘦弱的老人倒在店铺门口。季老爷三步并作两步，赶紧过去，弯下腰，用手一摸老人的鼻孔，感觉到还有微弱的呼吸，立马站起来喊店里的伙计，赶紧把老人抬到店铺里的床板上。伙计先喂了老人少半碗温开水，等老人慢慢睁开眼睛后，又喂了多半碗小米粥。随后，季老爷又让店里的伙计去请郎中，赶快给老人看病。郎中来了，先给老人把过脉，又看了看老人的舌苔，然后起身对季老爷说："看症状，这个老人没有生命危险，就是身体太虚弱了，我给他开几服中药调理一下，再静养一段时间，就会好多了。"季老爷送走郎中，又让伙计把老人抬到店铺的后屋，吩咐店里安排专人照顾，需要花钱买药就从账房支取。季老爷更是每天抽空来看看老人，确保老人得到周到的照顾和细心的治疗。

经过半个多月的调养，老人渐渐恢复了健康。他自我介绍道："俺名叫苏米，今年六十九岁，原是四川宜宾酒厂的酿酒技师。老伴因疾病去世，俺才孤身一人到北京看望读书的儿子。俺到北京后经过一番折腾才找到儿子读书的学校，听儿子的同班同学们说，他在一个月前上街参加游行时被警察抓走了，现在到底是死是活，始终没个音信。俺在北京一边讨饭一边等儿子的音信，这一等就是三个多月，到头来却没有见到儿子一面。无奈之下，俺才出北京过霸州到沧州，又从沧州经南皮县到宁津县，再从宁津县过德平到卧牛县城，一路讨饭流浪到了此地。算起来，俺已经四天三夜没有吃一口饭了，昨晚进城后走到店铺门口就饿晕过去了。"季老爷听了老人的身世，又念老人家无依无靠，便收留他在鸿发贸易货栈打杂工度日。苏米对季老爷的救命之恩和收留之情一再表示感激。

苏老先生虽已年迈，但心却不懒。他早上起床在店里打扫卫生、烧开水，跑里跑外地照顾店里的生意，晚上在店里练练毛笔字，夜里就睡在店里看守店铺，天天如此，忙得不亦乐乎。店里从掌柜的到小伙计们，人人都喜欢苏老先生。因为他心善、脾气好、手脚勤快，时间一长，大家都感觉店里的好多活已经离不开他啦。

季老爷隔三岔五到店里看望苏老先生，问他近期身体如何？在北方生活还习惯吗？儿子是否有音信了？时间一长，苏米老先生发现季老爷为人厚道善良，做生意很讲诚信，便产生了要帮季老爷的念头。苏米老先生对季老爷说："老爷您待我太好了，俺不能老是待在您这里吃闲饭啊！我这老头子没有别的本事，但对酿酒、调曲、勾兑酒有拿手的技艺。这段时间我打听着咱卧牛城里还没有像样的酒厂，如果老爷信得过我，凭老爷您的为人、气场和实力，我们开一家前店卖酒、后厂酿酒的白酒作坊，应该是有买卖可做的。”季老爷一听苏老先生说的话很有道理，就赞同地说：“这事您老先仔细合计合计，等您老身体都好利索了，咱们再动手筹备开办酒厂也不晚啊，我后宅东面还有十七亩地的菜园子，您看办个酒厂够不够用？”苏老先生高兴地说：“足够啦、足够啦，在我们四川老家山多地少，别说十七亩地，就是七亩地也是个很大的地啊。这十七亩地就是老大的地盘了，能开一个很大的酒厂嘞。”

又经过了一个来月的精心调养和治疗，苏老先生的身体已经痊愈，人也显得精神了许多。他就主动找季老爷商量办酒厂的事，季老爷对他说：“我已把后院东面十七亩菜地收拾平整，建酒厂的工匠也找得差不多了，就等着您确定具体位置了。”苏老先生说：“我已经画好了草图，咱们先到东面菜园地里看看，确定出储粮仓、造曲房、发酵池、蒸馏间、调酒勾兑房、成品酒仓库、酒糠翻晒场等七个厂房的具体位置。”大家说干就干，季老爷、苏老先生、工匠头等众人，带着白石灰粉、定位木桩和测量绳等一起来到菜地，做好开工前各种规划和定位的准备。

开工之前，季老爷和苏米老先生带领众工匠先到工地，在工地中心位置放上坐南朝北的大条桌，向泰山碧霞元君敬九样贡品、献三大碗美酒、点上三炷高香。然后，季老爷率众人面朝泰山的方向，向碧霞元君行三跪九叩大礼，祈求碧霞元君保佑酒店开业大吉，紫气东来，生意兴隆，八方客来，财源滚滚。

从农历九月二十七日正式开工，紧锣密鼓地一直忙到腊月三十日竣工，整个酒厂的七大部分厂房和酿酒设备已基本就绪。其中，108个用大青砖和糯米汤做的窖泥砌的发酵池，是完全按照四川五粮液酒厂的施工工艺和方案建造的，为白酒的品质提供了技术和工艺上的保证。发酵工艺是酿酒品质的首要保证，其次是勾兑配方以保证白酒的口感，最后才是加水调控酒的度数。当然，好水也是酿好酒必不可少的重要原料。

菜地里有一口水井，谁也不知道是何年、何月、何人所挖的。街坊四邻有的说是康熙年间的，有的说是雍正年间的，还有的说是乾隆年间的。这口井到底是什么年代的？其实早已无从考证了。井口四周的石条上，留有很多道一两寸深浅不等的绳沟，见证了这口水井久远的历史。一年四季无论天有多旱，这口水井始终水量充足，再没有井干见底的时候。更加让人感到神奇的是，如果用这口井里的水烧开水，不论烧多久壶内都不会结水垢，水壶内部干净如新。但是，在卧牛城里与这口水井相距几百米以外的地方，共有七八口井都不行，不是水量不足就是水垢太多。所以，卧牛城里四街四关的居民都用这口井里的水做饭、泡茶、煲汤。当苏米老先生喝了这口井里的水后，他就高兴地说：“这是一口上好的甜水井，更是酿好酒、增口感的必备物料，实属难得，卧牛城真乃天赐福地。”

经过大家的共同努力，万事俱备，就差给酒厂和酒店起名字了，季老爷确实在这方面做了很多功课，因为给店铺起字号要有文化底蕴。所以，季老爷先是翻看了《卧牛县志》和《卧牛县大事考记》等历史资料及书籍，又走访了四街四关的乡绅和商铺的老掌柜，前前后后共计走访了十几人，细心听取大家对办酒厂的看法。经过几天的琢磨和思考，季老爷胸有成竹地给酒厂起名为“卧牛酒店”。一看这字号，就知道这酒店是卧牛县城的酒店，既大气又响亮。季老又给前面靠街卖酒的商铺起名为“和成酒坊”，寓意是和气生财、事业有成。取其第一句话的第一个字和最后一句话的最后一个字，这就意味着做事有始有终，万事求个圆满。

酒的商标就是隶书的“和成”二字，庄重、大气。一切准备妥当，就等选良辰吉日举办开业庆典了。

1931 年正月初八午时，卧牛县城柴火市街季家商铺门前，鞭炮齐鸣、锣鼓喧天，沿街各商铺店面掌柜手捧请帖前来祝贺，街坊邻居纷纷前来捧场，卧牛酒店里烧酒蒸锅的大烟筒升起浓浓的白烟直冲云霄。季会长亲自为卧牛城里第一家真正的酒厂剪彩！季家的“卧牛酒店”与“和成酒坊”同步隆重开张。这是典型的前店销售、后厂酿酒的现代经营模式，在当时也是效率很高的企业模式。

酒厂的大门朝正北，位于整个酒厂的西北角，进大门向南走就是占地八九亩的大广场，主要用来晾晒酒糠。在广场的西面是季府三进院的东围墙，广场西南角是季府三进院的正门，也就是说季府内宅的大门外面就是酒厂的大广场，不进酒厂的大广场也进不了内宅。广场的南面是酒厂存放粮食的三排仓库，分别存放着酿酒用的红高粱、地瓜干、稻谷糠等三种原料。广场的东面分别是两排成品库房，四排酿造、勾兑厂房和一百零八个长方形的发酵池。在广场的东北角就是那口甜水井，一年四季清澈不干，多年烧水的壶底没有一点水垢。这好水也是酿酒的主要原料之一，好酒必用好水。卧牛酒店雇有三十八个伙计，是当时全县真正有规模的工商企业，更是黄河以北十几个县城中最大的酿酒厂。

冬季是一年四季中蒸馏出酒率最高的季节。卧牛酒店刚刚开业，就以用粮精细、井水甘甜、勾兑讲究、配方合理、酒香醇厚而闻名于鲁北城乡。在短短半年的时间内，周围十几个县城的商户纷纷前来批发卧牛酒店的固体蒸馏纯高粱酒。城里四邻常喝白酒的老客户，一喝到“和成”牌浓香型白酒，都直夸喝了“和成”酒，无忧无虑、浑身舒服，说什么也不想再喝其他品牌的白酒了。

曾任山东军务督办、山东省省长的张宗昌，人称“三不知”将军，即兵不知有多少，钱不知有多少，姨太太不知有多少。张宗昌自认身为孔圣故乡的父母官，不带点斯文气，就等于枉来山东一趟。于是乎，他就拜清末状元王寿彭为师，学诗文格律。经过一番折腾之后，张宗昌的诗词功底大有长进，不久就出版了一本《效坤诗钞》，并分别送给达官显贵和诸友。其中有一首诗是《赞卧牛酒》：

赞卧牛酒

卧牛城里和成酒，祝寿贺喜好兴头。

一杯喝了再一杯，品后如仙无忧愁。

张宗昌这首打油诗与卧牛酒店的和成酒有关。当时的卧牛县长在张宗昌过生日时，把卧牛县“和成牌”纯高粱白酒作为寿礼送至宴席。祝寿来宾品后，赞美声一片，张宗昌现场即兴作诗一首。张宗昌在山东做官的口碑很一般，当然，他写诗的水平也没人敢恭维，但是卧牛县城里的“和成牌”纯高粱酒却因此在山东一炮打响，红遍齐鲁大地、黄河南北。

在经营卧牛酒店成功的基础上，季老爷又陆续设立鸿发贸易货栈、恒泰鞋帽商铺、鑫泰钱庄等三家商铺。季老爷的生意就像滚雪球一样，生意越做越大、财富越聚越多、人气越集越旺。前前后后算起来，季家仅用了十年左右的时间，就从挑着一根扁担进县城卖窝窝头开始，一步一步地发展到卧牛城里第一富商巨贾，其发展速度令人赞叹。

季老爷虽然富甲一方，但他从不口出狂言，更不做欺行霸市、鱼肉街邻之恶事。每逢街坊四邻有红白大事或过年过节，季老爷都是让伙计把酒装好，挨家挨户地给街坊邻居送酒去，街坊邻居都非常感动。每每有人向季老爷道谢，季老爷总是双手合十说：“这么多年来，还不是多亏街里街坊们帮忙，多亏老朋友捧场嘛，我是从内心感激不尽、感激不尽啊！咱自己酿的纯高粱酒，过年过节的得请大家都尝尝。”

季老爷更让街坊邻居赞不绝口的是仁义，当别人欠他账，他从不去要账，并常对家人说："谁家没有短缺的时候，谁家有钱还愿意向别人借钱？这都是一时困难逼得没有办法的事啊！人真遇到过不去的坎，被逼无奈，才张口向别人借钱。所以，遇到人家借钱不还，咱千万不能上门去要，这也是积德行善啊！"季老爷不但这样说，更是严格要求家人们这样做，还给家人和掌柜立下规矩："坚决不能向借款人要账，人家主动来还账，咱就收下；凡是不来还账的，无论人家欠多少钱、欠多久，咱们绝不能主动开口提起借钱、借粮、借物等事。如有家人违反，按家规处理；如有掌柜或伙计违反，立刻解雇！"

自从季老爷立下了这严格的规矩，第一个撞到枪口上的就是鞋帽店的前柜张师傅。他人很老实也很犟，是一个凡事总要较真的人。钱庄对面有一户卖烧饼的王老头，因有腿疾且冬天老是站着卖烧饼，所以脚冷得受不了。当时，他想在鞋帽店赊一双厚底棉鞋，张师傅看在对面邻居的面子上就赊给了他。眼看就到腊月二十三小年，按惯例柜台上年底要拢账了，张师傅仍不见对面王老头来还钱，晚上打烊以后就到对面烧饼铺找王老头要账，王老头说："咱们都是邻居，低头不见抬头见，我年后再还你的鞋钱行不行？"

张师傅一听这话，犟脾气就上来啦，嚷嚷道："当初我是看在邻居的面子上才赊给你鞋的，眼看就快过年了，柜上要拢账盘点了，你不还账，难道让我给你垫上吗？"他俩这一嚷嚷，就被鞋帽店掌柜听到了，掌柜的赶紧走到对面烧饼铺把张师傅拉回来，关上门板后说道："张师傅，咱家老爷立的规矩，借钱不主动还账的都不能去要，你为了一双棉鞋去坏了老爷的规矩和名声，你还想不想在这里干活了？”张师傅听了连忙认错改正，从此再没有这类事发生。

第三章 会长带头募捐 众赞功德高尚

由于季老爷为人厚道、经商守信，有乐于捐助、热心帮忙、扶弱济贫等义举善事，他在县城商圈内和四街四关百姓中威信大增。大家有啥困难和解不开的心事，都愿意找季老爷请教和商量，季老爷在四邻八街中德高望重。

1931 年 12 月 31 日，八十五岁的老商会会长吴老爷卸任。经过各商家掌柜的投票选举，季老爷担任了新一届县商会的会长。

自从季老爷当上县商会新一届会长后，他就开会倡导各商号店铺积极捐款，用来改造卧牛城。在会上，他首先带头捐款一百八十块大洋，在季会长的带头作用下，全城各商号店铺掌柜的都踊跃捐款，仅仅一个月里共计捐款五百一十一块大洋。

筹集到了这笔捐款后，季会长带领大家干的第一件事，就是维修已经破旧不堪的孔庙。季会长提议，同时在孔庙右边开办第一所男女学生同堂上课的卧牛县立和成小学，旨在唤起全县百姓尊孔重教的意识。季会长常常挂在口头的一句话就是："不识字本身很可怕，不懂道理就更可怕，只有教育后代多读书、明事理、做大事，才能旺家兴国！"大家都称赞季会长见识高、眼光远。

农历二月初二是龙抬头的好日子，卧牛县城孔庙维修开工典礼就选在二月初二上午的10点19分开始。

首先，季会长带领大家向孔子像敬上三炷香。然后，大家一起行三跪九叩大礼，接着是由会长致辞表示祝贺。鞭炮齐鸣，工匠们正式开工维修。为了保证筹集善款的合理使用，季会长让每个出资商家派一个代表组成孔庙修缮监督促进会，专门掌管维修资金的筹集和使用，并且每月向出资人通报资金开支情况和修缮工程进度。

按照修旧如旧的规定，经过八个多月的紧张施工，孔庙上原来损坏的木质结构已全部更新，裂纹的墙面和壁画已修饰完好如初，脱落的油漆经过粉刷已全都恢复原样，三米九九高的木质孔子塑像又用金粉装饰，金光闪闪、典雅大气。维修粉刷一新的孔庙，成为卧牛县城的一大主要特色景观，最重要的是到孔庙祭拜孔圣人的各界人士和百姓更多了，香火也更旺了。尊孔重教、望子成龙、盼女成凤、崇尚文化在百姓中已蔚然成风。

卧牛县立和成小学也同步竣工，使城乡百姓更加有条件重视对后辈的教育。从初级小学到高级小学，学生可在一校读完毕业。由于孔庙修缮监督促进会精打细算，再加上百姓自愿捐工捐料等，两项工程共花去四百零九块大洋，各项工程花费都一一详细记录造册，并分别刻碑立在孔庙和小学大门前，以向官民公示。

卧牛县城孔庙维修竣工典礼与卧牛县立和成小学开学典礼，选在9月28日——孔子诞辰。

上午10点19分，孔庙门前鞭炮齐鸣，锣鼓喧天，舞龙舞狮、旱船秧歌等节目，展现了一派热闹场面。整个庆典有六项内容：

首先，由主持典礼的司仪宣布到场嘉宾的名单。

第二，由县商会的新任会长季鸿泰先生宣读孔庙修缮和修建卧牛县立和成小学的意义，以及店铺和个人捐献物资数额名单。

第三，由卧牛县县长宣读纪念孔子诞辰两千四百八十三周年祭文，全篇共计九百九十九个字。

第四，由季鸿泰会长带领众嘉宾向孔子像敬献高香，然后大家一起行三跪九叩大礼。

第五，特意安排由男、女小学生各一名背诵《论语》《三字经》和《百家姓》。

第六，请与会嘉宾和百姓代表参观孔庙和卧牛县立和成小学的全部校区。

卧牛县城有修缮如新的孔夫子庙，再加上新建的县立和成小学，在鲁北大平原上成为周围十几个县城中数一数二的模范县城。同时，和成小学也极大地吸引了孩子们上学的兴趣，长辈们也盼着自己的孩子上学识字、学文化。一时间，不但城里的孩子，就连四街四关和各乡镇的适龄儿童都来报名上学。最后，各个班级的学生都安排得满满当当，大大超出了县商会和学校预计的招生人数。

学校课程设置有算术、国文、地理、历史、常识、体育、自然、卫生、音乐、图画等课程，任课老师均是来自卧牛县师范学校的优秀毕业生。在校园的前面是个大操场，操场的周围种了一圈垂柳，每当风一吹起，长长的柳条就像美丽少女的长发随风飘荡，给操场增添了绿意。在操场的北面是三排整齐的教室，每个教室可以坐三十个学生，全校可以容纳一百八十个学生，和成小学已成为卧牛县城里课程设置最全、设施最完善、师资力量最强的全日制县立公办小学。

季会长带领大家做的第二件事，就是铺街道。县城十字街向南到县衙门前，是一条长约三百米的沙土大街，这条街的名字就叫柴火市街，这条大街是县城举办重大庆典和活动的主要场所。柴火市街日常里与县城其他街道一样，晴天是一层土、雨天是一地泥、风起尘土飞扬、雪天变成溜冰场，两边的店铺和城里的行人都吃尽苦头。谁都知道这路不好走，但是谁也无可奈何。季会长看在眼里记在心里，又亲自带领大家整平街道路面，疏通大街两边的排水沟，用两个多月的时间把整条大街铺成青砖面。竣工之日，城里的百姓就像看西洋景一样，纷纷走在青砖大街上，百姓们边走边纷纷议论说："这大街铺得像镜子一样平，咋走在上面还不太适应呢？"通过商会的精打细算，百姓们自愿捐助工料等办法，铺设这条三百米左右的青砖大街，共花费九十六块大洋。除去修缮大街的工程用款，当初的捐款仍余有六块大洋。

柴火市大街竣工后，由卧牛县县长亲自题字立碑，正面题字为“模范大街”，背面为捐赠人名单及数额，按捐款数额多少排序，分为上、中、下三部分。

季会长带领大家做的第三件事，是清理水井。在县城南门外东五十米和西五十米各有一眼水井，传说这是卧牛的两只眼睛。只有擦亮卧牛的眼睛，才能保佑全县百姓都过上丰衣足食的好日子。两个井口镶的木头沿框都已年久失修、破损严重，井底淤泥太多，已经严重影响出水量。尤其是早上打水的人多时，就会出现水少见到井底的情况，只有等到中午过后，泉眼才能出部分水来。所以，水井周围的百姓都有起大早去排队打水的习惯，不然，去晚了就又没水了。季会长考虑这是关乎城里百姓生活的大事，不管有钱无钱、钱多钱少，都必须把这件事情抓紧办好，让全城老百姓不缺水喝。这是本届县商会的当务之急。

虽然募捐的善款仅剩下六块大洋，但季会长郑重地说：“只要大家想办法把井底的淤泥清理干净，让井底的泉眼多出水，再把井口的木沿框换成防滑的石头沿框，不论花多少钱，我都包了。”在场的乡绅百姓都感动地齐声说：“请季老爷放心，我们再不干好这个活，就没有任何道理可讲啦！”

大家轮流下井挖淤泥、清杂物，白天黑夜不停工，一直清理到看见当初挖井时的底盘为止。等到两口井全部修缮清理完工，一算连工带料整整二十块大洋。季会长说到做到，挖井超出的花销全部由他承担。这一年内三项工程做下来，总投资整整是五百二十五块大洋。

经过整修后，井口沿边镶嵌上了大理石的井沿，为了防滑还特意让石匠打上菱形花纹，既结实耐用又美观。清理后的井底泉眼涌流畅通，出水量明显增大了许多，每天不论多少人集中打水，再也没有发生见井底的现象。南关大街和周围百姓用手捧着透明、冰凉、甘甜的井水，对着季老爷感慨地说："吃水不忘挖井人，今天咱们是吃水不忘季老爷。"季老爷赶紧恭手还礼，连连说："都是大伙干的，我只是操点儿心而已。"

说来也巧，这一年卧牛大地一片丰收。秋季每亩地比往年多收五十多斤玉米，就连往年不长庄稼的地边地沿也长满了地瓜、胡萝卜和黄花菜。百姓们都说："这就是咱们全县百姓敬重孔圣人求来的风调雨顺、五谷丰登。两口水井清理得干干净净，使咱们这头卧牛的眼睛明亮了，牛有精神就能多干活了。瞧瞧看，咱们老百姓都能过上丰衣足食的好日子了。"

农历腊月初八这天，各商铺掌柜的都聚集在商会一起喝腊八粥。大家你一言我一语，议论着县商会这一年来做的每一件事，都说今年修文庙、盖学校、铺街道、清水井，季会长带领大家做的这些善举、义捐、好事，一桩桩、一件件都不平凡，事事都做得顺民意、得民心，受到了全城老百姓的一致好评。全县乡绅和商人们对季会长的正直人品和办事能力心服口服，并一致同意给季会长凑份子送个过年的大礼。听了大家的夸奖和准备送年礼的想法，季会长连连向大家致谢说："谢谢各位，俺心领了。咱们大家为县城老少办点实事，钱是大家凑的，活是大家干的，我只是操操心、动动脑子而已。俺是啥也不图，大家千万别再破费啦！”大家一听季会长这话说得很实在，就暂时不再议论这件事了。大伙儿一起品尝着季会长亲手熬制的腊八粥。

虽然季会长当场谢绝了大家的提议，但大家并没有就此罢休。季老爷确实不是那种办事图回报的人，大伙儿心里都像明镜似的。到底如何表达大家的一片心意？钱庄的王老板建议："不宜送贵重的东西，季会长不喜欢，咱们还是赠送一块匾额最为适宜。"大家感觉这个提议有道理，也比较能代表大伙的心意，因此就推举王老板操心办理此事，费用大家共同承担。

大年三十早上 8 点，季会长照例开门到大街店铺看看，打开门看见县商会的十几位同仁们都站在大门口，大门左边还竖着一块黑底烫金的木质大牌匾，上书"功德高尚"四个金色大字。不等季会长开口问清缘由，十几个商会的同人就解释说："季会长，这件事没经过您的同意，全是各商铺掌柜们一起合计的，俺们就是代表大伙向您老人家表达一份敬佩的心意，说啥您老也不能再推辞了，大过年的千万不能拂了大伙儿的一片心意。"季会长见此再也没有什么好说的了，只能连连致谢。季会长心里明白，这是商家和百姓们对自己这个新会长一年来操心办事的肯定。

大伙见季会长点头默许，赶紧搬来梯子一起动手，把大牌匾挂到季府大门的正上方，季老爷看到"功德高尚"四个大金字，他那明亮而有神的眼睛里顿时蓄满了激动和幸福的泪水。

等大家忙完了，季会长吩咐店铺掌柜的赶紧去泡茶，这么冷的天让大伙儿喝茶暖暖身子。大伙品着大红袍，你一言我一语地议论着明年商会再给百姓干点什么好事。大家讨论得很是热闹，有出点子说再修一下戏园子的，让咱县的老百姓能看上戏曲；有出主意维修城门楼子的，都感觉得那是咱卧牛城的脸面；有建议再建一个大澡堂子，能让老百姓泡上热水澡的；还有提议再建一所初级中学。季老爷听了频频点头，肯定并赞许大家的意见和想法，鉴于县商会的财力和商家捐助情况统筹考虑，在财力和出工劳力允许的条件下，按照每个事项轻重缓急的次序，一件一件地办理，决心让卧牛城越变越好。

第四章

卧牛星星之火 点燃鲁北平原

季会长大姨家的大表哥叫李自清，原名叫李富春，家住卧牛县城北门外相距五里地的朱家坊子村。他在国立北平师范大学读书期间，因积极参加进步青年组织的游行活动，后经北京学联党组织负责人介绍秘密加入中国共产党。他为了与大地主的家庭出身划清界限，同时也便于从事地下党的工作和活动，故自己更名为李自清。

1937 年 6 月，李自清从国立北平师范大学毕业后，经党组织介绍他到济南，又经胶济铁路管理委员会运输处处长程向东（中共地下党济南市委特科负责人）推荐，被招聘到卧牛县中学当语文老师兼班主任。李自清被当时的中共地下山东省委任命为中共卧牛县县委书记，他便以中学语文教师的公开身份为掩护，在卧牛县秘密开展党组织安排的相关工作。

自从来到卧牛县中学教书的半年多时间里，他深入学校、农村、商户、作坊等地方进行广泛的社会调查，发现和培养支持中国共产党革命主张的积极分子和各界人士，为建立中共卧牛县党的地下组织做准备工作。

季会长在李自清的开导启发下，尤其是在日寇发动“卢沟桥事变”后，彻底明白了唇亡齿寒、国破家亡的深刻道理。他从一开始同情并支持中国共产党，逐步发展到积极要求加入中国共产党，最终成为李自清来到卧牛县后发展的第一名中共党员。季会长下定决心为中国抗战和民族解放尽自己的一份力量。在李自清的宣传鼓舞下，卧牛县中学的进步老师和学生们纷纷罢课，连续多次上街举行数百人的大游行，坚决反对九一八事变后日本侵占我国东北三省，强烈谴责日寇挑起卢沟桥事变。这些宣传活动唤起了卧牛县民众空前高涨的抗日热情。大家有钱的出钱、有粮的出粮、有枪的出枪、有刀的出刀、有人的出人，在卧牛县范围内陆续组成多支自发的群众抗日武装力量。其中，最有名的一支群众武装是路有水抗日游击大队。

李自清通过仔细观察和反复调查研究，深刻认识到卧牛县多支群众自发性抗日力量的集结无疑是一件大好事。但是，绝不能任由其群龙无首地自由发展下去，必须坚持中国共产党的领导，必须坚持党指挥枪的原则。否则，这些群众抗日武装就是一盘散沙、就是有勇无谋的散兵游勇，在关键时候可能不堪一击。于是，他决定在县委下面再建立两个党支部。一个是抗日武装力量党支部，由李自清兼任党支部书记并统一领导卧牛县的各抗日武装队伍。同时在每支抗日队伍中先期发展一名党员，保证党对各支抗日队伍的领导、政治宣传和做好群众工作。另一个是工商党支部，由季鸿泰会长负责。党组织同意把季会长的酒店选定为地下党组织接头、秘密开会、接送地下党和八路军干部的交通站，并由季会长具体负责解决党组织的主要活动经费问题。

1938 年 9 月 12 日晚上，李自清找到季会长很严肃地说：“如果七八个陌生人到您的酒厂来住一段时间，您考虑一下是否安全？”季会长经过思考后回答：“只要让酒把式教他们几招几式，这些人就能在酒厂以伙计的身份为掩护，应该没有什么问题。”李自清说：“那好，这几天从邯郸山里过来七八个人，要在您酒厂住些日子，具体住多长时间我不好说，但一定要做好严格的保密工作，不能向外透露半点儿风声。”季会长坚定地说：“我安排苏米师傅教他们几招酿酒的实在活，对内就说新招的学徒工人，并给他们每人编好工号，严格要求外人一律不准进酒厂。请你放心，我一定会保证这几个人的安全。”随后李自清和季会长交代好接头暗号，李书记扮成伙夫进入酒店，准备迎接从邯郸山里马上到来的亲人们。

9 月 13 日晚上 11 点多，江云龙带着侦察参谋、警卫连长、卫生队长、无线电报话员、两名战士等人，在中共河北省故城县地下交通员的引领和地方武工队的安全护送下，跨过河北省故城县敌人的三道公路封锁沟后，在山东省平原县城北门外的恩城镇一片松树林中，与山东省平原县的地下交通员接上头。在平原抗日游击队员的亲自护送下，他们趁着夜色从平原县张庄火车站炮楼北面，顺着向东方向的小河沟前进，翻越了有伪军看守的津浦铁路封锁铁丝网后，在卧牛县盘河镇西南面的坟地松林里，又与卧牛县党组织派来接应的抗日游击队侦察员接上头。在游击队和侦察员同志们的护送下，江司令等一路急行军顺利来到卧牛县城的西门外，江云龙看了一看手表，已是14日凌晨3点50多分。游击队侦察员带领大家来到西门北面的城墙排水洞前，用嘴学蟋蟀连叫三声，排水洞里面有人把木栏放倒，侦察员先钻进去又回了三声蟋蟀叫，大家迅速钻洞过城墙进入卧牛城。

季会长和苏米师傅早已打开酒厂的门闩并虚掩着两门，急切地等待同志们的到来。凌晨4点40分左右，门外传来轻微的脚步声，两人站在门里听到门环啪啪响了两下，季会长对着门缝问："是牵来的水牛吗？"门外的人回话说："不是，我牵的是旱牛！"季会长又问："牛背上驮的是高粱吗？"门外的人回答说："不是，是荞麦。"季会长和苏米师傅赶紧拉开大门，随后迅速进来七个壮汉。季会长和苏米师傅手一挥，走在前面带路，进大门、过小门，把大家一直带到酒厂的伙房里。

李自清向季会长一一做了简单介绍，季会长看到江云龙很年轻，估计年龄也就是二十多岁，就幽默地说这八路军真是神了，这八路军的司令还是个"娃娃司令"啊。江云龙看到季会长一派儒雅之气，就风趣地说："瞧季会长的儒雅气派，一点也不像一身铜臭的商人，倒是很像斯文十足的私塾老先生。"季会长和江云龙的见面开场白，引来大家的一片笑声，顿时让大家一夜急行军、过敌人封锁线的疲劳烟消云散。

李自清赶紧催促说："大家一路上辛苦了，季会长早已为同志们准备好可口的饭菜，还有卧牛酒店酿造的纯粮浓香白酒，请大家快快用餐，咱们边吃边聊吧。”大家一看到满桌的饭菜酒茶，都说像回家过年一样。李自清和季会长一起举杯向大家敬酒。江云龙对同志们说：“大家都端起碗来，祝贺我们顺利到达鲁北预定地点，为执行党中央和毛泽东的东进战略部署、为建立冀鲁边抗日根据地干杯！”大家端起碗来一饮而尽。江云龙即兴赋诗：“卧牛酒香，鱼水情深。扎根鲁北，横扫日寇！”大家齐声赞扬江司令员的诗。李自清竖起大拇指说：“有气魄、有力量、有希望。”等大家吃饱了饭，东方已放出鱼肚白。江云龙一看手表，已是早上 5 点 50 多分，命令大家依照季会长的安排先休息。

大家一觉睡到上午 10 点多，集合后便开始学手艺。先由苏米老先生给大家演示了三个酿酒的工艺活：一是，如何翻酒曲、调酒曲；二是，如何推料上蒸酒锅；三是，如何看蒸锅、闻味出酒。他说这三个活在酒厂是比较简单易学的，只要掌握其中的要领，看明白动作，就可以快速动手干活。他亲自给大家一遍又一遍地做示范动作，然后，再让同志们反复操练，一直看着大家学得真像干活的把式才罢休。其目的就是以防敌人来搜查时，被鬼子和汉奸看出任何破绽。

江云龙这次率领队伍东出太行山，秘密进入冀鲁边大平原，就是为了认真实践毛主席关于抗日战争《论持久战》的军事战略思想，落实八路军总部化整为零、深入敌后、建立敌后武装工作队和巩固敌后抗日根据地的伟大战略部署。

江云龙与李自清反复考虑，目前路有水这一股抗日力量较为强大，虽然武器不是很好，但是有三十七人，足够一个加强排的力量，而且已经与鬼子和伪军有过几次交手，可以优先考虑接受八路军的改编。目标已确定，江云龙按照李自清提供的情报地址和接头人，安排侦察参谋占大山去张密家村的大松林秘密接头。

晚上 8 点左右，占大山和孟庆松二人来到松林的西南角，当发出“咕咕、咕咕”的声音时，松林里随即也传来了“咕咕、咕咕”的叫声回应，接着有两名手里提着大刀的壮汉走出来，开口就问：“你们是 129 师的？”占大山回答：“对，我们是来找路队长的。”两位壮汉带着占大山和孟庆松走进了松林深处，来到一座大坟头的后面，看见一位三十岁左右、腰带上插着二十响的人坐在石板上。他立马站起来说道：“我是路有水，同志，你们是 129 师的？”占大山伸出手去，握着路队长的手激动地说：“路队长，我们可算找到你们啦。”路队长命令刚才带路的两位游击队员说：“你们俩立刻拉开半里地的距离加强警戒，我和同志们了解一下情况。”两位游击队员立即开始执行任务。

第二天中午，路有水带着两名游击队员进城。两个游击队员一人推着独轮车，一人从前面拉着车，乔装成卖柴火的。路队长右肩背着搭子，上面插着算卦的卦签。独轮车走在前面，路队长走在后面，先后来到南街的邢家茶馆。两位游击队员走进茶馆，迅速扫了两眼，见无可疑的人后，抽下肩上的白毛巾向后面的路队长一挥，喊道：“掌柜的来三碗茶！”店小二急忙应声答道：“客官请坐，茶马上就来啦。”路队长听到喊声后，立马回头扫了一眼，见没有尾巴后，就进门落座等客人。

不一会儿，江云龙和警卫连长孟庆松，乔装成买酒的商人来到茶馆门口。孟庆松站在茶馆门口望风，江云龙进茶馆走到靠里面的桌子旁，然后高喊：“有信阳毛尖吗？”店小二急忙回话说：“有的，立马上茶，客官稍等。”听到信阳毛尖的暗语，路队长手拿着烟卷凑到江云龙的面前低声地说：“借火，我是走路挑水的。”听到昨天约定好的暗号，江司令员说：“路队长，咱们去里屋说话。”来到雅间，路队长紧紧握住江司令的手说：“江司令，我们可盼到你们正规的八路军了。”江司令说：“不论是八路军还是游击队，咱们都是中国人的抗日武装。你们发展得很好很快，大敌当前，我们必须壮大抗日力量，狠狠打击日寇侵略者，这是当前的首要任务。”路队长接着问：“请问江司令，我们下一步打算如何？”江司令拍了拍路队长的肩膀说：“当前有两件事急需办，一是摸清周围敌人的兵力部署、公路沿线炮楼数量；二是把你们队伍的人数、武器数量、打过几次日伪军等情况做一个详细汇报，等都摸清楚了，咱们再约时间见面。在此期间，仍由孟庆松同志与你们联系。”江司令说完起身又握住路队长的手说：“路队长多保重，回去积极准备，咱们很快就会见面的！”然后，江司令员先走出茶馆，等看着江司令走远了，路队长等三人也撤出茶馆，直奔县城南门而去。

9 月 21 日中午正是大集，接到通知的路有水和一名游击队员又伪装成卖柴火的商贩，进城到柴火市大街，朝酒店走去。游击队员在门口望风，路队长回头一看没有尾巴，就进门喊掌柜的：“有六十八度的高梁烧吗？”掌柜的撩开门帘招手说：“里屋有原酒，请进来先尝尝再买不迟。”路队长进门一看，江司令已经坐在炕上等他了。路队长敬礼说：“江司令，我把情况都摸清楚了。”他给江司令递上一份手绘地图，上面标有卧牛城周围几个县之间公路上的炮楼、岗哨、据点等情况。然后，他问江司令：“咱们先打哪个炮楼？”江司令看了一看路队长说：“咱们摸清敌情就是为了打仗的，但是，当前时机不成熟，我们在做好充分的准备之后，就会一口一口地把敌人吃掉。现在我向你宣布一个好消息，经请示八路军129师总部，正式命名你部为‘八路军鲁北抗日游击大队’。”

江云龙周密部署，在卧牛县、德平县、宁津县这三县交界（也叫三不管）的地方组建起了第一支由路有水等三十多人组成的地方抗日武装。后来，鲁北抗日游击大队迅速扩大为一百多人的抗日队伍，随后又更名为“八路军鲁北抗日独立团”。团政委由时任中共卧牛县县委书记的李自清兼任，团长由八路军派来的营长吴匡五同志担任，路有水担任独立团除奸大队的大队长。八路军鲁北抗日独立团不断壮大和发展，成为鲁北大平原上打击日本侵略者的一支重要武装力量。

1938年9月26日晚，在季会长书房的大方桌上，江云龙、李自清、作战参谋、侦察参谋、季会长等五人，对着军用地形图反复地分析研究。大家一致认为卧牛县城的地理位置极为特殊。卧牛县城南距山东省的省会济南市六十公里，西距交通要道、军事重镇德州市六十公里，东距日本鬼子在鲁北最大的据点商河县城仅有二十九公里，再加上卧牛县城的公路交通网四通八达，如果四周县城的鬼子和伪军想来袭击卧牛县城，开着汽车和摩托车，最远的距离也用不了两个小时就能到达。所以，卧牛县城特殊的交通地理位置，在当时敌强我弱、力量对比悬殊的恶劣情况下，非常不适合八路军的队伍在此发展和壮大。

鉴于大家对地理环境和敌我状况的详细分析对比，再考虑到侦察参谋带同志们对周围几个县城情况的全面了解，江云龙向大家分析了党中央和八路军总部的战略意图。他说："冀鲁边区南临黄河与济南相望，北面紧靠天津大都市，西面可威胁津浦铁路交通大动脉，东面可控制临海沿岸无人区，战略位置十分重要。这是我们将来战略大反攻最有力的前沿阵地。因此，我们必须尽快打开局面并站稳脚跟，努力开展敌占区村镇的群众工作，既要积极地发动群众，又要紧紧地依靠群众。我们要开展小规模、灵活性的游击战法，以少胜多、以弱胜强、逐步扩大根据地的地盘，为大规模的战略反攻积蓄足够强大的力量。同时，要发扬我党的优良传统，大力开展政治攻势，千方百计地争取和瓦解伪军，惩除汉奸分子，建立稳固可靠的敌后根据地。创建八路军临海军区的战略大框架，为今后的抗日战争大反攻做充分的战略准备。"江云龙接着对大家说："我们这次深入鲁冀边区，就是为了实现党中央和八路军总部的战略意图，让抗战的星星之火在鲁北大平原点燃。"大家听了江司令员的讲话都感到非常激动和振奋，更加坚定了抗战到底的信心和勇气。

在经过与会人员充分讨论和全面分析形势与周围环境后，为暂时避开日伪军的锋芒，争取更加广阔的战略回旋空间，江云龙决定于1938年9月27日，将设在卧牛酒店的八路军冀鲁边区临时指挥部，转移到交通不发达、距离敌人相对较远且周围枣林密布、深沟纵横的乐陵县常庄镇。

9月27日晚11点多，江云龙一行七人，在李自清和交通员的带领下，借着夜色掩护顺利摸到卧牛县城东北角城墙下的排水洞口处，悄悄搬开排水洞的木闸门栏，顺利地撤出了卧牛县城，与等在城外的路有水游击大队护送人员会合。江云龙紧紧握住李自清的手说：“李书记，当前环境非常严峻，敌我力量也很悬殊，群众有待加强组织领导，县委的任务非常艰巨。同时，您一定要注意安全，保护好地方党组织。有什么困难要及时与我们联系，咱们军民密切配合、并肩作战，有毛主席和党中央的英明领导，坚信一定能够打败日本侵略者，胜利最终属于我们！”李自清坚定地说：“请司令员放心，我们一定按照您的指示，坚决保护好党组织，放手发动群众，胜利一定属于我们中华民族！”

大常村是位于乐陵县城东北部的一个大村庄，距乐陵县城有十几公里远。全程都是羊肠小道，弯路多、岔路多、河沟多，这三多加在一起使交通非常不便。周围枣林密布、沟深壕宽，形成天然的御敌屏障。到了夏季，这里到处是枣林绿地，绝对是开展游击战的理想战场。

在大常村里有一个地下党的堡垒户，就是常大娘家。常大娘家庭十分贫寒，九岁就来到大常村做童养媳，丈夫常培仁是个聋哑人。他们夫妇相依为命、艰难度日，先后生下六个儿女。其中四个儿子全部参加了八路军，在抗日前线冲锋陷阵、奋勇杀敌。

江云龙来到大常村后，就一直住在堡垒户常大娘家。常大娘为了更好地掩护八路军同志们，在自己家里挖了六十多米长的地道。为了不被别人发现，一家人只能连夜挖地道，而且分工明确、配合默契。常大娘和小儿子、女儿三人在地下挖地道，常大爷在地道口上面拉绳来提土、倒土。因为常大爷耳聋听不见喊话，所以常大娘就在他腰上系上一根绳子，每当地道里的筐装满土时，便在地道里用力拉一下绳子，常大爷就把土筐提到地面上来，天亮之前再用独轮车把土运到村外的沟里。小儿子常春树在房顶上望风放哨，以防被坏人发现。这条看似简陋的地道，不仅掩护救助了很多的八路军战士和伤员，而且还是冀鲁边区地委和靖远县党委的机关驻地。在当时极其残酷的形势下，冀鲁边区地委和靖远县党委在此指挥冀鲁边区八路军和游击队的对敌艰苦斗争。

在常大娘眼里，八路军的同志们都是自己的孩子。她不仅倾注了对革命的巨大热情，而且饱含着深沉的母爱。江司令员和同志们在常大娘家受到了无微不至的关怀。一天三顿热乎乎的饭，每天晚上还有热水洗洗脚，这些都让同志们倍感亲娘般的疼爱和温暖。

随着我国抗日战争形势的不断发展，根据党中央和八路军总部的指示，为了更有力地指挥胶东半岛的抗日武装斗争，八路军冀鲁边区指挥部于 1939 年 12 月底，又进行了大规模的战略转移，从乐陵县大常村转移至滨惠县城东南的李庄镇。

李庄镇位于滨惠县城东南二十余公里的小清河北岸，周围地形是沟深、河多、交通不便，镇上原有四座大地主的四合院。在七七事变后，镇上的地主及家人都已逃往济南避难，所以，这四座大四合院都已空闲。这里无论是地形地貌还是地理位置，都很适合建立携冀鲁边区、控渤海湾、揽胶东半岛而连成片的大面积的敌后根据地。

因此，江云龙请示八路军总部批准，在滨惠县李庄镇建立起了八路军临海军区司令部，并逐步形成了八路军临海抗日根据地战略发展的大框架，初步在鲁北和冀东南地区建立了稳固的敌后武装斗争根据地，并积蓄力量等待时机，准备战略大反攻，在广袤的鲁北和冀东大平原上给日寇侵略者钉了一枚大大的钉子。

为培养大量的军队基层作战指挥人员和根据地的地方政府工作人员，临海军区司令部在李庄镇办起了八路军临海军区抗大分校，分为军区干部班和地方干部班，分批分期进行专业培训。同时，临海军区办起了野战医院。医院具有手术室、病房、药房、消毒室等，能够及时收治前线的伤病员，不用再转移伤员到八路军后方医院进行治疗，为及时抢救伤病员赢得了宝贵时间，大大提高了救护治疗的成功率。同时，临海军区还建起了军区枪械弹药修造所，负责维修损坏的枪械、为炮弹填充弹药等后勤补给工作。这些后勤保障单位的建立，有效地提高了八路军的战时生存能力和自身克服困难的能力。

由此，八路军临海军区建立起了更加稳固的敌后根据地，形成了东至渤海边，西至津浦铁路，南至黄河北岸，北至天津以南的大片抗日根据地。

第五章

秘密组织开会 遭遇日军合围

随着八路军临海军区抗日队伍的不断发展壮大，经费的筹集越来越成了大问题。面对存在的严重问题，李自清书记兼政委及时向八路军临海军区党委做了专题汇报，军区司令员江云龙的答复是：“自清同志，当前的形势非常严峻，经费紧张不单单是你们独立团才有的新问题，而是我们部队普遍存在的大问题啊！当前，我们必须学会用两条腿走路。部队的粮食问题要想法就地解决，发动群众捐粮、劝说地主富农卖粮，再就是向鬼子伪军抢粮。枪支弹药的问题，先用季家和县商会的捐款买一批，军区支援你们一批，余下的就从鬼子和伪军手里夺取。”江云龙一席精辟的分析，指明了独立团解决困难的办法，更加坚定了李自清书记兼政委和同志们战胜困难的信心。

李自清书记兼政委回到卧牛县城后，就在卧牛酒店召开了由季会长、徐匡五团长参加的三人碰头会。在会上，李自清书记兼政委首先传达了军区司令员江云龙同志的讲话内容，并充分讨论了目前解决困难的原则和具体办法。

经过大家的充分讨论，最后会议决定：

一、由徐匡五团长负责打据点、除汉奸，专门从敌人手中夺取武器、弹药、布匹、粮食、银圆及纸币。

二、由季会长负责继续动员各商铺募捐钱、棉花和粮食。同时，酒店要多产酒、多卖酒、多筹资金。

三、由李自清书记兼政委亲自负责情报收集工作，密切掌握周围敌人的新动向，瞅准时机打敌人一个措手不及。

会后，大家分头行动。这多产白酒赚钱的事，就由苏米师傅操心了。但是，筹集钱和粮食的事却让季会长费尽脑筋。一是自从日本鬼子来了以后，县城内各商铺的生意大不如以前，自然捐钱的事有很大的难度；二是虽然大家对抗日有热心、积极性，但年年募捐也要考虑到每一个商铺的承受能力；三是抗日募捐必须秘密地进行，不能大张旗鼓让鬼子和汉奸们知道。季会长只能一户一户地单独拜访店铺，一个人一个人地面对面地宣传国破家亡的道理，使各商铺的掌柜们更加积极地捐款捐物。季会长家的老太太也不让须眉，带头捐出自己佩戴了五十多年的结婚首饰（银手镯和银耳坠）。虽然小小的结婚首饰不值几个钱，但是，却能表达出老人打日本鬼子的决心！

1941 年元旦，八路军鲁北抗日独立团改编为八路军临海军区第一纵队独立团，简称八路军临海一纵独立团。但是，当地老百姓仍习惯称八路军鲁北抗日游击大队。这支共产党领导的抗日武装力量，在鲁北平原上英勇善战，除汉奸、打鬼子、拔据点，缴获了许多枪支弹药。其中，还有两挺崭新的鬼子用的最先进的歪把子机枪。八路军临海一纵独立团的拿手绝活，就是专门破坏敌人的电话线，在八路军发动攻击敌人据点的关键时候，使各地据点的鬼子无法及时取得联系。八路军临海一纵独立团一方面开展对敌斗争，一方面不断总结经验教训，在战争中学习战术，在战争中不断成长壮大自己。

他们最典型的打法就是瓮中捉鳖。在端掉鬼子的炮楼之前，首先把这个炮楼通向县城和相邻炮楼的电话线掐断。等附近据点的鬼子发现炮楼被八路军攻打再去增援时，八路军临海独立团的战士们早已扛着战利品，跑得无影无踪了。

1941 年五月初十的夜里，独立团打了最漂亮的一仗。独立团在准备攻打卧牛县宿安镇鬼子炮楼时，先把宿安镇通向卧牛城和德平县的电话线全部掐断，然后再开始攻打炮楼。八路军的土炮、洋枪一起上，又是吹冲锋号又是投手榴弹，还在铁水桶里放爆仗，打得鬼子和伪军晕头转向、抱头鼠窜。八路军战士把这种打法总结为：掐电线，打据点，抢到弹药一溜烟儿。所以，一旦发现电话线不通了，炮楼里的伪军就吓得乱作一团，被逼无奈，只能缴械投降。

从八路军临海一纵独立团成立之日起，先后拔除了盘河镇、夏口镇、兴隆镇、营子镇、郑店镇、凤凰店镇、宿安镇等七座位于交通要道上鬼子和伪军的炮楼，给卧牛县周围的鬼子、伪军和汉奸以沉重的打击，使卧牛县城周围成为八路军临海一纵独立团的天下。八路军活动范围不断扩大的同时，也引起了卧牛县、陵县、禹城县、平原县、济阳县、商河县、德平县、宁津县等周围八个县城的鬼子和伪军的高度警惕。这八个县的鬼子和伪军联合派出多名便衣密探，到处打听八路军临海一纵独立团的行踪，时刻准备围剿，恨不得一口把八路军临海一纵独立团吃掉。

1941 年农历八月十四晚上，李自清在季会长家一起碰头开会，他对季会长说："明天就是中秋节，我已通知独立团的干部到我村里的堡垒户家中开会。"季会长插话说："你村的堡垒户可靠吗？"李自清接着说："堡垒户就是我本家叔叔，他还是村里的保长。两家是一墙之隔的邻居，中间有地道相连接，非常安全。这次开会，主要讨论下一步打鬼子的重点目标和党员发展的情况。我也是四五年没有回家陪老母亲过个中秋节了，也趁此机会回家看看，后天早起再回学校。"季会长担心地说："虽然您家距城里五六里地也不太远，但是晚上出城还是有些担心，再加上这几天临海一纵独立团的同志们不在附近活动，为了您的安全考虑，还是我用车把老太太接到城里来见见面更好些。"李自清说："我自己回去目标小，再加上是夜里走早上回，感觉没有啥问题，所以，请老兄放心吧。"季会长紧握李书记的手说："老弟务必保重，后天中午来家里吃饭。"李自清把二十响插在腰里，向季会长挥手告别，矫健的身影迅速消失在茫茫的夜色中。

李自清的老家在城北朱家坊村的中间，回家必须路过湾北沿胡同口大地主朱老四的家门口。说来也巧，这天朱老四闹肚子蹲在猪圈旁的茅厕里拉稀，刚拉完起身提裤子，抬头就看到一个人影闪进胡同里。他顾不上系腰带，就一手提着裤子，一手扒着墙角，看人影去了谁家。等看到黑影闪进了李老太太家，朱老四的手用力一拍大腿，我的天啊，真是想谁碰见谁，我朱老四发财的机会终于来了。

朱老四回到家，兴奋得两手直冒汗，赶紧叫起看家护院的家丁，让家丁连夜跑到卧牛城里给他的妻侄、鬼子翻译官刘怀水通风报信，说他亲眼看见多年不见的大学生李富春，今晚10点多偷偷回家来了。刘怀水收到请报后，赶忙向宪兵队长松野一郎报告说："此人极有可能是共产党、八路军的大官，绝不能让他跑掉！"松野一郎立刻打电话调动宁津、德平、商河、济阳、禹城、平原、陵县等七个县的鬼子和伪军共计一千七百多人，计划连夜铁桶合围扫荡卧牛城北朱家坊，命令各县城的皇军和伪军，于次日早上5点之前必须形成远、近两个相隔五百米的合围圈，妄图来一个瓮中捉鳖，要让八路军插翅难飞。

李自清到家轻轻敲门："娘，我回来了。"老母亲一听是儿子富春的声音赶紧披衣下炕开门，李自清警惕地回头看看，没有发现可疑情况就进屋关门了。老母亲赶紧用被子遮掩严实窗户，点上豆油灯，端起灯来把儿子从头照到脚，看了以后心疼地说："春啊，这四年多你都忙些啥啊？都三十多岁的人了还不成家，娘早就想抱孙子啦！"李自清对娘说："娘，对不起，让您老人家挂心啦。我现在还顾不上成家，等打跑了鬼子就让您老抱孙子，而且多生几个都围着您转，您看好不好？"老母亲听了高兴地说："好，好啊，娘就盼着这一天快点到来啊！"老太太忙着又是倒热水又是拿干粮，李自清拉着娘的手说："娘，我不饿，我已经在城里表哥家吃过晚饭了，就想喝点水，咱娘儿俩坐下多说说话吧。"

第二天早上4点多，东方刚刚放亮，李自清就听到周围村的一阵一阵狗叫声。他迅速穿上衣服并随手从枕头下面抽出那把二十响手枪，顺着梯子爬上自家屋顶观察。远远望去，村周围一片薄雾，什么也看不清。但是，周围村的狗不停地乱叫，就说明一定有情况。当前，他担心的不是自己的安危，而是前来开会的同志。原先通知的是八月十五晚上10点集合，他判断路近的同志们有可能还没行动，路远的同志们也可能在来这里的路上。想到此，他从梯子上下来回到屋里对娘说："娘，周围村的狗在不停地叫，我看情况不好，您先从地道去二叔家，我看情况再行动。"老母亲着急地说："春啊，千万别管我，老太太我谁都不怕，你赶快从地道里走吧，别让我着急啊！"

李自清拗不过母亲，也怕老母亲着急，嘱咐母亲一定要多加保重后，从自家炕洞里通过地道来到二叔家。老叔一看就着急地说："春，你啥时回来的？你听周围村的狗乱叫，今天外面情况可不妙，你现在走恐怕已经来不及了，咱家里也藏不住你。现在唯一能藏住你的地方，就是一个树坑。我前天在咱村前湾边刨了一棵大柳树，准备给你爷爷做棺材用的，树坑里有一人多深，树窝子上面都是刚刚砍下来的树枝和树叶，你藏在下面还有可能躲过眼前这一劫。我这当保长的和村长一起对付敌人。”老叔说罢，也由不得李自清再多想，快步来到湾边。老叔见天还早路上没有人，回家拉起李自清赶紧奔向树窝。老叔用铁锨撬起一个洞，让李自清钻进去，然后把树枝重新盖好，再用树枝把刚才地面浮土上的脚印扫平。老叔又回家拿起送信的铜锣出来，沿村中的道路边敲锣边喊“平安无事喽、平安无事喽”，同时又一边用心观察村子内部和周围的情况。

李自清钻到树窝的底部，身子紧紧贴在树坑的一侧，然后把二十响的保险机打开顶上火，再把枪口向上冲着路面。此时此刻，他想：如果敌人真来了，杀一个够本，杀两个就赚一个。来开会的同志们现在到哪里呢，大家安全吗?

保长老叔刚走到村东头，站到高土台上一看，已经见远处有成排的鬼子向村里包围过来。他依然镇定地装作没看见，继续围着村子敲锣巡更。这时太阳已经露出白光，薄雾也渐渐地消散。当他再回到家里爬上房顶观望村子周围情况时，看到村子周围已经被鬼子和伪军围成两大圈，远处半里地有一大圈，贴近村子有一小圈。他意识到，这么多敌人一大早就围住村子，肯定是有备而来的。大侄子这次真的是凶多吉少啊！想到此，他手心的汗水也顺着敲锣的棒流了下来。

当他再来到村口时，汉奸翻译刘怀水带着鬼子和伪军也站在村口了。汉奸翻译上前问：“你是这村的保长吗？”保长回答：“我就是这村的李保长，有何吩咐？”汉奸翻译接着说：“根据可靠情报，你们村的李富春是八路大官，昨天夜里偷偷回家，现在就住在村子里。你老实交代，如果对太君不忠诚，就会死的。明白？”李保长拍着胸膛假意对汉奸翻译和鬼子说：“我对太君是绝对忠诚的！要不咋会让我干这个保长呢？再说，我和朱四爷都是同村的好兄弟，我们昨晚还一起喝酒呢，皇军不信，你们可以去问问朱四爷啊？”然后，李保长就四处张望着，一边喊朱四爷，一边找朱四爷。汉奸翻译看到后一愣，额头上立刻就冒汗了，心里想坏了坏了，绝不能把我姑父找出来。当汉奸翻译正在发愣时，鬼子队长左手抓住李保长的衣服领子，右手抽出战刀挥舞着说：“你的前面带路，找八路的干活！”李保长点头哈腰地在前面带路，一边走一边琢磨如何应付敌人，千方百计不让鬼子和汉奸找到侄子。再看今天鬼子这阵势就知道来者不善，他一边走一边口中念叨：“苍天保佑，菩萨保佑，阿弥陀佛……”

鬼子和伪军已经把村子围得严严实实，进村的鬼子和伪军分成两队：一队由李保长带路，鬼子和汉奸挨门挨户地搜查；另一队由村长带路，汉奸翻译陪着鬼子队长和鬼子兵，在村后的麦场上看守着被不断从家里赶出来的男女老少。麦场边的土墙头上架着两挺机枪，一个鬼子牵着一只张着血红大嘴的狼狗，在老百姓面前来回不停地转悠着。

当鬼子和伪军把全村的人都赶到村后头的麦场上后，鬼子翻译就提高嗓门喊话：“各位都给我听清楚，今天皇军合围朱家坊，就是为了抓捕共产党头子李富春。你们如果听话乖乖地把他交出来，皇军就放了大家，如果拒不交出李富春来，都会统统死掉！都听明白了没有？”

现场一片寂静，小孩子都吓得藏在大人的身后，谁也不敢哭出声来。等了好大一会儿，见没人说话，鬼子队长走到最前排的群众中一把抓出李保长问："你的，知道谁是八路、共产党的干活？"李保长说："太君，我白天黑夜都在村子里转悠，真的没看见什么八路、共产党。"鬼子队长一听，上去就抽了李保长几个嘴巴子，抽得李保长眼睛直冒金星，嘴角也流血了。汉奸翻译又上前抓住李保长的袖子说："你这是何苦呢？要不你指指看，谁是李富春的母亲？你要是指认出来，我就让太君放了你，不然你的小命可就没有啦！"李保长说："李富春早把他母亲接走了，根本不在村里住。"汉奸翻译见李保长不说实话，就大声喊："我看你是不想活了，昨晚还有人看见李老婆子在家做饭，他儿子是上半夜偷偷跑回来的。"李保长说："那好啊，既然有人看见就让他来找不就得了，那还问俺干什么？"汉奸翻译拔出手枪对着李保长的头说："你再不指认谁是李富春的娘，我马上就毙了你这个老东西！"汉奸翻译一脚把李保长踢倒在地上。

在这危急时刻，李富春的母亲从人群里高呼："狗汉奸放人，俺就是春儿他娘！"话音刚落，她就走到汉奸翻译面前。李保长一看就急着说："他婶，您老这是疯了吗？"李老太太说："我没有疯，他们就是来找我的，俺这把老骨头谁都不怕！"汉奸翻译一把推开李保长，又顺手抓住李老太太的上衣领子，笑眯眯地说："好样的，真是好样的，老婆子，那就说说你儿子藏在哪里吧？"李老太太坚定地说："没看见，不知道！"汉奸翻译恼羞成怒地说："你再不说，我就杀了你。"李老太太大声说："不知道，就是不知道，老娘不怕死，要杀要剐随你这个狗汉奸！”气急败坏的汉奸翻译刚想举枪，鬼子队长就狂吼：“八嘎！我的问问。”鬼子队长走到李老太太身前，用双手拄着战刀，奸笑着问：“你的儿子，是八路的干活，而且是八路的大官。告诉我，他在什么地方？我的和他做朋友，你的明白？”李老太太骂道：“呸，我儿子绝不会和鬼子、汉奸做朋友。”等汉奸翻译把李老太太的话翻译给鬼子后，鬼子队长收起奸笑又挥起战刀，龇牙咧嘴地说：“你的，敬酒不吃，吃罚酒。今天不说出你儿子藏在什么地方，死啦死啦的！”鬼子队长将战刀架在李老太太的脖子上，李老太太用手指着鬼子队长的鼻子痛斥道：“小鬼子，看你们这群畜生还能蹦跶几天？”李老太太说完，就用头猛地撞向鬼子队长。被李老太太这毫无防备地一撞，鬼子队长踉跄后退了好几步，迅速拔出手枪向李老太太连开三枪。两边的鬼子兵又冲过来，用刺刀在李老太太身上连刺数刀，鲜血染红了土地。汉奸翻译指着李老太太对百姓们狂吼：“你们都看到了没有？谁要是再窝藏八路不报，这就是下场！”乡亲们还是谁也不说，硬是与鬼子汉奸们耗到下午。

另一部分日伪军在村子里挨家挨户拉网式地搜查了多半天，半个八路的影子也没找到，倒是把老百姓喂的公鸡和母鸡抓了不少。他们用细绳把鸡拴在枪头上挑着，公鸡母鸡咯咯嗒嗒叫着。当四五个鬼子和伪军搜到村前湾边的大柳树坑时，站在路边坑沿上举枪向树坑中乱射一阵，看见树坑中没有任何反应，鬼子和伪军就端着枪继续往前搜查。

其实，当刚才鬼子和伪军站在坑沿上乱叫时，李自清在树坑里听得清清楚楚，并且已经做了最坏的打算，他把手枪子弹全部顶上膛，右手食指紧搂着手枪的扳机。只要鬼子和伪军发现他时，他就对着敌人开枪射击，他坚信在这么短的距离之内，凭自己的枪法干掉敌人不是问题。当敌人对着树坑一阵乱射时，他站在树坑里的地方正好是个射击死角，虽然鬼子射击的子弹很密集，但李自清却毫发无伤。

日伪军从早上一直折腾到下午 5 点，仍没有任何收获。鬼子队长皱着眉头问翻译官："你的姑父，情报的可靠？"翻译官回答："太君，按说不应该有错。但是深更半夜、黑灯瞎火的，俺姑父他年纪也大了，有可能眼花看走眼了。太君，这天也快黑了，咱们还是早点儿回城吧？"鬼子队长听后气愤地挥舞着战刀吼道："吆西，统统给我烧，开路！"鬼子的旗语兵爬到村头最高的房顶上，向四周合围的日伪军发出了撤退的信号。村里顿时大火连成一片，鬼子和伪军有的牵着牛，有的赶着猪，还有的用枪挑着鸡鸭向村外撤去。

鬼子和伪军撤出村后，乡亲们纷纷回家用水桶和洗脸盆舀水灭火。李保长和几个关系近的乡亲把李老太太抬回家，等候第二天再出殡下葬。等到天全部黑下来以后，李保长提着水桶来到村前的树坑边上，低声喊道："春，你还好吧？"李自清回答："老叔，我没事，我娘和乡亲们咋样？"李保长拨开树枝把李自清拉出来，强压着万般悲痛对李自清说："你娘和乡亲们都没事，鬼子就是烧了十几间房子，抢走多头牛、猪和鸡鸭。但从今天的情况来看，咱村里真的有奸细，你现在回家太危险了，趁着天黑赶紧走吧。"李自清一手拿着二十响，一手向老叔道别："老叔保重，请照顾好俺娘，此仇必报！"他转身飞速地消失在夜幕之中。

原定到朱家坊来开会的同志们，在路上就发现卧牛城周围县的日伪军有行动，虽然与李自清联系不上，但考虑到情况复杂，都临时取消了开会的计划，并及时把情报传送给在宁津一带活动的八路军临海一纵独立团。当独立团的三十多名同志赶到朱家坊救援时已是八月十五的下半夜，各县的日伪军早已撤回原驻地。李保长为了防止村里的奸细发现后再去告密，就把独立团的同志们安顿在距村西北角一里多地的破庙里见面。这周围还有一大片松树林包围着，比在村里见面更加安全。李保长和同志们见面后，将白天村里发生的情况向独立团的同志们一一做了详细汇报。独立团的同志们对李保长说："老李同志，我们先把这笔血债记牢，请您代表李书记和我们大家厚葬她老人家，这深仇大恨早晚一定要回来报！"李保长说："这个我都明白。现在还不知道附近有多少鬼子和伪军，为了同志们的安全，你们抓紧离开这里吧。我和乡亲们会把俺嫂子的丧事料理好，希望同志们多消灭鬼子和汉奸，给俺嫂子和百姓们报仇！"

第六章

节衣缩食开店 缓解药品紧缺

李自清书记兼政委的出色工作，得到临海军区司令员江云龙的高度肯定和赞扬。军区党委根据军区政治部和敌工部的工作需要，八路军临海军区党委决定：调李自清任临海军区政治部副主任兼敌工部部长，全面领导临海军区和滨惠专署的敌后斗争工作。同时组织安排：由吴匡五团长任中共卧牛县委书记兼独立团政委。

1942年冬，日寇对抗日根据地的封锁越来越严，临海军区野战医院的药品和医疗器械更加短缺，加上天气寒冷这一特殊原因，临海军区各部队均有部分战士遭受了不同程度的冻伤。个别伤病员因缺乏消炎药物的有效治疗，已经面临生命危险。军区医院把情况及时向江云龙做了汇报。军区首长对此非常重视，并专门召开大会研究对策，通过大家广泛深入地讨论，江云龙决定：为保持部队的战斗力，必须立刻解决这个严峻的问题，命令军区政治部敌工部，要不惜一切代价，建立可靠稳定的药品和器械采购渠道，尽可能地多买药、多存药，保证每一个伤病员尽快康复出院，早日重返战场杀敌立功！

腊月十八这天晚上，和成酒坊商铺刚想要打烊挂门板，门口进来一位三十多岁、一米七左右的个头、头戴翻毛皮帽、身穿黑色棉长袍、商贩打扮的男人。他进门就问：“掌柜的有八十八度的白酒吗？”掌柜的说：“客官，很抱歉，我这里只有五十八度的酒！”在柜台前面对上暗号后，他就跟随掌柜的快步来到后院账房，见到季会长说：“季会长，我是临海军区野战医院药剂科的科长吴玉棠。”他从帽檐里拿出军区政治部的介绍信递给季会长，并简要地说了军区野战医院药品和医疗器械短缺的严重状况。季老爷听后皱起眉头对吴玉棠说：“此事关系到伤病同志们的生命，不论有多大的困难，都必须马上办！但是，面对当下的严峻形势，在短时间内弄到大量急需的药品和器械，也不是一件容易的事。”季老爷随即安排吴科长先住下休息，然后想办法。

第二天，季老爷就走访了县城里的三家药店，各位掌柜的一听“盘尼西林”的药名，都摇头说：“季老爷，实不相瞒，这药确实不好买，别说我们现在手里没有这药，就是有现货也不敢明着卖啊！这事要是让小鬼子和汉奸知道了，还不得掉脑袋啊？季老爷这可不是开玩笑的事。”季老爷听了哈哈大笑说：“我不是跟你们开玩笑，这是济南有个朋友托我问问咱这里的行情。其实我也不懂这里面的事儿，所以才来找你们这些行家里手们打听一下情况啊。”通过找药行了解情况，季老爷知道此事不好办，求别人买药的风险太大了。这事要办得安全可靠，且不出问题，只有靠自己先开一家药店为掩护，然后，才有可能解决八路军急需的各种药品、医疗器械等问题。第二天晚上，季老爷向吴玉棠科长说出了自己的想法。吴科长认为此法可行，由自己人办药店不但秘密、安全，而且运作起来也方便。所以，吴玉棠科长决定立马回军区，向敌工部李自清做详细汇报。

李自清听了吴玉棠科长的详细汇报，认为季会长的想法非常可行。这样可以建立起长期稳固的药品、器械采购渠道，不再东一头、西一头地买。在资金筹集方面，今后可以变筹钱为买药，减少中间环节，更加灵活便捷。在选点方面，季会长亲自开一家药店，会更加保密、安全、可靠。总之，这对军区医院所需药品和医疗器械的购买非常有利，也完全符合军区党委和首长的指示。

李自清对吴科长说："请你马上返回卧牛酒店，向季会长传达军区党委的指示：一是，军区同意季会长自己办药店，并且越快越好；二是，你在药店既要当好坐堂医生，又要做好警卫，还要搞好情报工作，如有困难可及时向军区政治部汇报；三是，授权与临海一纵独立团特务连单线联系，如发生紧急情况，可联系特务连的同志们协助解决。"吴玉棠向李自清立正敬礼，说："请首长放心，保证完成任务！"

大年三十晚上，按照当地过年的风俗，季老爷全家围在客厅的大圆桌旁吃团圆饭。桌子上摆了一圈年夜菜，有黄焖鸡、红烧肉、炸藕盒、四喜丸子、炸豆腐泡、酱爆白菜、酸辣土豆丝、素炒胡萝卜丝，还有熬茄子皮肉丝汤、白菜粉皮豆腐汤等，共计八个菜两个汤，寓意十全十美。桌子中间放着两个大盘子，一盘白面馒头，另一盘是玉米面的窝窝头。季老太太看见窝窝头就唠叨说："现如今这小鬼子来了，的确是生意不如以前好做了，平时过日子都吃窝窝头，这大过年的咋又端上窝窝头来了呢？这年头到处兵荒马乱的，留着钱又有什么用啊！"一家人都看着老太太的脸色，谁也不敢出声，瞬间空气就像凝固了一样。其实钱都用在何处，只有季老爷自己心里有数。季老爷看看没有人敢说话，就接话茬说："咱家能常年吃饱饭都知足吧，现在鬼子到处抢粮、伪军到处征粮，哪有老百姓吃饱饭的时候啊。"听季老爷这么解释，老太太连声说："也是，也是，一家人都平平安安，能吃饱饭就好。"季老爷拿起筷子一挥，大家都动筷子，继续高高兴兴地吃年夜饭。

吃过年夜饭，季老爷把大少爷和二少爷叫到客厅，吩咐道："如今咱们家是家大业大、事情多，光靠我自己忙不过来，你们兄弟俩都长大了，也得替我多干点事了。从今儿起呢，钱庄、后宅老小的事还是我来管。老大就跟着苏老师管理前街的酒店和后面的酒厂、货栈、鞋帽店。我想过年就把钱庄南边的五间商铺收回来，不再对外出租了。我看现在药行的生意不错，咱们自己也开家大药房。老二念的书比你大哥多，就跟着吴玉棠先生安心学医术、经营药店。"老大季传瑞、老二季传祥都爽快地答应了。老大说："爹说的是，我们都听您的，我们干啥都要学懂、会干，并且干出个样来，您老就放心吧。"

正月十八这天上午 10 点整，在紧邻鑫泰钱庄南边的五间门头上，季会长挂起了"寿康大药房"的匾额。药房内设有中医药柜、西医药柜，坐堂先生是吴玉棠。吴医生自称师出北京同仁堂，专治内科、妇科和烧伤烫伤等疑难杂症，并在药店门口挂有“北京同仁堂名医坐诊”的招牌。

季老爷家大药房开张之日，县城各商号都纷纷来给季老爷恭贺开业大吉。季老爷、吴医生、二少爷都站在药铺大门口，向前来恭贺的亲戚、朋友、同行们致谢。吴医生亲自领着来宾参观大药房，向来宾一一介绍中药和西药的品种、药品产地、功效等等，并向每位来宾赠送两盒同仁堂出品的“六味地黄丸”作为伴手礼。通过参观，来宾们都称赞季老爷干什么就像什么，干什么都能干成了。众多来宾出出进进，边说边笑，场面非常热闹。

在寿康大药房开业半个多月的时间内，季会长共花费三百三十七块大洋，跑遍了济南市、天津市、德州市等十几家药店，通过小批量购进、积少成多等办法，终于把军区医院药品采购单上主治发烧、消炎、腹泻、止血、消毒等的药品筹备齐全。

八路军急需的药品筹集好了，如何运到临海军区野战医院又成了一道新的难题。季老爷说：“这第一批药品是伤病同志们的救命药，必须尽快地送到军区医院。”吴医生说：“我来回走了几趟，这一路上就是贾庄、商河、龙桑寺这三个据点的鬼子和伪军盘查得最严格。”季会长说：“所以，千千万万不能出半点差错，必须把药品藏得严严实实，绝不能让鬼子汉奸搜查出来！”晚上，季会长把家里的车把式喊来，大家共同商量一个万无一失的办法。

季会长对车把式说：“有朋友让咱家拉酒的车带点东西，又怕鬼子汉奸查出来扣下，你看有啥好办法？”车把式对季会长说：“老爷，咱的大马车出门，就是酒缸里和车底下能藏点东西，其他地方藏不了东西。再说，小鬼子和伪军也是贼精贼精的，不好糊弄啊。”季会长一想，酒缸里确实藏不了东西，一打开酒缸的盖子，啥都能看得清清楚楚，再说药品也不能泡在酒里啊，只能在大车底盘下做文章了。经过再三琢磨，大家决定用旧木板把大马车底盘下面的中间部分做成夹层，又用尺子测量了一下夹层的长、宽和厚度，估算足以把买的药品装下。这主意一定，大家就开始连夜动手改装大马车底盘。

经过改装后的大马车，外观上没有发生任何变化，从上面、前面、后面、侧面看上去，也没有任何特别之处，只要不趴到大马车的底部仔细查看，根本不会发现有啥问题。到了晚上，季会长和吴医生用牛皮纸把药品包好捆实，再一包一包地排在大马车的底部，然后，用钉子把夹层的木板钉好，又在大马车的底部涂了一层薄薄的泥水汤，看上去像已经脏了很久似的。季会长、吴医生、车把式三人又仔仔细细检查了一遍，然后满意地相互点点头。

第二天一早，大马车装满酒缸，又在马车前面的木箱子里装上了六坛二斤装的烧酒、六只烤鸡、六块大洋。一切准备齐全后，吴医生和车把式就上车赶路了。中午时分，大马车走到商河公路贾庄据点门口的检查站，从岗楼里走出两个伪军来，大声喊道：“喂，车上拉的是什么？送到哪里去？”吴医生回话：“老总，我们是卧牛酒店给你们田司令送酒的。”两个伪军说：“站住，不管是给谁送酒的，我们都要例行检查，这是我们田司令立的规矩！”吴医生和车把式从车上下来，顺便从箱子里拿出一坛酒、一只烤鸡、两块大洋。车把式对两个伪军说：“两个老总站岗很是辛苦，一点小意思，请笑纳！”两个伪军爬上大马车，打开酒缸盖子挨个看了一遍，没发现异常。伪军便下车，每人手里提着酒和烤鸡，还攥着一块大洋。一个伪军对着吴医生和车把式说：“这头次见面，还是很够意思的，没事啦，你们走吧！”然后，两人哼着小曲，乐得一摇一晃地回岗楼去了。

到了下午2点多，大马车来到商河县南关炮楼检查站。这里不但有两个伪军，还有两个鬼子，一起过来检查。两个伪军咋咋呼呼地过来围着马车转着看。两个鬼子过来后，一个爬到车上打开酒缸仔细查看，另一个鬼子弯下腰查看车底，直起腰来又用枪托敲了敲车两边的边箱。这时吴医生紧张得手心都攥出汗来了，万一让鬼子查到车底下麻烦可就大啦！此时，车把式一扯马缰绳，马仰头跃起，吓了鬼子一大跳。鬼子大声吼道：“八嘎，什么的干活？”吴医生忙向两个伪军赔着笑脸说：“老总，你看，这马没有出过远门，看见这大阵仗给惊着了。”他说着打开车辕前面的箱子，拿出两坛老酒和四只烤鸡送给伪军，恭敬地说：“你们和皇军站岗都很辛苦，这点心意就是慰劳你们的。”两个鬼子闻见烤鸡和酒的香味，早已凑过来喊道：“吆西，大大的好，米西米西的干活。”两个伪军急忙将一坛酒、两只烤鸡递给鬼子，嬉皮笑脸地说：“请太君先品尝！”两个鬼子打开烤鸡，各自拽一根鸡腿，边吃边嚷道：“吆西，大大的好！”伪军赶紧挥挥手，示意吴医生和车把式快走，他俩见状便提起缰绳并挥鞭继续赶路。

出了商河县城再往东走，下一个公路检查站就是龙桑寺。龙桑寺虽然没有鬼子只有伪军，但这里的伪军检查严格，在沿途炮楼中是出了名的难对付。送酒的马车到了龙桑寺已是晚上 7 点多，天已经黑了。大马车到了炮楼的检查口，炮楼上的探照灯照得路上雪亮雪亮的，从炮楼里走出两个伪军来，一个又胖又矮，一个又瘦又高。两个伪军拿着手电筒，围着大马车转了一圈。然后，那个又瘦又高的伪军爬到车上打开酒缸检查了一遍。那个又胖又矮的伪军俯下身，在下面伸出枪托去敲车底板。车把式见状又猛提缰绳，马仰头一跃，吓了两个伪军一大跳。其中那个又瘦又高的伪军瞪起眼来凶狠地问："车上拉的酒，送到哪个碾去啊？"同时，那个又胖又矮的伪军也拉开枪栓推子弹上膛，端着枪对着吴医生背后。车把式见状慌忙给那个又胖又矮的伪军说好话："老总，您别紧张。俺这马从没出过远门，这是第一次上道送货。它一看见老总您这阵势就尥蹶子，您千万别再拿枪吓唬它。四条腿的牲口不通人性，别让它再受惊尥蹶子耍开。"那个又胖又矮的伪军听了后，转怒为笑地把手里的枪放下。

吴医生这边一听那个又瘦又高的伪军说的是滨惠方言"哪个碾"，就用当地话回答："俺俩是从商河拉货回滨惠。"那个伪军刨根问底地说："老板，听你口音像是滨惠人？"吴医生忙说："是，俺是滨惠李庄人。"他听了高兴地说："巧了，俺是滨惠胡集人，咱们是真正的老乡啊。敢问老哥你在哪里发财啊？"吴医生又急忙回话："兄弟幸会，我在滨惠县城武定府酒店当掌柜的，今后还会常路过这个碾，还请老乡兄弟多多照顾啊！”吴医生从上衣兜里拿出两块大洋，给两个伪军每人一块。他装着嬉皮笑脸地献媚说：“老总们夜里站岗都很辛苦，这点心意就算是谢谢老乡兄弟啦。”两个伪军拿了银圆往嘴上吹了一下，又放到耳朵上听了听银圆发出的声音，然后美滋滋地摇晃着脑袋回岗楼去了。

吴医生和车把式上车继续赶路，他俩边走边说话，车把式抱怨说：“你看看，一路上咱们不舍得吃烤鸡，更舍不得喝好酒，反倒是让小鬼子和狗汉奸吃好了、也喝欢了。”吴医生听了以后接着说：“车老大，咱们就当路上碰到土匪了，你说不这样想咋办啊。再说，这小鬼子和伪军们都蹲在公路沿线的炮楼里，他们白天都不敢走多远，晚上更是吊桥高挂不敢出门，只能拿一个探照灯瞎晃悠几下壮壮胆而已。中国广大的农村还是咱老百姓占着，据说还有神通广大的八路军和游击队到处打鬼子、除汉奸。你说这小鬼子和狗汉奸还能蹦跶几天？对不对？”

车老大听了连连点头称是，但他又不解地问：“吴医生，我就很佩服咱家季老爷。他不但社交面广，而且为朋友和四街四邻的百姓办啥事都是一心一意，从不敷衍马虎。你说季老爷到底图个啥？”吴医生回答说：“是啊，做人做事，就要讲究个真心实意，讲究个凭良心。”车老大接着说：“这是真的，我跟季老爷这么多年，他老人家没少照顾俺，逢年过节的就更不用说了。”

一路上，他们就用送酒肉、迷惑敌人的办法，闯过了鬼子和伪军一次又一次的检查，把药品安全顺利地送到临海军区野战医院，为救治伤病员赢得了宝贵的时间。这条秘密的可靠的药品器械供应线，为八路军临海军区野战医院解决了大问题。

第七章

药店生意红火 招来奸商算计

经过一年多的历练，二少爷季传祥的医术大有长进，不但能辨别和熟记二百多种中草药，而且还清楚什么病该抓什么药、药性效果如何、用多大剂量等。在吴医生的介绍下，季传祥于 1943 年 12 月 23 日加入了中国共产党。按照党组织的保密规定，季传祥同志仅与吴医生一人单线联系，具体工作就是为八路军临海军区野战医院筹办紧缺药品、器械，并协助吴医生传递情报。

寿康大药房自开业以来，一直贯彻以人为本。前来看病的街坊邻里，不论有钱没钱都能看病，而且没钱也可以赊药。每到月底药店盘点时，季传祥就把赊账的名单拿给父亲季老爷过目，季老爷总是微笑着对二少爷说，先放着到年底再一起说吧。等到年终再盘点拢账时，季老爷也从不提要钱还账的事。季传祥把所有赊账欠钱的条子拿给父亲看，从开业到年底一共赊账的钱数就有二十九块大洋。季老爷看着这一张张的欠条，对季传祥说："传祥啊，谁做生意都是为了赚钱，但是，不管你能赚到多少钱，却不一定赚到人心啊。孟子曰：‘穷则独善其身，达则兼济天下。’咱开药店救不了天下所有百姓的病，我们照顾一下街坊邻居总可以吧？你想想当下这年头，要是有钱谁不愿意还治病救命的钱，说一千道一万，赊账还不就是手里没有钱啊！这眼看马上就过年了，咱要是再去登门催账要钱，人家心里会是什么滋味啊？”其实，季传祥非常明白父亲心里想什么，所以连连点头表示赞同。季老爷把手里所有赊账的欠条轻轻掂了一下，然后就全部放到取暖用的火盆里烧了。父亲待人的宽厚和仁慈，在季传祥的脑海里留下了永远抹不去的烙印。

寿康大药房有吴医生的好医术，再加上很照顾没钱看病买药的穷人，确确实实方便了老百姓治病就医。所以，寿康大药房生意越做越顺、越做越红火、人气也越旺盛。这药房红火的好生意着实引起县城药界同行的关注，好心的人们赞扬季老爷有善心会做生意，无德奸商则动起了歪脑筋，生出了恶念。

在卧牛县城东街有一家三鑫大药房，东家叫金有财。他在兄弟中排行老三，所以人称金三爷。他原本就是个奸商，不但卖药时缺斤短两、以次充好，而且规定拿药赊账不能超过五天。若是人家暂时还不起账，他就带着给日本鬼子当翻译官的外甥刘怀水，挎着盒子枪上门催账并逼着要钱。谁家要是不给钱，催账的人轻者打人家几皮鞭子，重者抓人家男丁去给鬼子修炮楼。如果看见人家有年轻漂亮的姑娘，催账的人就先把人抓到药店当帮工，并说这叫以工抵账，实则要把人转卖到窑子里去。所以，刘怀水臭名远扬，城里人都叫他名字的谐音“流坏水”。

话说街坊刘大娘常年有痨病，要吃中药。她儿子就在金三爷东邻的皮革社里当伙计，年底欠了金三爷两块大洋的药费还不上。腊月二十五晚上，金三爷就带着他外甥刘怀水去敲门催账。刘大娘的儿子说："金三爷，马上就过年了，俺娘的病还没有见好，医生让再抓五服药继续吃着，俺皮货店大掌柜的还没有给我算工钱，你看能不能过年后再去结账？"金三爷一听拔起嗓门喊："你说得轻巧啊，你过年后再还账，这年我怎么过啊？"刘大娘的儿子哀求道："金三爷，咱们都是多年的邻居，整天低头不见抬头见的，你还怕我不还您账吗？"金三爷一听这话更加气不打一处来，他瞪起三角眼吼道："我看你小子是成心不想还账啊，明天是腊月二十六，再不还账有你好果子吃！"金三爷给他外甥'流坏水'使一个眼色说："外甥，咱走！"

腊月二十七一大早，金三爷和刘怀水带着两个伪军就到刘大娘家。金三爷向刘大娘说："你儿子就是赖账不还，我也没有别的办法，只能请你儿子去干劳工顶账了。"刘大娘一听就从炕上起来跪下求情："金三爷，看在咱多年邻居的面子上，你就高抬贵手行行好吧，马上就要过年了，你把俺儿子带走了，这不是要我老婆子的命吗？"刘怀水上前阴阳怪气地说："皇军有命令，要征一批有力气的人去做工，到那里干活可是发现大洋、吃白面馍馍、坐大火车啊，他这是去享福啊。"金三爷说着一挥手，两个伪军上前架起刘大娘的儿子就走了。刘大娘的儿子回头喊着："娘，娘，娘……"刘大娘边哭边用双手拍打着炕沿喊："金三爷，你真是太狠心啦。你这是在作孽啊，要遭天打五雷轰的报应啊！"

大年三十晚上，刘大娘因病重、挂念儿子，又受了惊吓，就气死在炕上。大年初一早上，街坊邻居去拜年时才发现她，初二，街里街坊凑钱买了一副便宜的棺材把刘大娘葬了。

在送葬回来的路上，街里街坊都议论说金三爷真是在作孽啊，都是多年的老街坊邻居，他怎么就能这样狠心下毒手呢？正因为他有这样的毒心恶行，街坊邻居都远远地躲着金三爷，大家看病拿药都到城里别的药店去。所以，他药店的生意一天不如一天，再说他店里到底有多少人气？就更谈不上了。

金三爷看着季家寿康大药房生意兴隆、人气旺盛，就感觉特别闹心，碍于季老爷商会会长的面子又不能找茬发作。所以，金三爷整天在家浑身不自在，常常对家人发无名火，做梦都想成为寿康大药房的东家。正巧，正月初四这天晚上，刘怀水来给他老舅金三爷拜年。俩人喝着小酒说起生意好不好做的事。金三爷一肚子不满意地说：“外甥你看看，老舅我从十四岁就跟着别人开药铺、当学徒，到现在都干了四十多年的老药行了，无论说年龄、见识、实力、经验等等哪样都不差，可是现在看看呢？就是不如季老爷家这刚干一年多的药房生意好。我想想心里就窝火，总感觉是他抢了我的生意！外甥你得再帮老舅出出主意，咱得把季会长的生意争过来才行。不然，这生意真没法干了！”爷儿俩边说边喝，几杯热酒下肚，刘怀水眯起他那一对小三角眼，气愤地说：“都是卖药的，季会长他就能卖出个花来吗？”金三爷接茬说：“我也常到季会长的药铺门口转，人家药铺里就是看病的、拿药的多，人气也旺，不知这是咋回事，我不吃不睡也没有想明白。”刘怀水对他舅说：“老舅您放心！不管他季会长有多大能耐，咱办不掉他，可以让日本人办他的药店，就说他的药店私通八路、倒卖违禁药材，就凭这一条足够他喝一壶的，看他今后的生意还怎么做？”金三爷一听就乐了，手往桌上用力一拍喊道：“妙！我看俺外甥这招保准灵。”

每年正月里闹元宵，正是城里家家户户的男女老少看扭秧歌的时候，这也是鲁北一带延续千百年来的老风俗。日本鬼子占据卧牛城后，大力宣传所谓的“大东亚共荣圈”的殖民侵略政策，他们强迫各乡长、村长、保长和往年一样，从正月十三到正月十八这六天，每天上午 9 点开城门到下午 5 点关城门之前，必须安排各乡里的秧歌队进城表演，以展示鬼子推行的“大东亚共荣圈”新秩序的繁荣景象。传统的表演有舞龙灯、耍狮子、划旱船、武术、高跷、西游记里的唐僧师徒四人表演等等。除了前面提到的传统项目外，还有唱《三字经》《百家姓》，婆媳对唱《合家好》，表演地方特产名吃顺口溜等，都是百姓喜闻乐见的节目。

正月十四这天，元宵节秧歌队陆续进城，街上男女老少都出来看秧歌凑热闹。季会长和吴医生商量，今天趁着各乡镇秧歌队集中进城的热闹场面，沿途鬼子伪军的岗哨检查相对松一些，赶紧再给八路军临海军区野战医院送一批药品和高度酒。正月十四早上，季传祥开始装车，在大马车上装了两缸兑好的四十五度酒、两缸六十五度原浆酒（代替酒精用于消毒），又把年前筹备好的药品藏到大马车的底部，用旧木板重新钉好，再用泥巴汤来刷一遍钉子眼，一眼看上去没有什么变化。另外，为应付沿途鬼子和伪军的岗哨检查，吴医生又在大马车前面的杂物箱内放了六坛老烧酒、六只烤鸡，怀里又装了六块大洋。全部忙完后，季会长又围着大马车前前后后、上上下下地仔细转了一圈，看着没有什么纰漏，就对吴医生和季传祥说："你俩吃完晌饭后换好衣裳，下午 2 点左右，趁着城里城外最热闹的时候赶紧出城。"

晌午刚过 2 点多，吴先生乔装成赶车的大车把式，二少爷乔装成送货的酒店伙计，二人赶着送货的大马车直奔县城南门。县城南门站岗的伪军见是卧牛酒店的大马车，就问："喂，今儿个大马车去哪送货啊？"季传祥回答："明天是元宵节啦，俺去商河县城给田司令送酒去。"站岗的伪军一听，马上放下吊桥、拉起挡路横杆。季传祥向站岗的两个伪军抱拳道谢："老总辛苦，等我们回来请客啊。"吴医生和季传祥相对一笑，挥鞭一抽，啪的一声脆响，大马车驶出南城门直奔商河公路，向东而去。

为什么城门上站岗的伪军一听是商河县的伪军田司令就很敬畏呢？原因是田司令不是一般的土匪、民团改编成的伪军，而是国民党黄埔军校第十期的毕业生。他本家就是商河县城里最富有的大地主和资本家，在商河县拥有十五万三千多亩土地，在城里有三处大钱庄、五处大药房、两家大旅社、四家大酒店、一家中西医结合的医院、一家织布印染厂、一家被服厂、一家铁器厂、一家军械修造厂，并建有小学、中学、军训学校。田家垄断了商河县的工商税收和农业、工商业、金融、医疗、教育等全县的经济命脉和社会资源。

田敬堂曾是国民党军队的陆军上校团长，因淞沪会战上海失守后，田敬堂带领其余部四百多人和十几辆军用卡车并携带部分武器弹药及军需物资回到商河老家，自任商河县保安团总司令兼商河县县长。他是手握商河县军政大权的实力人物，利用手中的军政大权经营起自己庞大的家业，是鲁北地区十几县中最有实力的地方军阀之一。一提起商河县的田司令、田县长，周围几个县的老百姓没有不知道的。所以，从卧牛城到滨惠县李庄镇这来回的路上，每遇到日伪军的岗哨检查，他们只要说是商河县田司令的货物，没有敢找麻烦的。

但是，这次送货回来的路上走到龙桑寺炮楼时，就遇到一个刚来的伪军站岗。他看见大马车过来就喊道："车夫给我站住，老子要例行检查。"吴医生说："老总你看，我这是空车啥也没有，你还检查个啥啊？"那伪军一看没有啥油水可捞，便开口骂道："都说这条公路上油水大，老子求人拜门子才来这个炮楼的，今天站第一班岗就碰见个穷鬼，真倒霉啊！"这个伪军边骂边走到车前来，围着大马车前前后后、上上下下转起来，突然他弯下腰向车底下看。他这一看立刻引起吴医生和季传祥的警觉，虽然车下已没有东西了，但是，一旦让这个伪军发现车底下有夹层，就会惹出麻烦。在这紧急关头，吴医生用鞭杆头猛刺马屁股。这马受了惊吓，一声嘶鸣狂奔起来，吴医生高喊："老总快闪开，马受惊别撞伤人啊！"马一叫、人一喊，也把围着车转圈的那个伪军吓了一跳。站在他后面的另一个老伪军对他说："喂，我说新兵蛋子，你知道这是谁家的马车吗？"小伪军不服气地问："我说老哥，你说这是谁家的，难道是你家的不成？”老伪军回答说：“要是我家有这么一辆大马车，我还在这里站岗吃这碗饭啊！”小伪军皱起眉头来催促道：“老哥，别在这里卖关子啦！”老伪军得意地说：“那好，我告诉你这个新兵蛋子，今后千万要记住啊，这马车是咱商河县田司令家的，你敢搜查他家的车，还想不想吃这碗饭啦？”那个查车的小伪军用手摸了摸后脑勺自言自语地说：“俺的娘啊，这不是戳到老虎屁股了吗？”

老伪军赶紧放行，又以教训的口吻对小伪军说：“新兵蛋子刚进门，有啥事要先问问老子我，你连毛还没有长全呢，别一天到晚牛哄哄的。”小伪军用埋怨的口气对老伪军说：“你为啥不早告诉俺呢？”老伪军又讽刺他说：“你刚来又有硬门子，我可不敢随便教导你。再说我要是挡着不让你检查，岂不是挡了你的财路了吗？”查车的小伪军连连抱拳拱手说：“俺初来乍到，没有啥见识，以后还望老哥您多多指点，这次俺真的领教了。”老伪军听了小伪军这话感到满意，又开口教训道：“你这就对了，凡是到了新地方，就有新的规矩，不懂就要多问问。‘骡子马大了值钱，人的架子大了不值钱’，听明白了吗？”小伪军听了说：“俺这会明白啦。”老伪军又问：“小子，现在能告诉我投谁的门子来龙桑寺的吗？”刚来的伪军皱着眉头说：“俺爹找的田司令手下的马团长，他和俺爹是远房表亲。”老伪军又讽刺地说：“怪不得你刚来就这么牛气冲天，感觉你是坐着铁橛子骂街——根子硬啊！”

大马车一口气跑出了三四里地，等马车慢下来，季传祥问吴医生：“我光顾着紧张了，马是怎么受惊的？”吴医生笑了笑说：“我以前在部队上经常骑马，只要用尖锐的东西猛刺马屁股，这马很容易受惊吓，马若受了惊吓必然会嘶叫狂奔起来，不然，我们车底夹层不就露馅儿了吗？”季传祥竖起大拇指赞叹道：“吴医生，您真了不起，就是有绝活啊！”

第八章 鬼子汉奸突袭 宪兵队里受刑

正月十五早上，药铺小伙计王春柱打扫干净完屋里屋外，正在柜台前面拿着毛巾擦头上的汗水。他突然看见鬼子的两辆三轮摩托车一前一后停到药铺门口，转眼间进来三个鬼子、两个伪军，后面还跟着鬼子翻译。鬼子翻译进门把老鼠眼瞪圆扫视了一遍药铺，喊道："都给我搜！"鬼子和伪军们把药店前前后后、上上下下、里里外外搜了个底朝天，只看到一袋又一袋的中草药和柜台上摆的少量常规西药样品，什么违禁药品也没有查到。正当鬼子翻译气急败坏地想发火时，季家大少爷季传瑞在隔壁店铺听见有吵闹声，就走过来看看到底发生了什么事。小伙计指着鬼子和伪军说："大少爷，你快看看这。"鬼子翻译指着季传瑞对鬼子说："他就是季家大少爷，私通八路卖皇军违禁药品，带走！"两个鬼子立即架起大少爷季传瑞就拖出药店门外，接着就按倒在三轮摩托车里，把大少爷季传瑞押回了日本宪兵队。

这眼前突然发生的一幕，把小伙计王春柱吓得老半天才缓过神来。

以前常看见鬼子从药店门前的大街上走过，但是，从来没有看见他们直接闯进药店来抓人。王春柱顾不上关店铺的大门，就一路快跑来到内宅向季老爷报告。季老爷刚刚起床洗漱，听到王春柱说的情况先是一愣，接着问："鬼子翻到什么药物了吗？"王春柱说没有。老爷又问："带走了什么东西？"王春柱说，只拿走柜台里的四种西药的样品。季老爷听后暗想："好险啊，幸亏昨天已经把药运走，不然吴医生和二少爷都得遇险，更重要的是那批军区急需的药品也会落到鬼子手里，那麻烦可就大了。"季老爷对小伙计王春柱说："知道了，别害怕，你先回药铺守着，照常开门营业，按时关门打烊就行了。"小伙计王春柱回季老爷说："请老爷放心，我回去看店了。"王春柱前脚刚走，季老太太就哭着从里屋出来，抓住季老爷的手说："老爷赶快想想办法救咱家老大，千万别让孩子在里面受罪啊，这狗汉奸、小鬼子和伪军都不是什么好东西！"季老爷安抚老太太说："这个我心里有数，我马上想办法找人去救咱家老大出来。"

季老爷快步回到书房，拿起烟袋锅，坐到太师椅上默默地抽了两口。他首先想这事是如何发生的，难道药店的情况被泄露了？又反复仔细一想，不可能啊，药店里就只有自己、吴医生、老二季传祥三人亲手经办药品，再说买回的紧缺药品直接入库锁起来从不记账本，药库钥匙由老二季传祥亲自拿着，药品外运都是从后门直接装车。小伙计王春柱只是看守街面的药铺，他一天到晚吃住在药铺里，根本没有参与药品的采购。他也不知道仓库里放的什么药，更不知道药品运到哪里去啊。事出必有因，那到底问题出在什么地方呢？

季老爷前前后后分析了一个遍，基本排除了内部人员泄密的可能性。那鬼子和伪军又是如何突然来到药店抓走老大传瑞的呢？季老爷又猛抽了两口烟，刚刚舒展的眉头又深深地皱了起来。他怎么都想不到竟然是东街药铺的金三爷和鬼子翻译刘怀水合伙惦记他的药铺，在暗地里下套挖坑、使毒招算计自己。

三袋烟都抽过了，季老爷也没有想出个头绪来。于是，季老爷就叫来账房掌柜王尚德（季老爷的妻侄）商量这事如何办。王掌柜进门就说："我也是刚听俺姑说大表弟被鬼子抓的事，当下最要紧的是看谁能帮咱救出大表弟！"季老爷说："我叫你来就是为了商量这事，虽说这事发生得很突然，但顾不了许多，救老大要紧。"王掌柜接着说："首先，在没有搞清楚事情的真正原因之前，您不能亲自出面找宪兵队要人，万一鬼子和汉奸是冲着您来的，那不就成了自投罗网吗？"季老爷听了点点头，王掌柜又接着说："我在咱熟的人中间想了好大一圈，当下能帮上咱忙的人，也就是咱们县保安团的赵常明司令。虽然他不是咱们家的近亲，但是，他现在干的差事和鬼子宪兵队有关系，我琢磨着可以找他试试看。"

季老爷和赵常明虽然以前见过面，也知道有老表亲这么一点远亲关系，但是两人从没有任何来往。自从赵常明干上县保安团司令，头上有了这个汉奸走狗的臭名，季老爷更是很少和他有什么来往。所以，一提起这县保安团的赵常明司令，季老爷就来气。他说："这个人，虽然没干什么伤天害理的坏事，但整天跟着日本人屁股后面转，也算不上什么好人。这事我不想出面求他，也不想沾他的边，更不想欠他的人情。”王掌柜劝季老爷说：“姑父，您看当下能和日本宪兵队说上话的人，满县城里找遍了还是只有赵司令，您想想和咱有关系的还有其他人吗？再说，现在不是您想不想理他的时候，救人要紧啊！虽然他和咱有这么一点点远亲关系，但遇上这种与日本鬼子要人的大麻烦事，人家帮不帮咱忙还是两说着呢？”季老爷听了皱起眉头很无奈地点点头说：“这话有道理，那就死马当活马医，只能试试看了，你先回，有事我再叫你过来。”

送走王掌柜，季老爷就给赵司令家打电话：“喂，赵司令在家吗？”赵司令的夫人一听电话是季会长打来的，就惊奇地问：“哎哟嗨，二表哥还记得我这个表妹吗？”季老爷说：“我说表妹，别开玩笑啦，我有急事找常明，他在家吗？”赵夫人一听远房表哥有急事，赶紧说：“他在书房里，表哥您稍等，我马上去叫他来接电话啊。”赵司令一听太太说季会长有急事找他，三步并作两步来到客厅，拿起电话就喊：“喂喂喂，是季会长吗？”季会长说：“是我，我有急事想到您府上见面商量。”赵司令听后说道：“老兄要是能在电话里说清楚，您就别大老远再往我这里跑了。”季会长回道：“这事电话里说不清楚，还是见面说吧，我立马过去，请老弟稍等一下。”赵司令一听季会长非要来家里商量事，预感到一定有什么大事要商办。他赶紧吩咐家里的佣人打扫好客厅卫生，沏好茶、摆好烟，他亲自到院门口迎接季会长。

赵司令家住在县城西街中间路北，整套院子是“日”字形建筑群。大门朝南，门上面挂一块黑底金字的大横匾，上书“赵府”二字。赵府前后两进院的布置，进大门迎面是一个砖雕大影壁，上面雕的是山水花草。大门两边是两排东西向的厢房，左边三间屋是警卫班用房，右边三间屋紧靠南头的一间是仓库，其他两间是厨房。影壁的后面就是五间大瓦房，中间有过堂直通后院，东面两间是赵司令在家里的办公室兼书房，西面两间是会客厅兼餐厅。跨过中间的过堂大门，就是后院内宅。迎面是一个与门同宽等高的太湖石，不但美观好看，还兼有内宅影壁的功能。后院内宅两边也各有南北向的三间厢房，左边三间是内宅厨房和餐厅。右边靠北两间是内宅亲戚来访的客房，靠南一间是佣人住房。后院的正房也是五间大瓦房，屋脊比前院的屋脊高一尺，寓意步步高升。内宅五间大瓦房的中间是大客厅，东面两间是赵司令夫妇住，西面两间是孩子住。整个院子前后有序，东西配置对称，整体落落大方。

打完电话后，季老爷赶紧让王掌柜备车，直奔县城西街赵司令家。车到了赵司令家门口，季老爷下车，第一次踏入这个远房表妹家的大门。

季老爷来到赵司令家，两人见面寒暄几句后到客厅落座。佣人给客人敬上茶、退出门后，赵司令对季老爷说：“季会长有何吩咐，尽管请讲！”季老爷就从头到尾把早上发生的事说了一遍，赵司令说：“这事我还真没听说，老兄别着急，您先在我家坐一会儿。我马上去日本宪兵队问一问情况，问明白有什么情况后，再回头想办法救大侄子。”

早上，季传瑞被鬼子抓到宪兵队后，被直接带到地下审讯室。鬼子翻译刘怀水亲自审案子，他对季传瑞说："姓季的，你知道为什么皇军把你请到这里来吗？"季传瑞看到这鬼地方虽然有些害怕，但心里想到自己从没有做过亏心事，爹也肯定会想办法来救自己。他不卑不亢地对鬼子翻译刘怀水说："俺不知道！"刘怀水冷笑着对季传瑞说："那好，我告诉你，有线人告发你私通八路，明白吗？"季传瑞听了生气地说："你说话要有凭证啊，可不能胡说八道，我压根儿就没有见过什么八路、九路！"刘怀水恶狠狠地说："你小子还敢嘴硬，敬酒不吃吃罚酒！"他指着审讯室内的各种刑具对季传瑞狂吼道："你看见了没有？如果不说实话、不从实招来如何私通八路，这十八般刑具都让你尝一个遍！"季传瑞更加气愤地说："我们家从没有做过伤天害理的事，既不认识八路，更没私通过八路，总不能你说是啥就是啥吧？"鬼子翻译刘怀水一听，瞪起贼眼号道："好小子，看来你真是不见棺材不掉泪啊，来人！给他上老虎凳、全身烙烙梅花！"从旁边走过来两个鬼子，把季传瑞架到老虎凳上。然后刘怀水又拿起大火盆里烧得通红的梅花烙铁，在季传瑞眼前来回晃了几晃，眯起眼说："姓季的小子，你到底想招还是不想招？再不从实招来，就等着你满身开花啦，哈哈哈！"

这人说来真是奇怪，平时文静儒雅的季传瑞在这魔鬼窟里竟大义凛然。他愤怒地说："既然俺进了你这狼窝，要杀要剐随你的便！"鬼子翻译刘怀水一看再无计可施，就狂吼道："给我动手，让他尝尝宪兵队的厉害！"鬼子、汉奸一起动手，在老虎凳上一层又一层地加砖，火红的梅花烙铁烫遍了季传瑞的前胸和后背，季传瑞硬是把嘴唇都咬出血来，但他始终没有叫喊过。

快等到中午时，赵司令匆匆回家和季老爷见面后说："我见到宪兵队松野队长，他说是刘翻译官接到线人的报告，亲自带队搜查的您家药店，目前正在审讯过程中，其他情况就不清楚了。老兄仔细想想，您以前和这个刘怀水有什么过节吗？"季老爷思考了一会儿说："我之前并不认识这个鬼子翻译刘怀水，更谈不上和他有什么过节，也不知他是哪里的人。咱家药铺里就三个人，吴医生、老二传祥和小伙计王春柱，我也问过他们，都说以前也不认识早上带队抓人的鬼子翻译。药铺小伙计王春柱是个十四五的孩子，更不可能和他有啥来往和过节。到底问题出在哪里，我这一时半会也理不出个头绪来。我想听听你的主意，看看咱们下一步如何办好？"

赵司令说："咱们都是亲戚，虽然平日里不经常走动，但当务之急救大侄子要紧！到底能办到什么程度，现在我心里也没有个底，不过皇军那里我会尽全力去疏通，我出面总比别人去方便些。我再安排人去秘密打探一下，松野队长所说的刘怀水的线人到底是什么人？为什么与你们家有这么大的过节，要下此毒手。"季老爷见赵司令说的话既在理也有诚意，随即回答说："好，咱们总归是有亲戚关系，自己人不说外话，我马上回去准备钱，今天晚上尽早送到府上，请老弟您多多费心周旋救人吧！"

季老爷回到家和太太说了找赵司令的情况，老太太擦着眼泪说：

“您说说，咱这是到底得罪谁了？把咱老大抓到鬼子大牢里遭受这么大的洋罪！他爹，咱不管多难，都要赶紧想法救出咱老大来。”季老爷说：“我也是这么想的，就是越快越好，好在赵司令看在咱亲戚的面子上答应了要出手管这事。您先去睡吧，我去书房找尚德商量点事。”老太太自言自语地说：“咱老大回不来，我哪能睡得踏实啊，哎！”

季老爷回到书房，立马找来账房先生王尚德。王掌柜进门就问：“姑父，大兄弟的事，赵司令是咋说的？”季老爷说：“赵司令答应帮咱忙，但需要钱打点关系，现在家里账上还有多少钱？”王先生掰了掰手指头说：“年前买药花了一百五十五块大洋，吴先生和二少爷前天出门又带了六块大洋，这就去了一百六十一块大洋，家里总共还有十七八块大洋。年后，咱这几家商铺开门没几天，又没有卖多少酒和杂货，总共就是这些钱了，您看怎么办？”

季老爷说：“现在家里这点钱肯定不顶事，这救人命的大事花钱少了不解决问题。现在去找人借钱也来不及，再说张嘴借几十块大洋，谁家也立马拿不出手来。你回去再多动动脑子、想想办法，看看老股东、老客户们手里有多少，不管是多少利息，只要能筹到钱都得考虑一下。眼下这事着急不等人啊，还得多想办法快凑些钱吧。”王掌柜回答：“我马上按您的意思办，再看看能想出啥办法来及时给您回话。”王掌柜转身关门，急回账房去操办。

王掌柜走后，季老爷又拿起大烟袋抽起烟来，望着缕缕升起的烟雾，季老爷的双眼也湿润了。这两年的往事一一涌上心头，带领大伙修孔庙、建学校、铺街道、挖水井，这些没有半点私心，一件件、一桩桩都是为百姓做的好事，更没有办过得罪人的事。再回忆自己加入共产党、开办酒店商铺筹钱、积极投身抗日斗争，国家有难匹夫有责，这都是人心所向的正道。

季老爷咋想也想不出季传瑞被鬼子和汉奸抓走的原因，问题到底出在哪里？是谁在背后算计自己呢？

第九章

卖地筹钱救子 少爷命归黄泉

季老爷为了筹钱救人琢磨了一个通宵，熬到鸡叫四遍了，叫来王掌柜说：“你想出啥办法了吗？”王掌柜说：“我琢磨了大半夜，都想了一大圈了，到现在还是没有辙啊。”季老爷说：“我想这么着，今早起你去北街和马五爷见个面，去年冬天他还托人问咱卖不卖城北靠他家地的那七十七亩地呢，当时他出价是每亩五块大洋咱没卖给他。现在你再去找马五爷，就说季老爷家里有急事等着用钱，看在多年商圈老朋友和地邻的面子上，每亩四块大洋就卖给他。不过，条件是必须马上付现钱！”王掌柜说：“当下只有这个法筹钱最快，我立即就去办。”

王掌柜直奔北街马五爷家，见面说明了卖地的情况，马五爷一听这价钱，猛拍了一下脑门对王掌柜说：“你不是大清早来跟我逗乐子吧？”王掌柜认真地说：“季老爷的为人你应该比我清楚，他什么时候说话不算数过？他要是不遇到天大的难处，能以这么便宜的价格就出手吗？再说你们都是多年的地邻，他家种的这七十七亩肥田卖啥价，你老人家心里还不清楚吗？马五爷您老想想，我说的是不是实情啊！”

马五爷一边用手挠着头皮一边琢磨着，也是啊，季老爷肯定是遇到什么大难处啦，不然这么好的地以这价钱他真的不肯卖，这真是天上掉馅儿饼的好事。他自言自语地说：“怪不得我昨晚梦见满院子发大水啦，水里还有好多大红鲤鱼在游动，你看看这梦还真灵验了！”想到这里，马五爷笑着对王掌柜说：“得，这事就这么定了，我全当给季老爷帮忙。不过呢，我只能先给季老爷凑二百块大洋，余下的一百零八块大洋再容我三个半月的时间，等我收完了麦子后全部还清余款。请王掌柜回去还得在季老爷面前替我多多美言几句啊！”王掌柜哪里还有心思和他磨牙啊，见事已谈妥便速回去禀报季老爷。

王掌柜回来向季老爷报告说：“事已谈妥，马五爷手里没有那么多现大洋，必须分期付款，先付咱二百块大洋。”季老爷说：“只能先如此，你下午赶紧带着印鉴，坐我的轿车去签地契文书，顺便把钱拉回来装好箱子，然后把车停在账房门口等着，天黑后跟我去保安团赵司令家。”王掌柜速回账房准备地契文书和印鉴，按照季老爷的嘱咐一一去办理。

季老爷安排好王掌柜去卖地筹钱，接着要办的事就是去找钱庄的掌柜孙文庆。孙掌柜和季老爷是姑舅表兄弟，两人从小一起长大，关系一直都非常要好。因为孙掌柜是商河县贾庄镇大孙家村人，对吴医生和二少爷来回走的路径很熟悉。季老爷对孙掌柜说：“文庆啊，吴医生和传祥去商河送酒了。你赶紧骑毛驴出城，天黑前一定赶到贾庄镇，在那里想法截住吴医生和传祥他们，碰头后先到你老家，安顿好他们。在传瑞的事没理出个头绪来之前，千万别让他俩回卧牛城来。”孙掌柜说：“表哥放心，我马上就去办。”

傍晚时分，季老爷和王掌柜坐着轿车来到赵司令家，季老爷让王掌柜把装有二百块大洋的箱子抬到赵司令的书房里。赵司令一看就假装客气地说：“都是咱自己家的事，您干什么还这么客气？我为大侄子的事帮忙，还不应该吗？”季老爷回话说：“这是人命关天的大事，更关键的是人不在你的手里，而是关在日本宪兵队的大牢里，就是砸锅卖铁也得尽快救出传瑞！”听到季老爷把话说到这份儿上，赵司令也就不再客气了，急忙向季老爷表态说：“我马上再去宪兵队找松野队长说情，具体什么情况我会及时告诉您。”

季老爷把钱送到，就回家等大少爷的消息。一进门老太太就问：“老爷，咱家老大的事咋样啦？”老爷说：“已经托赵司令去找松野队长了，等明天再听个回信吧。”一听传瑞晚上还是回不来，还不知道小鬼子怎么折磨他呢，老太太和大儿媳娘儿俩相互抱头又痛哭了起来，二儿媳见状也在一旁流泪。季老爷红着眼圈劝她们娘仨说：“都别哭了，再哭也没用。一是赵司令是咱家亲戚，肯定用心帮咱的忙。为了救咱家老大，我把北门外的七十七亩地都卖了，钱给了赵司令。二是小鬼子和伪军在咱药铺里啥也没有搜到，咱是不做亏心事不怕鬼叫门。我估计老大不会有啥危险，这天也不早了，都回屋歇着吧。”大家一听老爷说得挺有道理，就不再哭了，各自回屋歇息去了。当然，家里人都不知道药铺的真实情况。

第二天中午，赵司令带着太太来到松野队长家里，先给松野队长送上北宋名家邢嗣同的一幅字，又给松野太太送上两盒杭州真丝提花衣料。松野队长看到赵司令送的礼物大加赞赏："赵司令夫妇大大的好，大大的够朋友！"赵司令说："多谢太君夸奖！我和太太来府上有事请太君帮忙。"松野队长说："赵司令，你的有事快讲。"赵司令说："翻译官刘怀水官带兵搜查了季会长家的药铺，并抓走了季会长的大儿子季传瑞，现在人还关在宪兵队里。季会长是我姨家大表哥，他也是卧牛城商会的会长，全家人绝对都是良民，对维护县城共存共容的社会秩序贡献很大。"松野队长听后说："你的，完全可靠？"赵司令一字一句坚定地回答："太君，我以全家性命和自己的脑袋担保，季家绝对不是私通八路的人。他家是大地主加资本家，八路不喜欢他们，请太君明察！"松野队长说："吆西，我的明白！"

松野队长拿起电话要通宪兵队便问："小岛君，审问的情况如何？"鬼子小岛说："老虎凳、辣椒水、红烙铁、皮包肉四样大刑都用过了，抓来的人什么也没有交代。"松野队长说："你的，抓来的人，是县商会季会长的大儿子，也是保安团赵司令的亲戚，既然没有发现有价值的口供和证据，就看在赵司令亲自做保人的面子上，快快放人吧。"小岛听到松野队长的命令就说："哈依，我的马上放人！"

松野队长对着电话接着说："小岛君，最近我们周围的土八路活动非常厉害，偷袭炮楼、割电话线、挖交通壕、埋土地雷等等，统统的不允许。城里的，还比较安静，但不能放松警惕，要求宪兵队加强警戒和巡逻。今后对县城内的所有药店要严加巡视查验，凡发现买卖违禁药品者，格杀勿论。你的明白？”小岛说：“哈依，哈依！我的明白！”等松野队长放下电话后，赵司令夫妇谢过松野队长，急忙回府。赵司令立马打电话告诉季老爷，速到宪兵队门口接人。

话说季家大少爷季传瑞，是街坊邻居公认的老实忠厚人，但一身骨头却是特别地硬。无论鬼子和汉奸如何严刑拷打，他就只说：“买药合法，卖药公道，治病救命。”经过两天一夜的酷刑逼供，平日里没吃过苦、受过罪的大少爷季传瑞，已经被鬼子、汉奸们折磨得不行了，人躺在刑讯室的地上一动都不动，只有出的气没有进的气了。

季老爷接到赵司令的电话，急忙带着王尚德等人赶着马车直奔西街日本宪兵队，来到了宪兵队大门口，就看见两个伪军抬着一个门板走出来。季老爷三步并作两步跑上前去，一看大少爷浑身是血、满脸铁青的惨状，两眼一黑，腿一软就晕了过去。众人赶紧把季老爷和大少爷抬回家，等到一片痛哭声把老爷惊醒后，季老爷睁眼急着问：“传瑞咋样？赶紧找医生看伤啊！”王尚德摇着头对老爷说：“人已不行了。”

季老爷睁大眼睛听着，这国仇家恨一起涌上心头，两行老泪从布满皱纹的眼角流了下来。这不是逼着白发人送黑发人走吗？季老爷先是攥紧拳头重重地捶在床边，然后又用袖口擦擦眼泪镇静地对王尚德说：“尚德，快扶我起来！当务之急，抓紧到棺材铺挑一副好棺材，老大走了，俺不能亏待了他。再是，通知城里的亲朋好友，明天给传瑞出殡。”

按当地风俗，有老人在，家中晚辈早逝，只能办一天的丧事。季老爷接着又说：“让孙掌柜赶紧再去贾庄镇大孙家村与吴医生和传祥见面，请吴先生速返回送货地点说明这里发生的事，让孙掌柜和传祥一起回来，帮着料理丧事。”王尚德擦干眼泪，速去操办传瑞的丧事。

其实，孙掌柜在来贾庄的路上，就琢磨好了和他们二人见面时如何说话。到家后，孙掌柜说：“来时老爷有交代，饭后吴医生再返回送货地点联系生意，我和传祥直接回家。”孙掌柜把话说完，吴医生就预感到家里一定发生了大事。于是，吴医生就主动地对季传祥说：“你不常来走亲戚，饭后就在家和姑奶奶多说说话，让孙掌柜送送我吧。”季传祥点头表示同意，并对吴医生关心地说：“行，吃过饭我和俺姑奶奶多聊一会儿，让俺叔送送您。一个人走夜路要加倍小心啊！”吴医生坚定地对季传祥说：“你放心，这条路我来回走了很多趟了，各种情况都能掌握，请你回家代我向季会长问好！”

孙掌柜的老母亲赶紧和儿媳去厨房准备饭菜，做了一个白菜炖豆腐，一大盆地瓜叶子面糊糊，还有热乎乎的混合面窝窝头。孙母准备好饭菜后，就喊季传祥他们快来炕上吃饭。传祥在家虽然有时也吃窝窝头，但都是玉米面掺黄豆面的，像这种高粱面加地瓜干面的窝窝头，看上去又黑又亮，闻起来甜滋滋的地瓜干味道，说实话还是头一次吃。孙母边让吃饭边唠叨：“传祥啊，自从小鬼子来了以后，咱老百姓的日子就更苦啦，小鬼子天天到处抢粮、伪军月月逼着征粮，闹得咱老百姓黑白不得安生，又赶上今年地里大旱粮食歉收，俺村里好多户人家都出去要饭逃荒啦。俺家多亏你文庆叔在咱家酒店里当差挣钱，一家人还能填饱肚子，不然也早就揭不开锅啦。”孙母用衣襟擦了擦眼角的泪花又说：“传祥啊，你可千万别嫌姑奶奶的饭不好，现在真是没有法子啊，你们就凑合着吃点吧，吃得身子热乎乎的也好继续赶路啊！”

看着桌子上的饭菜，听着姑奶奶劝饭的热情话，传祥心里却很不是滋味，眼泪在眼眶里一直打转，又控制着不能让眼泪掉下来，唯恐让姑奶奶在大家面前难看。他就坚强地说：“姑奶奶，这饭挺好吃的，这年头能吃饱饭就很不容易啊！”孙母接着说：“说的是，说的是啊。”传祥又让姑奶奶和家人一起吃，孙母说：“俺这里有规矩，先让客人吃，你们趁热就赶紧吃吧。”大家只好客随主便，孙掌柜陪吴医生和季传祥一起吃饭。

饭后孙掌柜亲自送吴医生，刚走出孙家大门，吴医生就急切地问：“孙掌柜，到底家里出啥事啦，你得赶快告诉我，千万别误事啊！”孙掌柜拽着吴医生的手快步走到胡同口，把这两天家里发生的事前前后后大体说了一遍。两个人边走边说一直走到村外大路上，吴医生听后握紧拳头说：“我都听明白了，孙掌柜请回吧。你路上先别和季传祥说起这些事，他回到家自然全都清楚了。你们在回去的路上也要提高警惕、多加保重。季会长让我回原地去办事，我尽量快去快回。你们回去后，千万要照顾好季会长和家人，其他的事等我回来大家再一起想办法啊！”吴医生与孙掌柜紧紧地握手告别，孙掌柜一直等到看不见吴医生的人影才往家走。

吴医生和孙掌柜出门后，孙母就和传祥唠嗑："你叔每次回来都夸你哥俩孝顺、懂事、能干，还说你老爹真有福气啊。其实，我虽然不经常走动，但有你叔在咱家里干活，啥情况我都知道，唯一挂心的就是愁着你大哥屋里还没有孩子，也不知你大嫂现在怀孕了没有，你姑奶奶我就是盼着娘家人丁兴旺啊。"季传祥不好意思地对孙母说："姑奶奶，叔在夸我们哥俩呢。其实，我们也是刚开始替俺爹干点活，还需要多历练、多摔打，我俩愿意尽早替俺爹多干点活。大嫂是否有孕的事，我还真不知道。这两年大哥和大嫂吃了不少中药调理着，大嫂如果真有了身孕肯定会先告诉俺娘。"孙母说："我们也是天天盼着娘家添喜的好消息呢！"

孙掌柜回家后对母亲说："娘，我这次回家是专门来接传祥他们的。趁着天还早，我和传祥要连夜赶回卧牛城。明早哥安排我俩有重要的事去处理，今晚就不在家住了。"老母亲一听有些舍不得，但知道娘家侄子有事让儿子和传祥去做，也不便强留。她拍了拍儿子的胳膊说："快去里屋和你媳妇说一声，她刚才还在烧热炕，想让你治治腰痛病呢。"

孙掌柜点头转身去里屋，媳妇在里屋听见丈夫说回家不住下，既心疼男人又不高兴，在屋里正偷偷掉泪哭呢，见丈夫开门进来和她见面，就更加难过起来。孙掌柜小声说："我不是不想住下，而是咱哥让我俩见面后快回店里，明天有重要的事要处理，要不我咋舍得回去，至于啥事以后你就知道了。”听他这一说，媳妇立马不哭了，赶紧去厨房包好几块热地瓜放到包袱里，嘱咐他俩路上多加小心。孙掌柜和传祥告辞，速回卧牛城。

第十章 敌情震动军区 传瑞追授烈士

吴玉棠从孙掌柜的话里，已经感觉到问题的严重性。他顾不上一路的疲劳就从商河县贾庄镇连夜返回临海军区政治部，向李自清详细汇报了季家药店出事的经过以及季传瑞在鬼子宪兵队受尽严刑拷打，宁死不屈，并壮烈牺牲的情况。听完吴玉棠科长的汇报，李自清停止了来回踱步，左手夹的烟都已烧到食指和中指了，他还没有感觉到疼痛。他认为虽然事情的真正原因还没有查清楚，但药店发生的情况非常严重，必须马上向江云龙和军区党委汇报这个重要情报。李自清对吴科长说："吴玉棠同志，你一路很辛苦，先回医院休息，等候首长的指示。"吴科长立正、敬礼："是，首长。"

根据李自清的汇报，江云龙亲自主持召开了由政治部、野战医院和锄奸大队等三个单位主要首长参加的紧急会议。会上，首先由李自清同志向大家通报了近几天卧牛城发生的情况。他说："从野战医院吴玉棠同志汇报的卧牛药店的情况来看，我分析可能有三种情况：一是鬼子和汉奸似乎闻到了什么气息，或放出线人搜集到了什么情报，所以，才突然对卧牛药店进行搜查并抓走了季传瑞。但从季会长做事谨慎的性格来说，这种可能性不是很大。二是季会长的药店在多次买药过程中，因贵重西药品利润巨大被同行嫉妒而遭到报复。三是卧牛药店内部出现了奸细，被敌人收买的店员给鬼子和汉奸通风报信了。从季会长内部用人情况来看，出现奸细的可能性也不大。因此，我们通过分析可以初步断定，这三种情况中第二种情况的可能性较大。目前，我们要拿出最有效的措施来处理问题，保证不能再发生类似的严重事件。”

江云龙听了汇报后说道：“刚才李主任通报的情况很严重。我们敌工部和锄奸大队必须高度警惕，要尽快查清事件的真正原因，对肇事者严惩不贷。”

江云龙接着说，接下来请野战医院汇报紧缺药品的情况。院长汇报说：“现在医院遇到两大困难，一是医院虽然有药可用，但是基本没有库存的药品了，尤其是紧缺药品。现在只能按伤病员的轻重缓急情况来用药，这样就不能保证全体伤病员的及时用药和提高伤病员的痊愈率；二是随着军区战斗任务的不断增多，伤病员的数量也呈现上升的趋势。因此，目前的药品供应量还亟待加大，不然，同样会出现药品断供的情况。我们医院的医护人员不怕苦、不怕累，就怕药品供应跟不上伤病员用药治疗的需要。眼睁睁地看着伤病员无药可救，才是令我们医护人员最痛心、最难过、最无奈的情况！”

江云龙接着说：“医院反映的情况很重要，所以，我们必须千方百计地打通秘密交通运输线，采取多种措施开辟药品购买渠道。但是，我们也要考虑到在敌后工作的同志们所面临的困难，避免造成牺牲。当务之急，还是要排除一切困难多搞药、搞好药，以满足临海军区对药品的需求。这是硬任务，政治部敌工部必须想办法完成！”

江云龙接着又说：“下面请除奸大队汇报近期敌情活动情况。”除奸大队长汇报说：“从目前来看，敌人的活动有三大特征：一是白天不敢出城门太远，但是，他们还是有目标地出来扫荡，残害百姓、抢粮食、抢牛羊；二是鬼子晚上根本不敢出城门或炮楼据点。但是，敌人仍在加固炮楼和防御工事，及时架设被八路军损坏的电话线路；三是虽然在太平洋战场上敌人已节节失利，但是，敌人的情报工作一天也没有停止过。上个月小营交通站又遭到潍坊鬼子、伪军及汉奸的破坏，再加上最近卧牛城药店的事件等，就是证明。所以，我们正面战场的不断胜利，会逼得敌人进一步加大情报战的力度。这一点我们不能有丝毫的松懈和大意。我们锄奸大队一定要密切配合好敌工部的工作，对于汉奸和死心塌地的伪军，只要发现，就斩草除根，必须狠狠打击敌人的嚣张气焰，维护根据地群众的安全，牢牢巩固我们的临海解放区和冀鲁边革命根据地。”江云龙肯定了大家对当前形势和存在问题的分析。

会议从头天晚上 11 点，一直开到第二天凌晨 5 点多，开了六个多小时。烟灰缸里的烟头插得像小山一样，整个会议室里烟雾弥漫。所有参会人员面部表情都很严肃，大家你一言我一语各抒己见，对当前各方面形势和对敌斗争措施讨论得非常深入，解决问题的思路也慢慢打开了。

最后整合大家的讨论发言，江云龙总结说：“同志们，卧牛酒店既是咱们八路军可靠的药品供给地，又是我党在鲁北地区秘密交通线上的一个重要交通站，为安全转移军地干部、筹集特需药品做出了巨大贡献。这次日伪突袭卧牛药店，抓走并打死了季会长的大儿子季传瑞。这笔血债一定要让敌人加倍偿还！同时，我们也要看到，这件事恰恰反映出敌后斗争的长期性、复杂性和危险性。我们不能有一丝一毫的大意，必须做到未雨绸缪。

目前，我们还没摸清敌人这次破坏行动的真实目的，也不清楚敌人的情报从何而来，但其危害性是十分严重的，不容轻视。这就要求我们政治部敌工部和除奸大队的同志们，必须有一双千里眼、两只顺风耳，既能看到敌人在干什么，又能听到敌人在说什么，还得预感到敌人想做什么。否则，我们就无法保护老百姓，无法保护咱们的秘密交通线，也无法保证我们医院急需药品的来源，更无法保护好伤病员同志们宝贵的生命，最根本的是完不成党中央和八路军总部交给我们稳固冀鲁边、紧控胶东地区的战略任务。

所以，我们必须同时抓好两项重要工作：第一项是加强对季家药店的保护工作。这项任务由政治部敌工部来落实，确保今后不准再发生类似的情况；第二项是坚决彻底地打击鬼子和汉奸的嚣张气焰。这项任务由独立团锄奸大队来完成。我们只有搞准情报、下手快、打击狠，才能震慑鬼子和汉奸的嚣张气焰，有效地保护群众和地方党组织！”

江云龙对当前的敌情做了精确、客观的分析，并对近期的重点工作任务做了详细部署。江云龙郑重宣布，经军区党委认真研究决定，对卧牛药店事件的处理决定和意见如下：

一、季家药店事出突然，在药店出事的真正原因没有彻底查清之前，暂停从季家药店采购药品，以免给季家药店和季会长家人带来更大的危险。同时，为避免意外事件发生，吴玉棠同志暂时不回卧牛城季家药店工作。

二、政治部敌工部和独立团锄奸大队要查清事实，对给季家药店造成重大损失的敌人，不管是鬼子还是汉奸，必须严惩，坚决打击敌人的嚣张气焰。

三、在全面摸清卧牛药店所面临情况的同时，敌工部要从侦察连选派出精干的保卫人员，派驻卧牛酒店保护季家和药店的安全，坚决避免类似情况再次发生。

四、鉴于季家药店对军区野战医院做出的特殊贡献和季传瑞同志在日本宪兵队忠贞不屈的英勇表现，中共临海军区党委、八路军临海军区政治部决定：追认季传瑞同志为中国共产党党员，并授予抗日英雄荣誉称号。

中国共产党临海军区党委

八路军临海军区司令部政治部

1944年2月10日

根据会议决定和江云龙的指示，李自清把侦察连的杨万田排长叫到军区政治部，向他详细说明了卧牛酒店的相关情况，并传达了军区党委和军区政治部关于追认季传瑞同志为中国共产党党员、授予其抗日革命烈士荣誉称号的决定。李自清拍了拍杨排长的肩膀说："杨万田同志，你这次要执行的任务非常重要，直接关系到季家药店的安全和咱们野战医院紧缺药品的供给，更关系到咱伤病员同志的生命啊！"杨排长立正、敬礼说："请首长放心，保证完成任务！"李自清指示："做好出发准备，等待命令。"

正月十七日，季家为季传瑞出殡。吊唁大棚安排在靠大街的鞋帽店铺门前，棺材前面摆有一盘整鸡、一盘整鱼、一盘馒头，三盘贡品的两边各有一盏长明灯。因为大少爷季传瑞夫妇膝下无儿无女，只能让大侄子季嘉圣披麻戴孝。季家一直都是积德行善的人家，四邻街坊有难处也都热心帮忙相助，从来不结冤家。大家都感觉事发太突然了，认为大少爷死得也忒冤枉，正值中年的好时候，太可惜，真是好人没好报。大家心里想归想，难受归难受，同情归同情，但是，在鬼子和汉奸横行的地盘上，只能把对鬼子和汉奸的痛恨记在心里，愿逝者一路走好。

县城各商铺和街坊邻居纷纷前来吊唁，尤其是商会的老朋友们见到季老爷都一再安慰相劝，请老会长多想开些，人走不能复生，这年头又有什么法子啊？季老爷这是老年丧子，实属人生三大不幸之一的悲事，白发人送黑发人。季会长只能强忍心中巨大的悲痛，对前来吊唁和帮忙的街坊邻居、亲朋好友一一拱手答谢。

再说县城东街那家三鑫大药房掌柜的金三爷，此人是四街四关公认的无德奸商。历年来商会搞公益募捐，他不仅是个一毛不拔的铁公鸡，而且还讽刺别人都冒傻气，尤其对季老爷带头积极捐助颇为不屑，认为季老爷是县城里头号的傻大头。他如今做了这缺八辈子大德的事，却也假惺惺地前来季家吊唁。金三爷见了季老爷说：“真没想到大侄子遭此不幸，我也很心疼啊。”他接着又假装关心地嘘寒问暖，请季老爷多保重。季老爷听着金三爷满嘴虚话，始终没有抬眼皮看他一眼，尽管感觉浑身冒起无名火，但还是礼节性地拱手致谢。

刘怀水晚上哼着小曲到金三爷家来表功，进屋门就喊：“老舅这次您高兴了吧，那季家再也不敢和您抢生意了。他现在大儿子都没了，药铺也不敢再卖西药了。这对他季家药铺绝对是一次巨大的损失和打击啊。”金三爷心虚地说：“外甥，我感觉这次咱爷儿俩玩大了，我这两天夜里常常做噩梦，老是梦见季会长站在咱家门口，惊醒了就是一身冷汗啊！”刘怀水说：“老舅您不用怕，有日本人给咱撑腰，谁敢找咱的麻烦？我虽然带兵搜查了季家药店，抓走了季家大少爷。但是，我在宪兵队审讯拷打季家大少爷的事谁也不知道。季家大少爷死了，更是死无对证啊。”刘怀水说罢，还得意地两手叉腰，站在台阶上故意跺了跺脚后跟。

金三爷赶紧招呼外甥进屋再说，别在院子里乱喊啊，以防隔墙有耳。这狗爷儿俩进屋坐下后，吩咐厨子整了六个菜，三个凉盘、三个热盘，又烫上一壶老白干热酒，一边喝酒一边聊起季传瑞的事。金三爷先问外甥："谁都知道宪兵队厉害，这次季家大少爷进去还不吓尿了？他都吐露了些什么？"刘怀水回答："老舅你可别说，我怎么也没有想到季家这小子看着文绉绉的，他这嘴还真死硬死硬的，给他坐老虎凳、用火烙铁、灌辣椒水、抽皮鞭子都没管用，硬是没有撬开他的嘴，真的一个字也没有吐啊。"金三爷又问："季家大少爷嘴这么硬，难道他真是共产党？"刘怀水扬起脖子喝了一口酒说："真的假的不好说，反正是把他给弄死了，你就不用怕季家药店和你争生意了。"金三爷听了后放下酒杯，皱着眉头对刘怀水说："外甥，你可别忘了常言道：'人在做，天在看。'再说日本皇军到底能在咱中国待多久，谁也不敢保证啊。万一季家药店真的与八……八……"金三爷是越想越害怕，嘴也越结巴起来，不敢再往下说了。他只是顺口说了一句："今后咱爷们做事还得小心为妙，这么折腾下去有点玄乎。毕竟这巴掌大的县城里没有不透风的墙。"

金三爷的话正中了刘怀水的死穴。他想起自己以前下馆子不给钱还要打人，帮着鬼子倒卖劳工赚黑心钱，与何狗子一起抓捕地下党和进步积极分子，见四街四关谁家有漂亮姑娘就欺负人家，现在又害死了季家老大季传瑞等等一件件、一桩桩的坏事和罪行。他感觉寒气从脚后跟升起，脚下就像踩着棉花一样，随之心虚胆寒，头上冒出了一层细密的冷汗。他心想这纸里终究是包不住火的，说不准八路军哪天会找他算总账的。

刘怀水正在愣神，金三爷凑到他外甥脸上问道："我说的话你听到了没有，你又在琢磨什么好事呢？”他急忙缓过神来，连连应声说道：“听到了，听到了，还是老舅您看得远、想得多啊，您说的话有道理啊。”

金三爷给他外甥倒上酒，爷儿俩又相互碰杯。刘怀水给他舅壮胆说：“三舅，你也不用过于担心。你想啊，这日本人绝不会说完蛋就立马完蛋啊，国民党政府几百万军队，还不是让日本人吓得都躲到重庆山沟里去了。别看什么游击队、武工队、独立团在周围闹得欢，有本事共产党来攻打县城啊，他们不敢吧。那不就得了吗？”

第十一章 保护酒店安全 私塾上门执教

自从季家大少爷走后，大少奶奶一个人住在东上房里总是感觉很害怕，晚上就让大侄女雪梅来和她做伴儿。每天吃过晚饭后，雪梅就抱着书包来到东上房陪着大娘。她首先做自己的作业，认认真真地把私塾老师布置的毛笔字写够遍数，该背过的古诗文也都背熟了。不然，那邢老先生可不管是男生女生，只要不听话或完不成作业，第二天都会让伸出手来打板子的。雪梅曾经有一次因为古诗背不熟，挨过一次邢老先生的板子。尽管邢老先生是一打二吓唬，没有太用力打她板子，但是雪梅还是把挨板子的事牢记在心里，深知邢老师的厉害。所以，她做作业从来不敢怠慢。有大侄女雪梅天天在身边陪着，大少奶奶不再感到害怕，也不再觉得孤独，只管日复一日地吃斋念佛、诵经度日，家中其他事一概不管。

话说清明节下午，季老爷与家人上坟扫墓回来，此时和成酒坊门口来了一位三十岁左右的先生。他身穿深蓝布长袍，头戴黑色礼帽，脚穿双鼻千层底黑色布鞋，右手拿一把黄色大油布雨伞，身高一米八，身体壮实。这位先生进门就问："掌柜的，季会长在家吗？"掌柜的带他来到后院客厅见季老爷。季老爷对前台掌柜的说："你沏好茶就下去吧。"掌柜的应声泡好一壶茶，然后就出去了。来人顺手关好客厅的门，回过头来对季老爷说："季会长好，我是临海军区政治部敌工部侦察排长杨万田。"他边说边递给季老爷一封军区政治部的介绍信，季老爷看过介绍信，就知道是李自清亲手写的，赶紧请杨万田坐下边喝茶边说话。杨万田并没有坐下，而是站着对季会长说："我这次来卧牛城，军区政治部首长安排给我两项重要任务：第一项任务，首先我传达军区首长对您全家的亲切慰问，对季传瑞同志的牺牲表示痛心和悼念。这笔血债先给小鬼子、汉奸们记着，我们八路军一定要用血来还！现在，我代表军区党委和司令部政治部宣布，关于追认季传瑞同志为中国共产党党员并授予其抗日革命烈士荣誉称号的决定。"

等杨万田读完临海军区党委和临海军区司令部、政治部的决定后，季会长站起来感激地抓住杨排长的手说："季传瑞与在前线作战伤亡的战士一样，都是为抗日捐躯。非常感谢军区首长挂念俺们全家，更感谢区党委和司令部、政治部给季传瑞这么高的荣誉！"

杨万田排长又接着说："这次军区首长让我来的第二项任务，就是以你们家私塾老师的公开身份做掩护，秘密保护您全家人和药店的安全。万一发生不测，我会立即采取行动，同时联系独立团锄奸大队一起行动，请季会长放心，绝不能再发生上次的事件。”季会长听了感动得老泪纵横，再次紧紧地抓住杨万田排长的手，哽咽着什么话也没说。

杨万田排长的到来，确实给季会长家增添了许多安全感。但是，季会长现在必须考虑如何让原来的私塾老师邢儒林老先生踏实地卸任。因为邢老先生夫妇膝下无儿无女，只有老两口相依为命。他是 1934 年 8 月 21 日来季会长家教私塾的，当时季会长的大孙女季雪梅年满七虚岁，大孙子季嘉圣五虚岁。因外面到处兵荒马乱的，再加上雪梅是个女孩子，季会长很不放心。

每当季会长办完公事回到家里，小雪梅总是缠着爷爷问这问那，有时还调皮地拽着爷爷的长胡子要冰糖葫芦吃，爷爷就会慷慨地给她一个铜钱，亲切地说：“快到前门货栈买糖葫芦去吧！”小雪梅手里抓着爷爷赏给的铜钱，高兴得又蹦又跳，头上的小辫子也跟着一左一右、一上一下地舞动起来。可见，季会长将大孙女视为掌上明珠。因季会长重视孩子们的教育，就在内宅前院东上房的三间屋里办起了私塾。除了把靠北头的一间改成老师宿舍，把南面的两个通间做孩子们的教室，季府还特意请了柳行村清末秀才邢儒林来家里当私塾先生。

从 1934 年 8 月到 1944 年 4 月，邢老先生先后教了季家四个孩子，大孙女季雪梅、大孙子季嘉圣、二孙女季雪兰、小孙子季嘉承。邢老先生也已是六十七八岁的人了，要说让人家老先生马上就走，季会长总感觉很难开口。他为此事琢磨了好几天的工夫，脑子里方才想出一个较为妥当的办法。

杨万田来季家的第三天，季老爷把邢老先生请到客厅，让佣人敬上茶，他只是频频礼让邢老先生喝茶，就是不开口说话。邢老先生就用试探的口吻问季会长："老爷找我有什么事？"季会长才慢慢地说："邢老先生，您来我家也有十来年啦，为教育这几个孩子没少操心，孩子们跟您学到了很多学问，也长了很多见识，我和传祥都很感激您！"邢老先生听后，心里想：今天老爷说话比往常客气了许多，老爷可能还有更重要的事在后面等着说。他就回季会长说："没错，我来府上已有十年了，老爷、少爷都待我不薄，年奉月银从来不少，而且还年年涨薪。您家人吃什么饭，我也吃什么饭。老爷从来没有外待俺老两口，我和老伴都很知足。虽然我不是您季家的人，也没什么亲戚关系，但这十年来，我自己感觉也不是外人，老爷您有话尽管请讲，千万别客套啦！"

季会长说："那好，既然都不是外人，我就长话短说吧，您看见前天家里来的那位客人了吗？他是齐鲁大学毕业的高才生，毕业后应聘到山东省税务局给局长当差，因看不惯鬼子横行霸道和那汉奸局长的所作所为，主动辞职后在他表哥的药铺里混饭吃。他表哥的小药铺生意本来就不好，哪里还养得起一个不懂行的大学毕业伙计啊。所以，他就被介绍到我这里来看看，想做个私塾老师。我考虑着，现在雪梅、嘉圣都十几岁了，雪兰、嘉承两人也都不小了，老是抱着四书、五经、珠算等课本读来学去的，已经落后于现代学校的正规教育了，现在应该增加些地理、历史、算术等方面的知识了，邢先生您说是吧？”季会长把话说到这个份上，邢老先生已经听明白了季老爷的意思，就爽快地回答：“老爷，您不用多说了，我都听明白了。您说的都对啊，我教的这些课是不合时宜了，应付应付小孩子还是可以的，再教雪梅、嘉圣姐弟俩，确实落后于人家正规学校的课程。既然新先生来了，我也就不能再占着地方了，我马上回去收拾一下，今天下午就和老伴儿一起回柳行老家。”

季会长怎么也没想到邢老先生答应得如此爽快，反倒感觉更不好意思了。他放下手中的烟袋接着对邢老先生说：“您先别急着走，我还有后续两件事的安排没说完。一是，前面鞋帽店的掌柜的想辞职，已经和我说过好几次了，打算回夏口镇老家开家花布店，我正愁着没有合适的人来接手，您老要是不怕辛苦就去鞋帽店操心当掌柜的；二是，我在北门外路西陈家庙前面还有三亩七分地，以前一直是由陈家庙的陈老四租种着，历年都是随他的便，缴多少租金不定。从今年秋后，开始由您来代收租金，归您老两口使用，就算是我开给您的养老钱。老两口仔细着用，这两项收入加起来，一年下来也难为不着。邢老先生，您看这样还行吧？”

邢老先生听完季会长的安排，激动地扑通一声跪在地上，双手合十拜季会长说：“老爷真是我今生的大恩人啊！老爷想得太周到了。我一个穷书生，无儿无女、无依无靠，除了识几个大字，当个教书匠之外，还有啥能耐啊。只要老爷有用得上我的地方，我这把老骨头还能蹦跶几年，没有问题。”季会长高兴地说：“只要邢老先生满意就好。”

第二天早上，邢老先生来到私塾与孩子们告别。他左手拉着嘉圣，右手拉着雪梅，激动地说：“雪梅、嘉圣，家里又请来了新老师，我从今天开始就不再给你们上课了。”一听邢老先生不上课了，雪梅马上就问：“您和奶奶回柳行老家吗？”邢老先生说：“我们不用回老家了，到咱家前面鞋帽店当掌柜的。”嘉圣听了高兴地说：“这样好，我有不懂的古诗文还可以请教您。”邢老先生听了高兴得胡子一撅一撅的，笑着说：“尽管来问，我更有工夫讲啦。”

杨先生当上季府的私塾老师后，共设置了五门课程：第一门是地理，第二门是历史，第三门是算数，第四门是国语，第五门是体育。他把课程表递给季老爷和二少爷看了以后，爷儿俩都认为课程设置很合理也很全面，与正规学校的课程差别不大，都表示同意按课程表进行讲课。

杨先生第一天上课讲的是中国地理，主要讲了我们中国的国土面积，全国人口，大江大河以及东西和南北走向的山脉，全国省份及省会城市。第二天上课，杨先生讲的是中国近现代史。从甲午战争的起因与结局，讲到九一八事变、卢沟桥事变和南京大屠杀的发生，以及现在日本鬼子侵占了我国多少领土，日寇干了哪些伤天害理、惨无人道的坏事。杨先生又从上海保卫战、平型关大捷、台儿庄大捷、武汉保卫战、长沙保卫战等著名战役，讲到中国军民抵抗日寇侵略的可歌可泣的英勇事迹等等。

这两门课程让雪梅、嘉圣、雪兰、嘉承感觉新鲜极了，以前邢老先生只会讲古诗文，孩子们哪里知道还有这么多地理知识、近现代历史故事啊。尤其是听了现在日本鬼子侵占了我国大片的领土，日寇干了那些伤天害理、惨无人道的坏事，兄弟姊妹四个都攥着小拳头非常气愤。当听了上海保卫战、平型关大捷、台儿庄大捷、武汉保卫战、长沙保卫战等著名战役后，他们又高兴得一起鼓掌、蹦高。

第五门课是体育，杨老师教学生们陈氏太极拳。这门课程是季嘉圣最喜欢的。在太极拳的全套动作中，野马分鬃和海底针两个动作力度大、动作优美，打起来让人感觉很带劲儿。杨老师说："学好太极拳，不单单是强身健体，还兼有部分气功和武功，必要时可以防身御敌。所以，你们必须好好学习，天天练功！"姊妹兄弟四人中，学得最快、领会得最深的就数老小季嘉承。别看他年龄最小，打起太极拳来却身形如猴，有模有样，得到杨老师的肯定和赞扬。

这些新课程的内容，确实对孩子们很有吸引力。季嘉圣和姐妹们听得非常认真，上课时谁也不再打瞌睡了，并且不时地给杨老师提出新问题，例如：为什么小日本胆敢侵略咱们的大中国啊？我们什么时候才能把日寇赶出中国？咱们中国军队还打了哪些胜仗等等。面对孩子们不断提出的新问题，杨老师从来没有表现出不耐烦的情绪，都会耐心地给孩子们一个一个地详细解答。大家一边听老师讲，一边认真地记录着。嘉圣还在记录本上配图，画上小鬼子掉进水井里、小鬼子被狗咬屁股等等。

杨老师这种启发式、诱导式的教学方法，给季嘉圣姊妹兄弟四人带来了极大的学习乐趣和动力。所以，姊妹兄弟四人互相帮助、发愤学习、努力求知，确实学到了很多知识。

第十二章 抗战进入反攻 药品更显重要

转眼到了1944年6月份的麦收时节，抗日战争已经进入战略大反攻阶段。冀鲁边区和临海专署的抗日军民，在临海军区党委的正确领导下，前赴后继、浴血奋战，已经解放了黄河以北除德州市、禹城县、平原县、商河县以外的十几座县城。冀鲁边区抗日根据地和胶东解放区连成一大片，东西长度从津浦铁路以东到渤海边，南北跨度从黄河以北到天津南郊大家洼地以南，在这广阔的华北大平原上，到处都是八路军和抗日游击队。日本鬼子和伪军仅守在津浦铁路沿线的据点和少数城防坚固的县城里。

随着八路军围城攻坚战的大规模展开，战士的伤亡也日趋增多，部分医药和器械短缺的问题又明显起来，从而造成战斗减员情况非常严重，这些问题已经成为军区首长亟待解决的头等大事。

为此，临海军区党委召开了由军区政治部、后勤部、野战医院等多位首长参加的紧急会议，再次专题讨论了如何解决目前药品和器械短缺的重大问题。在会上，军区司令员江云龙同志向大家分析了当前的形势和任务，他明确指出："党中央和毛主席关于抗日战争三个阶段的英明论述，正在一步一步地实现。当前，我们已经由战略相持转向战略反攻阶段，也由夜袭战、麻雀战、游击战，转向攻坚战、攻城战、阵地战。当然，我们指战员的伤亡也是在所难免，随着伤病员数量的逐步增加，部队的战斗减员问题日趋严重。因此，我们必须加大药品和医疗器械供应量，加快伤病员的治疗和康复进度。这是有效提高部队战斗力的重要措施之一，我们必须认识到这个问题的重要性和紧迫性。军区党委要求军区政治部、后勤部、野战医院三个单位密切配合，尤其指出政治部敌工部要不惜一切代价，采用一切必要手段，必须建立安全、秘密、稳定、可靠、反应快速的紧缺药品和医疗器械供应渠道，必须保障特需药品和关键医疗器械的有效供给，确保全体伤病员早日康复，重返前线杀敌立功。

会议从头天晚上 10 点一直开到第二天的早上 5 点多，开了七个多小时。当太阳光从窗子缝隙照到炕上时，各位首长脸上仍没有一点困意，人人出主意、想办法、献计献策。经过首长们的充分研究和讨论，最后军区党委决定如下：

一、成立特需药品与医疗器械供应领导小组，由政治部李自清主任亲自挂帅任组长，后勤部、野战医院紧密配合，负责解决特需药品和关键医疗器械的供应渠道问题。

二、后勤部负责筹集所需药品和医疗器械采购经费，重点解决购买特需药品和重要器械的资金问题。

三、继续通过卧牛酒店这个安全稳定的渠道，用高度白酒来替代医用酒精，以解决医用酒精极度短缺的问题。

四、军区野战医院负责制定药品采购计划，合理安排特需药品和医疗器械的保管、分配及使用，按照伤病员的轻重情况，合理调度用药剂量和数量。

五、在药品和器械采购、运输、保管、使用等各个环节出现的重要情况，各个负责人要及时向军区党委和江云龙司令员汇报。

中国共产党临海军区党委

八路军临海军区司令部

1944 年 6 月 10 日

政治部李自清主任与特工处的同志们反复研究认为，目前，在县城里筹集大量的西药极为困难，也不现实，必须到天津市、济南市、青岛市等大中城市才能解决药品问题。天津市和青岛市距临海军区所在地滨惠县李庄镇，不但路途相对较远，而且沿途公路和铁路线的鬼子伪军把守非常严密。当前，唯一有可能解决问题的地方就是济南。济南市不但距滨惠县李庄镇较近，并且有水陆两路交通线。最重要的是，在济南市里有我们八路军特工处自己的内线和联络工作站，具有人熟、地熟、药店多等优势，更利于药品和医疗器械采购工作的顺利开展。

通过认真细致地分析对比，大家对药品采购渠道有了明确的方向。接下来就是人选问题，李自清主任经过周密的考虑，还是决定再让军区医院药械科的吴玉棠科长去完成这个重要的任务。晚上，吴科长接到政治部的通知，来军区政治部见李自清主任。吴科长进屋后，李主任从椅子上起来，然后用力拍了拍吴科长的肩膀说："吴科长，组织上决定再派你去完成一项重要的任务。"吴科长向李主任敬礼："请首长指示！"李主任又拍了拍吴科长的肩膀示意说："坐下，听我把话说完。这次的任务可没上次简单，虽说都是药品和器械采购的工作，但这次地点不一样，危险程度和购买难度也会更高一些。你可要有充分的思想准备啊！"吴科长站起来敬礼道："请首长放心，只要能搞到急需的药品和器械，抢救好伤病员，让伤病员同志们早日康复，重回前线杀敌，再大的危险我也不怕！"李主任再次拍了拍吴科长的肩膀示意他坐下，又接着说："这次危险大增的主要原因：一是，要去济南市里搞药，济南市里可不比县城里，市区的日伪特务非常多，稍不留神就有可能被敌人盯上；二是，敌人对进出济南城的人员盘查得非常严格，你们就是顺利搞到药品和器械，尤其是像盘尼西林这类紧俏的药品，要想运出城来也有相当大的困难。你看这些困难和危险是不是很大啊？"吴科长听了李主任的分析连连点头称是，他随即又问李主任："首长，这次是我一个人去济南吗？"李主任回答："这次任务，你带上我写给季会长的信，先去卧牛城找季会长，具体情况听季会长的安排，明白了吗？”吴科长猛地站起来立正，向李主任敬礼：“明白，请首长放心，我保证完成组织交给的任务！”

第二天，吴玉棠又精心乔装成商人，身穿藏蓝色长袍、黑色马褂，肩上披好白色的马搭，带着李自清主任的秘密信件，骑着黑色毛驴一路西行。他急着回到卧牛酒店，找季会长共同商议下一步的行动计划。

吴科长和季会长见面后握手问候，他随后从马褂下角内抽出一张细纸卷递给季会长。季会长看完李自清主任的信说：“军区首长对当前的情况分析得很透彻，现如今在县城里筹集大量的西药确实有困难，如到济南市去筹药是有可能的，不过肯定会承担巨大的风险。但是，为尽快抢救伤病员同志们的生命，早日赶走日本侵略者，我们就算冒再大的风险，也必须坚决完成这个艰巨的任务。”

吴科长和季会长、杨排长、季传祥等四人，从晚饭就开始讨论打入济南采购药品和器械的方案。首先，在济南找家药铺并非易事，要么租，要么买，要么合伙经营。这三者中前两项可取，主要是独立经营保密性好、安全可靠。后者不可取，主要是合伙经营麻烦事多，既不安全也不可靠。经过第一轮的充分讨论，大家明确了办药铺的方式。接下来就是考虑在哪里开药铺好，一般来说，药铺选点既要安全又要方便。地点偏僻了不方便，但是相对安全些，繁华了肯定方便些，又相对不安全。大家讨论了半天也没拿出个满意的方案来，因为大家对济南市的地理情况、街道位置、店铺分布等都不熟悉，在药铺选址这件事上真的犯了难。

杨排长看到大家都被难住了，就向大家说："我来推荐一个办药铺的地方，在济南市大明湖南门大街与曲水亭巷的路口，它是一家前有五间店面且带后院的独门独院的药铺。现在的店掌柜就是我姨家表兄弟高明礼。这原是我姨父多年经营留下的店铺，因我姨父是一位老郎中，他是连看病带卖药，听说那时生意干得还是很火的。自从老人家去世后，便由我表兄来接手经营药铺。因为他只卖药不会看病，也没有请坐堂医生来坐诊，所以，这几年药铺生意很难干了，再加上日本鬼子来济南后，不允许城里的药店卖这药、卖那药等很多严厉的规定，现在估计也就是勉强维持经营的状况，到底现在经营情况到了什么地步，我也说不清楚。"季会长听了杨排长提供的这个信息，眼前一亮。他说："杨排长提供的这个情况很重要，无论是地点、铺面都非常有利用价值，如有必要杨排长可先去济南联系一下，提前去了解一下情况，看看是否有盘过来的可能？"

杨排长接着说："我去济南联系倒是方便，但我去不太合适。一来我表兄不知我现在的详细情况，更不利于保密工作；二是药店如何处置，这是党组织安排的机密，我们俩是表兄弟关系，我参与其中不符合组织规定。"季会长说："杨排长说的话有道理，这里面不单单是一个去济南接头的问题，如果对方同意转让或转租，后期还有一个药店接手的问题。"杨排长接着建议说："我可以写一封介绍信，谁去济南合适，谁就带上这封信去见我表兄高明礼。"吴科长竖起大拇指称赞道："不愧是军区政治部培养出来的干部啊，政治觉悟和办事水平就是高！”杨排长连连摆手道：“过奖了，过奖了，都是为了民族抗战的需要，必须以大局为重啊！”季会长高兴地说：“看到你们年轻人的水平如此之高，咱们中国抗战有希望，胜利有希望啊！”最后决定由季会长和吴科长俩人先去济南药店见高明礼。就这样，一套打入济南建立药铺，继续为八路军临海军区野战医院采购药品、器械的初步方案就形成了。

第二天，吴玉棠牵着毛驴，季老爷骑在驴上，把密信藏在驴屁股后面的粪兜子里，二人就直奔济南。当他们来到济南市大明湖南门大街与曲水亭巷路口，按照杨排长提供的药店地址，很顺利地找到了杨排长的表兄高明礼。高掌柜看过表弟的介绍信，便吩咐店内伙计看好前柜、照应好生意，赶紧把季老爷、吴科长让进店铺后面的客厅里，又是看座又是沏茶，一番热情招待。季老爷、吴科长、高掌柜三人见面一阵寒暄过后，季老爷便开口问高掌柜：“现在济南市里药行的生意好做吗？”高掌柜回答：“不瞒季老爷您说，当下济南市这药行生意真是很难做。老百姓没钱看病也买不起药，达官贵人们有病都去请西洋医生或者去日本人开的西医诊所看病，能赚到大钱的贵重药品，鬼子不让卖，这不赚钱的中草药又能卖多少钱啊？一句话，现在的生意是雪上加霜，难啊！”季老爷听后连连点头。

季老爷又问高掌柜：“听您这么一说，现在这药铺的生意是？”高掌柜接茬说：“不怕季老爷笑话，我这药铺已经干赔本了，正打算着月底盘点关门呢。您看看，这一个下午也没有客户来，一天能收几个钱啊？细细一算还不够店员一天的薪水呢。”季老爷早就注意观察了，整个下午真的没有一个人来，接着又问高掌柜：“那您还有别的打算吗？”高掌柜回话说：“现如今在日本人的统治下，这汉奸横行霸道、傀儡政府软弱无能的世道，不关门还有啥活路可走吗？”季老爷看了吴科长一眼，回头对高掌柜说：“譬如说，找有办法的商人合伙经营，或者干脆盘给别人经营，图个清心赚个大钱，这都是不错的选择啊。总比关了门，没有任何收入好吧？我们恰好正在寻找合适的店铺，您考虑一下？”高掌柜皱着眉头说：“原先，我还真没敢想这么多，经您老这么指点，感觉这也是个出路。不过，这是个大事，容我多想想，明天再回季老爷一个准话如何？”季老爷点头同意，高掌柜随即安排季老爷和吴玉棠先吃饭，然后送他们到旅馆住下。

高掌柜经过一夜的反复琢磨和盘算，认为当下情势谁来干也好不到哪里去，合伙经营也赚不了几个钱，干脆把整个店铺连家具带库存的中西药全部盘出去，能拿到几百块大洋。一家人过几年舒服日子也难为不着，等以后行情好转了再谋出路也保险些。他拍拍脑门儿，大主意已定，赶紧关灯睡觉。

第二天，高掌柜早起到明湖前门的早点铺买了油条和豆浆，提着早饭来旅馆见季老爷和吴玉棠。高掌柜见面就问：“二位，昨晚休息得可好？”季老爷和吴玉棠连说：“休息得很好，谢谢啦。”高掌柜边说边把早点放到客栈的桌子上，当三人围着圆桌坐好，季老爷就问：“这药铺的事，高掌柜考虑得有些眉目了吗？”高掌柜说：“大体有个谱了，咱们边吃早点边说说吧。您二位是俺表弟介绍过来的，也不是外人。我就开门见山、长话短说，当下情势我这老药行也是苦苦勉强撑着，如果二位真是有意盘下这店呢，我就不参与合伙经营了，干脆把店铺全盘给你们，二位意下如何？”季老爷与吴玉棠相互对视，眼神一亮。季老爷说：“咱们吃过早饭去你药铺，先把院子环境、房子结构、房间数多少、房间大小等都看看。然后，再看看药铺店面、药品仓库和后院住房等等。最后，再谈价格。”高掌柜连连说：“那好，那好，就这么办吧。”

从旅社出来往西走一个路口，就到了曲水亭巷与大明湖南门大街的交叉口。药铺就在十字路口的西南角，大门朝正北面对着大明湖，药店周围环境也颇有江南水乡的景色。

高掌柜、吴玉棠和季会长等三人进了药铺后，里里外外一起看了一个遍，然后，又到药铺的客厅继续谈价格。吴玉棠问高掌柜：“整店转让行倒是行，但不知道整个铺子全部盘给我们，这价格是怎么个说法啊？”高掌柜把店内的家具、器物数量和各项价格，中药、西药库存数量及价格等合计了一下，报价共计五百零九块大洋。高掌柜接着说：“考虑到都不是外人，俺送个人情去个零头，那九块大洋就不再要了。这样凑个整数五百块大洋，季老爷和吴先生看看是否能接手？”吴玉棠皱起眉头问季老爷说：“季老爷，您看看这价格如何？”季老爷说：“这样吧，说起来咱们确实都没有外人，但是，这可是一大笔银子，俺和吴先生回去再跟其他股东一起合计合计、考虑考虑。请高掌柜放心，无论这桩买卖成与不成，我们三天之内给高掌柜回个准信。”高掌柜拱手说道："得了，俺就听二位的回信了！"

吴玉棠和季会长告别高掌柜打道回府，在回卧牛城的路上，季老爷和吴玉棠二人边走边合计，济南药店的价格虽然不算狮子大张口，但是，这确实不是一个小数目，短时间内筹集五百块大洋，是当前最大的困难。从另一方面讲，要想在济南站住脚跟并且买到急需的药品和医疗器械，这无疑又是一个绝好的机会。

考虑再三，季老爷和吴玉棠二人一致认为，在济南买药店筹款之事，必须马上向军区首长汇报情况，具体的交易方案等候军区首长的指示。

第十三章

克服重重困难 筹建明湖药店

吴玉棠从卧牛酒店连夜返回临海军区司令部，当面向政治部李自清主任做了详细汇报。李主任当即表态："筹钱是大问题，但机会更是难得。抢救伤病员同志们是天大的问题，一时一刻也不能等，我们要不惜一切代价，克服重重困难，盘下济南这家药店，用最快的速度和最短的时间买回急需的药品。"李主任接着指示："近几年来，季家酒店为抗日做出了很大贡献，在当前严峻的形势下，各个地方的生意都很难做，所以，我们光靠季家酒店一家的力量，在两三天之内很难筹够这一大笔钱。目前，军区已筹到二百九十块大洋，这是我们滨南支队打高青镇鬼子据点时缴获的。这两天通过咱们的地下交通线送到济南市西门大街的鑫泰隆钱庄柜台，到时候凭银票手续可以去取这笔钱。余下的二百一十块大洋，你回去请季会长务必想尽一切办法，抓紧筹集齐全，千万不能误了大事，我们抢时间就是在抢救同志们宝贵的生命。"

吴科长接到命令又连夜速回卧牛酒店，把军区首长的指示向季老爷做了详细汇报。季老爷深情地说："军区首长想得很周到，有这二百九十块大洋已经解决了一多半难处，余下的二百一十块大洋我再去想想办法，不管是卖房、卖地、典当，想啥法都得筹到二百块大洋，抢救咱军区医院伤病员同志们的生命要紧啊！"

第二天早上，季老爷坐在书房里抽着烟，两眼通红且皱着眉头，一看就知道他一夜没有睡好，盘算着如何凑齐这二百一十块大洋。经过一整夜的琢磨，季老爷想到眼下就只有两条路：一是北街马五爷年前欠的地钱，还有一百零八块大洋没给，当下已经到麦收了，可让账房先生王尚德去催款要账了；二是前面靠街的五套店铺里，除了钱庄以外，就是寿康大药店这套铺面还能卖个好价钱，其他店铺都不值钱，估计当下也没人想要。事不等人，必须下决心马上卖掉药店的房子。

账房先生王尚德去见了北街马五爷，回来后说："这几天马五爷正好想来还钱，我去见面说您有急用，马五爷说：'他老人家的脾气我最了解，不到万不得已绝不会打发你来催账。季老爷肯定有急用钱的地方，当初季老爷卖给我地时真是大仁大义，我也别太小气啦，再加两个大洋凑个整数一百一十块大洋，也算是五爷我回个敬意吧。下午，我就让账房把一百一十块大洋送到咱钱庄上，回去请季老爷放心。'"季老爷听后对王尚德说："马五爷还真是很讲信用，这老兄弟够意思啊。"

这一百零一块大洋总算有了着落，季老爷随后又邀请县城各药铺掌柜到商会碰头。季老爷向各药铺掌柜说："过了麦收后，我大孙子嘉圣要去济南中学念书，如今生意难做，这钱也难挣，到济南念书也是一笔不小的花费，但是让孩子念书要紧。所以，我这考虑来、掂量去呢，就想把寿康药店盘出去，所以，请各位朋友来就是商量这件事。如果咱们药行圈里没人想要，我再对外找个买主，大家看看有想要的吗？”季老爷的话一说完，大家就伸出大拇指赞叹，季老爷就是站得高、看得远，为了孙子念好书，舍得花大价钱！大家七嘴八舌地询问季老爷想出个什么价。

季老爷又接着说：“在座的都是街里街坊，又是多年的老同行，我就实实在在地出个到家的价钱。五间铺面、一个后院带三间仓库，还有全部药铺的家具用品，再加库存的中药和少量西药，一百五十块大洋，大家看看这个价格实在不实在？”在座的各位药行掌柜的心里都感觉要价确实很实在，实话讲真的没有多大水分，不论是康寿药店的位置、房屋结构、家具样式、生意行情、老百姓看病的口碑和信誉等等，无论怎么算，要价都不多。但大家都在场，谁也不好讨价还价，只能是相互观望，竟没有一人还价。季老爷见状就说：“这事不比买韭菜、买葱，各位回去好好合计合计，明早给我回个准信儿就行。”

话说东街三鑫大药房的掌柜金三爷，从商会回到家里左思右想，越想越兴奋。他早就对季家的药铺垂涎三尺了，不承想天赐良机，这等好事送上门来了。但一想到季老爷要价一百五十块大洋，他又心疼得如刀剜肉一般。如何少花钱、最好不花钱，就把季老爷的药铺弄到手，金三爷想得是饭吃不下、觉睡不着、六神无主，简直就像着了魔。他一句话也不说，眼睛直勾勾地盯着天花板。

金太太看见金三爷那苦恼的熊样就问："老头子，又遇到啥闹心的事啦？莫不是你又看上谁家的黄花大闺女啦？"金三爷不耐烦地开口说："去去去，别烦我！"金太太提高嗓门嚷道："你这个老没正经的，难道我还说错了嘛？瞧瞧你那副德行，你撅什么尾巴拉什么屎，还能逃过老娘的火眼金睛？"金三爷是出了名的怕媳妇，一看太太真生气了，就赶忙把季老爷要盘出药铺的事从头到尾给太太说了一遍。金太太听后两手一拍说："这是天上掉馅儿饼啊！依我看，这事还得赶紧去找你那外甥想办法，他有日本人撑腰好使啊！"金三爷拍着太太的大屁股兴奋地说："都说娘们家头发长，见识短。俺娘们与别的娘们不同，而是头发短，见识长！"金三爷说罢，立马把前面店里的小伙计喊来，吩咐他快去宪兵队送个信，赶快把刘怀水叫过来，就说老舅有急事要找他商量，赶紧回东街家里来，越快越好啊。

刘怀水接到老舅药店小伙计送来的信，晚上哼着小曲来到东街他舅家，爷儿俩喝着小酒说起了今天季老爷打算往外盘药铺的事。刘怀水听了后眯着小眼睛说："这可是天上掉馅儿饼的好事！不过，老舅一门心思地光想着赚钱，不知道现在外面的情况啊。当下日本人可不比以前啦，现在八路军和武工队闹得很厉害，皇军和保安团晚上都不敢出城门啦，就是白天出城也不敢离县城太远。再是季会长大儿子的事刚刚过去不到半年，我现在想想还是有点后怕，最好别再招惹季会长了！"金三爷被外甥的一番话泼了一头冷水，但他仍不甘心。他接着反问外甥："难道送上门的这等好事就泡汤了吗？"金太太也在一旁晃着大屁股起哄插嘴道：“再说这等好事要是成了，你老舅还能亏待了亲外甥吗？赶紧帮着想辙啊！”

刘怀水想了想说：“这件事，我直接出面肯定不好使了。听松野太君说，上次季会长大儿子的事，就是县保安团赵司令出面做的保人，也就是说季会长欠赵司令一个大人情。这事如有可能，最好让赵司令和季会长说上话。”金三爷听了外甥这一番分析，顿时老鼠眼里又放出贼一般的目光。金三爷凑到外甥脸前说：“老舅想听听你的高见。”刘怀水说：“明天一早，老舅带上礼物去找赵司令，让赵司令出面再去给季会长说情，极有可能让季会长把价格降下来。此事越快越好，老舅您想啊，这等好事谁不想要啊？”金三爷听了外甥的话，连连点头。

第二天早起，金三爷就带着人参、鹿茸、阿胶等名贵礼品直奔赵司令家。他在客厅里一等就是一个多小时，等赵司令起床、洗漱、用过早餐、更衣完毕来到客厅，金三爷满脸笑嘻嘻地向赵司令献上礼物并说明了来意。然后，眼巴巴地看着坐在椅子上抽烟的赵司令。赵司令扫了一眼礼物说：“这事我知道，季会长开价一百五十块大洋，你想还价多少钱啊？”金三爷挠着头皮说：“季老爷卖一百块大洋也不少啊。”赵司令说：“金掌柜啊，你这玩笑可是开大了，你挥刀砍去三成价，你出这个价儿，让我如何厚着脸皮去找季会长替你说情啊？”

金三爷见状，又从口袋里掏出二十块大洋放到桌子上，再拱手向赵司令道谢：“这是我孝敬您的茶钱，事成之后我再来重谢！请赵司令看在您与我外甥刘怀水都给皇军做事的面子上，拜托司令您多操心、多帮忙吧。”赵司令突然听到金三爷与刘怀水还有这种亲戚关系，先是心里一愣，接着故作镇定地说：“那好，请金掌柜晚上等回信吧。”

赵司令送走金掌柜，就拿起电话和季老爷联系。季老爷一听是赵司令就说：“老弟好，有啥要紧的事吗？”赵司令说：“老兄，上午有空请来我家一趟，有大事和您商量。”季老爷回电话说：“您那里公务繁忙不方便说话，还是来我家坐坐吧，中午我请老弟一起吃饭。”赵司令说：“那也好，我到保安团办完公务之后，就速去您家。”

中午，季老爷在家里客厅摆好酒席，又让吴掌柜、二少爷一同陪酒。赵司令一进门就和季老爷说：“您看看，又让您老人家破费了。”季老爷说：“都是自己人，千万别客气，上次传瑞的事给您添麻烦了，还没有机会答谢呢。”赵司令说：“那都是过去的事，咱们都不提了。”季老爷拉着赵司令的手说：“咱俩先到书房说会儿话。”季老爷和赵司令来到书房坐下，赵司令说：“我今天来有两件事和您说，一是您是否还记得传瑞遇害前，是谁带皇军到您家药铺来搜查的吗？”季老爷说：“据小伙计春柱说，是一个鬼子翻译官带着日本兵来的。”赵司令说：“对，就是翻译官刘怀水带人来的。”赵司令接着又问：“您知道刘怀水和东街三鑫大药房的金掌柜是啥关系吗？”季老爷想了想说：“这个情况，我还真说不上来。”赵司令说：“金掌柜就是刘怀水的亲娘舅。”季老爷一听，隐约猜出大儿子传瑞的死因，右手握拳重重地砸到桌子上，两眼先是愤怒、冒火，然后又充满泪花。

赵司令又说：“二是外面传说您想卖前面的药铺，有这事吗？”季老爷说："您咋听说的？"赵司令说："今儿早上，金掌柜去找我请托，他无意之中说出了刘怀水是他亲外甥，我以前也没听说他俩有这层关系，看样子是让我看他外甥的面子，给他帮这个忙。"季老爷说："说实话，不管贵贱，就是一把火烧了，我都不愿卖给金掌柜这种人。"赵司令说："您老说得没错，金掌柜在城里街坊的口碑确实很差，您卖与不卖跟他没有什么关系，关键是他外甥刘怀水。这人是有名的又阴、又坏、又狠，我们都要处处防着他。您老若得罪他或他舅金掌柜，刘怀水要在日本人面前说您几句坏话，恐怕还要吃他的大亏，您老说是不是这个理儿？"季老爷听后点了点头，随后问赵司令："你的意思是？"赵司令说："我认为，您老真要是缺钱急用，其实卖给谁都是一样的，就是卖多卖少的事，关键是想要图一个素净，不能有任何风险。"

赵司令给季会长分析："金掌柜托我从中说和，他就不敢不给您现钱，关键就是价格多少。"季老爷心想，赵司令说的话有一定道理，我宁可少卖几个钱，暂时不能招惹这个麻烦，否则，就有可能误了济南的大事。季老爷随即问赵司令："金掌柜出价了吗？"赵司令说："您要价一百五十块大洋，金掌柜想出一百块大洋，我当时就给他否了。"赵司令沉思了一会儿又说："您老看一百二十块大洋能接受吗？"季老爷心想，既然赵司令做中间人请托，眼前又急需这笔钱来办济南的事，再说城里其他药行到现在也没回信报价的，时间紧也不等人。于是，季老爷对赵司令说："既然您在中间费心，此事就这样定了！不过，明早必须让金掌柜把钱送到我钱庄上来，时间过限无效。"赵司令听罢，两手合掌一拍说："行，就这么定了，您老真是个大仁大义的爽快人。"季老爷说："咱们快去吃饭吧。"

赵司令下午回到家，打发勤务兵把金掌柜找来。金掌柜进门就双手合十恭维："赵司令，我猜您肯定有喜讯告诉我吧？"赵司令说："是啊，我与季会长谈得很辛苦，别的商家都出价出到了一百四十五块大洋啦。"金掌柜一听，刚才的笑脸立刻僵住了，心想这价肯定没戏啦。赵司令接着说："不过季会长很赏脸，最后降到一百二十块大洋，要想再往下讲价，我实在是砍不动了。"

金掌柜心想，再加上先前送给赵司令的二十块大洋，也合着到了一百四十块大洋了。他心里盘算，总归要买，就是与自己想的钱数出入大了些。这礼金也送了，价比别人还低五块大洋，也算没有吃亏。再说现在不买，以后上哪找这等好事去啊？金掌柜考虑再三，回赵司令说："感谢赵司令帮我大忙！您再问一问季会长，这钱能否分期付啊？"赵司令一看金掌柜空手来的，早就来气啦，看他不但不感谢，还想给人家季会长分期付款。赵司令提起嗓门就说："我说金掌柜，你嫌贵可以不要，但是其他几家，要是知道可就抢了。季会长也说明了，这一百二十块大洋必须一次付清，不能赊账。谁缴全款早就卖给谁，你还有什么好说的？"金掌柜一看赵司令上火了，慌忙接话说："请赵司令放心，我回去马上筹钱。"

金掌柜走后，赵司令点上一支烟抽了一口，左手做了一个点钱的手势，随后跟季会长通了电话，告知一百二十块大洋已成交。季老爷忙了两天，筹足了二百三十块大洋，这事总算有了着落。晚上，季老爷和吴掌柜说："您速回军区向李主任汇报，我这里的钱已筹备好，下一步工作如何进行，速请李主任做具体指示。"

吴掌柜回到军区司令部，把这两天季老爷如何克服困难，收欠款、卖药铺，千方百计筹钱的事，都向李主任作了详细汇报。李主任感慨地对吴科长说："季会长为了支持临海军区的抗日战争，做出了巨大的牺牲和贡献，他是我们中华民族英勇抗战的杰出代表，更是我们临海军区学习的榜样！江司令很关心医院缺药的事，我马上向首长汇报。你稍休息，等我回来。"

江云龙司令听了李主任的汇报，马上指示：

一、目前，搞到紧缺的药品是头等大事，要不惜一切代价，必须保证药品的稳定安全供给，确保伤病员早日康复上前线杀敌。

二、根据当前的形势发展，政治部敌工部要研究成立特别党支部。例如：不仅要在济南开药店，而且卧牛酒店还要供应高度酒做酒精用，这条战线势必拉长。为保持工作关系的相对独立性，可以成立特别党支部，具体如何分工、如何运行、如何联络等事项，都由李自清主任来亲自确定和指挥。

三、因为季会长的身份很特殊，绝不能让他暴露真实身份，以免造成更大的损失。最好让季会长和杨排长留守在卧牛酒店，保证地下交通站的安全运转。

李自清主任向江云龙保证："请司令员放心，我一定按照军区党委和司令员的指示，立刻着手安排布置工作，一方面做好特别党支部的组织建设，拟决定成立洛北特别党支部。另一方面做好药品器械采购资金的筹备工作。再是加强安全保卫和保密工作，保证坚决完成这项艰巨而光荣的任务。"

李主任回到政治部，吴科长进门急切地问："首长，司令员批准我们在济南开药店的计划了吗？"李主任高兴地说："吴科长，你们的工作安排和行动计划都已得到司令员的批准，你回去再和季会长详细讨论具体实施方案和人员安排。这次济南开店的机会非常难得，要不惜一切代价拿下，为抗战胜利再立新功。"

第十四章

药店开张营业 采购又辟新源

这天深夜，在季老爷的书房里，召开了临海军区政治部洛北特别党支部成立会议，会议由吴科长主持。

第一项议程，由吴科长首先传达军区政治部的决定：经军区党委研究批准，在卧牛城专门成立洛北区特别党支部，隶属军区政治部直接领导，主要任务是保障军区医院紧缺药品和器械的采购运送、地下交通站的接待管理等工作。

第二项议程，由吴科长宣布军区政治部对洛北区特别党支部人员的职务：季鸿泰同志任党支部书记，吴玉棠同志任党支部副书记并负责日常工作，杨万田同志任组织委员，季传祥同志任宣传委员。

吴科长同时强调："政治部李主任要求大家，凡事必须先和季鸿泰同志汇报。"季会长激动地说："感谢军区首长和同志们的信任，我这一大把年纪的人，有事能给你们出出主意就行啦，当不当书记我都不在乎啊。"大家都笑着说："季老爷千万别推辞，您是实至名归。这是组织的安排和规定，我们大家必须遵守！”

第三项议程，吴科长宣布工作分工：吴玉棠和季传祥同志去济南筹备药铺开业，并由季传祥同志做济南药铺的掌柜，吴玉棠仍是坐堂先生。杨排长跟着季会长留守卧牛酒店，一方面保证高度酒的生产和供应，另一方面继续保障地下交通站的安全运作。

吴科长最后说：“大家看看还有啥需要集体讨论决定的吗？”大家都表态说：“坚决服从组织安排，保证完成上级交给的任务！”随后，吴科长宣布散会。

第三天早起，吴玉棠和季传祥到钱庄拿好银票，二人各骑一头毛驴就直奔济南。济南药店高明礼掌柜的看到俩人按约定准时到来非常高兴，急忙安排晚饭和住宿。在吃晚饭时，吴玉棠对高掌柜说：“经过股东们商量，你开价的五百块大洋已凑齐，明天你就可以到西门商埠大街鑫泰隆钱庄兑换银圆。高掌柜收到钱后，我们立马办理交接手续，高掌柜你看如何？”高掌柜连忙回话说：“那真是太好了，没想到你们俩很守信用也很有实力，咱们今天就开始抓紧盘点库存药品，我会尽快把这院子楼上、楼下、前铺、后院打扫干净，两天之内交接完毕。”

济南市明湖大药房顺利开张，药铺左邻右舍都来贺喜，原来药铺的伙计分别给季掌柜一一做介绍。季掌柜和吴医生一起向大家还礼致谢，同时向大家说：“本药铺又重新开张，还望左邻右舍、街里街坊多加关照！请大家有空多到药铺里品茶小坐，有个头疼脑热的也方便治疗。”大家看到新来的掌柜和先生非常客气，都说：“我们又遇到了个好邻居，这真是大家修来的福分。”

刚把药铺安置好，买药的钱又成了新的问题。吴先生就按政治部李主任的安排，专程拜访程向东处长。程处长的另一个身份是中共地下党济南市委特科书记。他与李自清主任是姨表兄弟的亲戚关系，同时，也是李自清主任在国立北平师范大学读书时的入党介绍人。

吴先生到了程处长办公室，程处长紧紧握住吴先生的手说："老吴同志，您辛苦了。组织上早已送来秘密信函，信里说你这几天来济南联系工作，我们今天终于见面了。”吴先生说："多有打扰了。”

程处长问："药铺接手得还顺利吗？”吴先生说："交接得很顺利，但目前买药的钱还是没法解决。李主任早已考虑到这个大事，所以让我先向您汇报此事。”程处长说："关于买药的钱，我先给你们一千块大洋的银票，你到西门商埠大街鑫泰隆钱庄兑换成银圆。需要提醒注意的是，现在济南市面上的紧缺药品很难买到，即使是大药店存货量也很少，当然价格也很高。你们每次买药的数量不要太多，最好采用积少成多的方式，以免引起敌人的注意。同时，我有一个德国诊所的特殊关系也可以利用，你们买不全药品时可及时通知我。出于保密要求，暂时不动用这个关系。”

程处长接着说："吴玉棠同志，济南市里的日本特务和国民党军统、中统特务很多。你出门办事要处处加倍小心，每到路口拐弯处都要回头看看是否有人盯梢，千万不能让特务们盯上。根据保密要求，今后若有事联系，我们就到大明湖南门的泉城茶馆见面，那里人杂便于接头。”

吴先生说："明白。"程处长又嘱咐道："这几天抓紧把药品买全，接下来就是考虑如何把药品运出去的问题，鬼子在交通要道设置多层岗哨，对进出城人员和携带的物品检查得非常严格，必须提前制定好安全的运送方案。"吴先生说："我明白，等我们筹备齐药品后，再商量安全可靠的运送方案。"

吴先生和季掌柜白天分头到市内各大药店买药，晚上回来再分类包装，经过十几天的采购，终于买到了军区医院急需的消炎、退烧、止血等部分药品。虽然数量不是很大，但是已足够解决伤病员同志们的应急治疗。

他们经过这十几天买药时的细心观察，发现鬼子对进出城的人员和货物检查得确实非常严格，要想把药品顺利运出城去，绝不是一件容易的事。晚上，吴先生和程处长约好到泉城茶馆见面，在茶馆二楼靠东南角处要了一个单间坐下。吴先生点了一壶茉莉大方茶、一盘西瓜子、一盘葵花籽。程处长到房间后，先是打开窗子谨慎地向楼下扫了一眼，看是否有可疑的人员走动，然后，又打开房门探出头去，看了看走廊上是否有尾巴跟踪，在确认茶楼内外环境安全后与吴先生一同坐下品茶。

吴先生低声说："货已备齐，如何送出？"程处长问："有预备方案吗？"吴先生接着说："原来考虑用老办法，在大马车底部装夹层的办法运出去，现在看来是绝对不行了，鬼子岗哨检查得太严了，一旦被查出药品来，就会人货全无啊！"程处长坚定地说："绝不能冒任何风险，这么珍贵的急需药品，就是前线同志们的生命啊，必须做到万无一失才行！另外，还有水路和铁路，这两条路比较起来水路更安全些。铁路运送虽能安全出城，但同样要经过鬼子的严格检查，货物上车前的风险也很大，不到万不得已时不能用此法运送。最好还是走水路。虽然水路相对安全，但药品的防潮防水是个大问题。只要防水问题解决了，首选水路送出去最为妥当。你们走水路时一定要注意北门外小清河码头、明水镇、邹平镇这三个重要的鬼子据点，以防检查盘问。过了邹平镇再往东就是高青县的地界了，那就是我们临海军区八路军管辖的地盘了。北门外小清河码头的货船上有我们自己的船工，按计划提前对暗号、接好头就行。”程处长说完，从皮鞋舌头里面抽出一张纸片递给吴先生。吴先生接过纸片就放入礼帽的内衬里，随后低声回答：“明白，我记住了。”

俩人把运送方案确定好，程处长说：“那好，我先走，你再离开这里。”吴先生目送程处长走出房间，回身又打开二楼的窗子看了看，确定下面没有可疑人员，便迅速离开明湖茶楼。他边走边想这防水问题怎么解决？如果防水问题解决不了，这药品又如何尽快运出去呢？他越想越急，越急就走得越快，不知不觉就回到了药店。

吴先生回到药店后顾不得休息，马上拿了个大洗衣盆，倒上满满一大盆水，对着倒满水的大洗衣盆发呆。季掌柜看到吴先生的眼神和状态，就问吴先生：“你看着这大盆水发愣了半天，又想什么呢？”吴先生说：“如果要走水路，药包防水的问题是个很难解决的新问题，必须抓紧时间想办法彻底解决，不然这药就没有办法送出去了。”

夜已很深，鸡都叫过三四遍了，吴先生和季掌柜还在反复琢磨，从用棉布泡油到宣纸泡油，再从油毛毡到牛皮纸封油，这些办法确实有防雨防潮的作用，但是，将这些包装材料放到水下就会渗水。两人折腾半天就是想不出防水的好办法。季掌柜左手托腮苦想，右手用竹签拨着快燃烧完的蜡烛花，突然大声喊道："哎，有办法啦！"他这一大声叫喊，把吴先生的困神全都给吓跑了。吴先生瞪大眼睛说："季掌柜，赶快说说看，你到底有啥高招和办法啦？"

季掌柜激动地说："我们先用宣纸或棉布把药品包装好，再把药包放在装石蜡油的盆里浸透；然后用牛皮纸在外面包好后，放在石蜡油的盆里再浸泡一下，等两层包装的石蜡油完全晾凉了，最后把药品包装再放到水里，可能就会起到防水的作用啦！"吴先生用手一拍脑门说："对啊，这是个既简单又方便的好办法，我们早先为什么没想到啊！"两人兴奋地一起动手，立刻做起了防水试验来。

按照想好的办法，先用宣纸把药品空盒包成和厚书一样的包，然后，放到盛有熬化了的石蜡油的盆里浸泡透。外面再包一层棉布，再把药包放到盛满石蜡油的盆里泡透。最后，外面再包一层牛皮纸，再放到盛满石蜡油的盆里泡透。经过这样三层包装后，放到盛有水的大洗衣盆里，上面再压上砖头浸泡半小时。取出后，把试验药盒包装拆开三层后一看，经过石蜡油浸泡过的药包，里面的药盒真的滴水不透，药品包装的防水问题就这样彻底解决了，而且石蜡油可以反复使用。

季掌柜幽默地说："你看看，我们亲自动手证明，两个臭皮匠也能赶得上一个诸葛亮啊。"两人抬头望着微微发白的窗外，又是一个不眠之夜。吴先生和季掌柜额手相庆，祝贺药品包装防水试验彻底成功了。

药品包装防水的问题算是彻底解决了，紧接着的下一个难题就是药品藏到货船的什么地方，才能躲过鬼子一道道岗哨的检查，把药品安全顺利地送到军区医院。对于这个新的难题，两个人心里确实没有底，吴先生对季掌柜说："咱俩确实没有实际经验，我看必须找船老大商量，他们是天天在水上玩船的行家里手，又是靠船吃饭的人，肯定比我们经验丰富。"季掌柜点头说："你说得对，我们马上去找船老大，而且越快越好，这时间可不等人啊。"

吃过早饭，季掌柜和吴先生就忙活起来。季掌柜在家包装药品，将昨天晚上试验用到的材料一项一项地准备好，然后，将药品分类进行包装捆绑好，再把药包放到盛有融化了的石蜡油的锅中浸泡，然后再一包一包地冷却、晾好，最后再包成大包装，整套的准备工作完毕后，以待运送。

吴先生回到房间乔装打扮起来，头上戴着白色小凉帽、戴着大墨镜，身穿白缎子衣裤，脚穿白色皮凉鞋，手里拿着一把折扇，骑着自行车顺着大明湖西路的河边小路，径直往北城门而去。

吴先生这身打扮出行，一看就像个标准的汉奸。因此，路上走的市民老远就躲开他，恐怕碰着这"狗汉奸"惹上一身麻烦。吴先生边走边觉得自己的这身行头好笑，要是在解放区早就被群众打死了，但这身打扮在这济南府里还是很好使。老百姓看着肯定想这一定不是个好人，但这身白皮主要防着鬼子汉奸的怀疑和跟踪。他正想着就来到济南市北城门岗楼，鬼子兵端着上刺刀的枪正在检查着进出城的所有人，当吴先生推着自行车来到检查哨前，左边的鬼子盘问："你的，什么的干活？"吴先生笑着回答："我的，去码头检查货物的干活。"右边的鬼子就喊道："你的，良民证的有？"吴先生从上衣口袋中掏出程处长提前给办的标准制式工作证递给鬼子，右边站岗的鬼子拿过来看后吼道："吆西，你的，快快开路！"

吴先生一听小鬼子让开路，就骑上自行车直奔小清河码头。他一边骑车一边心想，这身打扮和铁路工作证还真的管用，城门检查的鬼子居然看看我的工作证就放行了。季会长送的这套行头、程处长办的铁路工作证还真派上大用场了。他深深领悟到，干地下工作，出门的行头和道具还是不可缺少的。

第十五章

打破日伪封锁 水路再显神通

上午10点多，吴先生来到济南市北门外的小清河码头，按照程局长纸片上经过抹药水后显示出的指示，站在码头上从东往西看了一遍，走到了船头和船尾各插有一面鬼子小太阳旗的货船边，吴先生停好自行车问船上的老大："船老大，你的船需要重新刷油吗？"船老大回答："暂时不需要重新刷油，补补漏就行了！"吴先生接着说："巧了，这活我能干！"俩人对上接头暗号后，船老大高兴地说："师傅请上船吧。"

船老大把船向河中间划去，到了距岸边十几米远的中心河道里，又把铁锚放到水里将船稳住，然后，俩人走进中部船篷内，船老大说："吴师傅有啥事说吧，这里说话安全些。"吴先生与船老大紧紧握手，船老大自我介绍说："前几天组织上已通知我，近期有人来和我接头。我叫郑航，今后叫我郑老大就行。"吴先生说："我叫吴玉棠，你就叫我吴师傅吧。"

吴先生接着小声说："有批私货要运到高青镇东面四十里铺的土码

头，如何藏到船里安全顺利地送到是关键，但绝不能让沿途鬼子和伪军的岗哨查出来。”郑老大皱起眉头想了一会说：“要想不让鬼子汉奸查出来，只有两个办法：一个是在船内底做夹层藏货物；另一个是用渔网把货物挂在船底下面。头一个办法，要是遇见伪军检查还好对付，但是就怕遇见鬼子，非让卸货检查就麻烦了。第二个办法，只要不怕湿或者做好防水的货物，用渔网包好挂在船底下面是最安全的。”吴师傅说：“这批货是非常重要的物品，数量和体积都不是很大，包装的防水密封也很严实，咱就用最安全的办法把货物运出去。”

郑老大介绍说：“这码头上，白天鬼子查得反而不紧，晚上和夜里查得最严。一会儿我把船划到斜对面的修船码头，你中午把货物藏到修船用的油灰箱下面，带上船来装作修船用就行了，其余的事我来完成。下午趁早出济南城，发船的理由就是到邹平镇去运焦炭。”吴师傅问船老大：“还需要带其他东西吗？”郑老大说：“这条水路我跑得很熟，不算济南北门的小清河码头，沿途还有三个鬼子和伪军的检查岗哨，你备上六只烤鸡和几坛老烧酒，以备路上喂狗之用。”吴师傅竖起大拇指：“明白，我速回去做好准备。”

中午 12 点多，正是小清河码头站岗的鬼子换班吃饭的时间。季掌柜推着小独轮车，车的两边放着两个盛油灰的大木箱子，吴先生在前面用绳子拉着车，两个人朝码头走去。当走到距码头还有二十米左右的检查哨时，一个站岗的鬼子端着枪走过来喊道：“你的，站住！什么的干活？”季掌柜和吴先生就停步把车放下，船老大见状就快步走过来对鬼子哨兵说："太君，他们是来帮我修船的。太君你看，那船头船尾都插着太阳旗的船，就是我经常给太君和洋行运送货物的船。"鬼子哨兵看了看独轮车上箱子里的臭油灰，又回头看了看前后都插着太阳旗的货船，把枪一撩吼道："吆西，快快干活！"船老大连忙拱手，毕恭毕敬地说："谢太君，大大的辛苦！"随后，他便回身带着吴先生和季掌柜直奔码头。

三人来到船边，先把两个盛油灰的大木箱抬上船，接着就把油灰倒在船的前后平板上，从木箱底部取出早已包好的货物，赶紧放到船舱篷内并用渔网捆牢，固定好。船老大脱掉衣服从船的尾部跳进水里，让吴师傅把渔网和货物一起递给他，把渔网挂到舵机前部的水下面，并用钉子挂牢。一切都安排妥当后，三人又到船舱外面修起船来，有钉钉子的、有抹灰的、有刷油的。

三人干完活，郑老大出船舱看了看太阳，估计已到下午 2 点。吴师傅说："货已装好，我们马上开船，季掌柜推着独轮车回店铺吧。"季掌柜握着吴师傅的手说："你们路上一定要小心！"郑老大接着说："季掌柜放心，路上遇到事，我和吴师傅会商量着办。"季掌柜又握着船老大的手说："郑老大您辛苦，路上多关照吴师傅。"郑老大扬起手说："季掌柜，请上岸吧，我们赶早开船啦！"小清河北门外码头上，吴师傅帮着拉起船上的风帆，郑老大摇橹起航，货船顺水而下，直奔明水镇方向。

当船行到傍晚时分，远远望去就可以看见河边鬼子的炮楼。郑老大对吴师傅说："此处是济南到青岛的公路和小清河的交叉要道，桥头上炮楼的鬼子岗哨检查得最严格，出济南或回济南的货船，都在这里被小鬼子折腾得不轻，现在咱俩换过来，你来摇船，我站在船头上对付鬼子哨兵。"

货船刚到桥下，两个鬼子就端着上了刺刀的枪，哇啦哇啦地叫着登上船来检查。其中一个鬼子说着生硬的中国话问："船上装的，什么的干活？"郑老大回答："太君，我们的船是去邹平镇给济南的皇军运炭的货船，你看船还空着没有装货呢。"郑老大一边说着一边从船的前舱里拿出两只烤鸡和两坛酒，对检查的鬼子说："太君，你的大大的辛苦。我这里有烤鸡和老酒，请太君咪西咪西的干活！"两个鬼子看到货船是空的，提起枪托捣了捣船底，听了听船底的声音是实的，又到船的中部舱内看了一遍，见没有违禁货物和异常情况，就接过烤鸡和老酒说："你的，大大的好，开路！"等两个鬼子下船后，吴师傅就摇船调整方向，继续扬帆向前进发。

第二天中午赶到高青镇码头，码头旁边就是伪军的炮楼，这个据点里只有伪军，没有鬼子。货船一靠上码头，就上来两个伪军，其中一个伪军就问："再往前走就是八路的地盘了，你们去哪里拉货？"吴师傅回答："当下，济南城里粮食很缺，城里的市民有钱都买不到粮食啦。我们是做倒腾粮食生意的，想去博兴、小营一带的集市上倒腾些小米，再运回济南贩卖啊。"伪军一听高兴地说："今天运气好，值班碰见财神了！"吴师傅回答："我们要是赚了钱，肯定忘不了老总你们啊。"另一个伪军就说："皇军有令，对进出边界的所有车辆和船只，都必须严格检查！"这俩伪军像贼老鼠一样，又是看前面舱室又是瞧后面舱室，还到中部舱内又翻了一个遍，见船里面没有发现情况，就用枪托捣捣船边和船底。然后，伪军又探出头去用枪上的刺刀往船外四周边水里划拉了一圈。郑老大心想，这俩狗日的，咋比小鬼子检查得还较真！吴师傅见状，抬起摇船的橹板猛砸船帮。咣当一声响，把俩伪军吓了一大跳。伪军回身用枪对着吴师傅说："你小子，什么意思？还怕我们检查吗？"吴师傅回答："老总别误会，我刚看到一条大黑鱼，就想用橹板拍到它，中午好给老总熬鱼汤啊，没想到砸到船帮上，把鱼也给吓跑了。"

郑老大急忙从前船舱拿出两只烤鸡和一坛老酒，对两个伪军说："两位老总值班站岗，非常辛苦！既然抓鱼不容易，你们中午饭就吃烤鸡、喝壶老酒吧。"两个伪军慌忙接过去，边闻烤鸡，边油腔滑调地说："老子站了一上午的岗哨，就查到了你这么一条破船，这还够点意思，没事啦，快滚蛋吧！"吴师傅说："多谢两位老总！"但他心里想，这就是送你们上西天的断头酒，吃了喝了等着瞧吧，狗崽子们蹦跶不了几天了。

闯过高青镇据点的检查，郑老大和吴师傅二人又继续摇船向东进发。郑老大夸奖吴师傅说："刚才，你那猛地咣当一下子，非常不简单啊，把俩伪军的搜查给拍断了，不然，那俩狗日的还不知道闹什么猴呢？"吴师傅说："刚开始，俩伪军搜查船里面我并不害怕，但我一看他俩用刺刀伸向水里在船四周划拉，我的心就提到嗓子眼上来啦，万一弄出个什么事来，咱的货物可就出大问题啦，我能不着急吗？”郑老大又问：“你怎么想起来那么一下子呢？”吴师傅说：“我当时就想，用摇橹板使劲拍打船梆，狠吓唬他俩一下，别再到水中四处划拉啦。如果吓唬不管用，就做最坏的打算，立马挥起摇橹板来打死这俩狗汉奸！哈哈，没想到真管用啦，再加上你及时送上烤鸡烧酒，就像演的古戏里面一样，化险为夷啦！”俩人一路上又说又笑，感觉时间过得飞快，看见小清河两边都是绿油油的玉米和红红的高粱，就像回到了家。

吴师傅看了看太阳的位置，差不多下午 4 点。再往前走七八里地，就快到小清河边四十里铺土码头了，这里已经属于八路军临海军区管辖的解放区了。吴师傅一想到马上就能见到同志们啦，心里万分激动，不由得一边划船一边嘴里哼着小曲：“解放区的天是明朗的天，解放区的人民好喜欢，民主政府爱人民呀，共产党的恩情说不完……”

郑老大虽是共产党多年的地下交通员，但从未见过穿军装的八路军正规部队。他还是第一次亲自到解放区来，马上就要见到同志们啦，那激动的心情自然不言而喻。他好奇地问吴师傅：“咱们八路军穿的是什么颜色的衣服啊？”吴师傅就告诉郑老大说：“我们八路军的服装是浅灰色的，样式像中山服，上衣有四个口袋，胸部有两个小的口袋，腰部有两个大的口袋。帽子前面正上方有国民党的党徽，在左上胸和左臂都有‘八路’两个大字的标识牌。”郑老大又好奇地问：“咱们八路军是共产党的队伍，为什么帽子上还用国民党的徽章啊？”吴师傅说：“在中华民族存亡之际，咱们八路军按照党中央、毛主席的命令，顾全大局，团结一致，共同抗战。所以，我们党才同意接受国民政府对军队的统一编制，我们的番号是国民革命军第八路集团军，简称为八路军。因此，我们八路军的帽子上就用国民党的党徽。”郑老大接着说：“你看看，咱们共产党的军队，戴国民党的帽徽，那心里多别扭啊？”吴师傅坚定地说：“最初，在延安部队改编时大家都不愿意脱下红军的军装，同志们都说我们出生入死爬雪山、过草地进行万里长征，就是为了突破国民党反动派的围追堵截。现在又让我们穿上国民党军队的军装、戴上国民党的帽徽，你想想大家能想得通吗？”郑老大插嘴说：“说的是，我也想不通。”吴师傅接着说：“为了做通大家的思想，听说刘伯承师长在全师动员大会上，第一个戴上有国民党帽徽的军帽。他说：‘我这个师长能戴，难道我们全体指战员同志们不能戴吗？同志们，大家一定要想明白，我们现在戴什么、穿什么、吃什么，这些都不重要，重要的是全民族万众一心、团结一致，坚决、彻底、干净地把日本鬼子赶出中国去，建立我们民主、平等、富强、独立的新中国。’吃了刘师长的定心丸，同志们想通了！”

郑老大听了兴奋地说：“吴师傅，听说我们党还有一支队伍叫新四军，他们也是打鬼子的队伍吗？”吴师傅肯定地回答：“对啊，新四军也是我们共产党领导的抗日队伍，现在他们战斗在苏北和苏南地区。”吴师傅叹一口气后继续说：“新四军的经历比八路军坎坷。最初新四军在皖南地区进行游击战，1941 年 1 月 4 日军长叶挺率部渡江北上抗日，当新四军于 1 月 6 日到达皖南泾县茂林地区时，遭到国民党军队七个师约八万人的突然袭击。这就是震惊中外的皖南事变。”郑老大既惋惜又好奇地问：“你当过老师吗？我也是老交通员了，听你讲得这么明白还是头一回。”

吴师傅说：“我不是老师，就是在部队上看书学习的多。郑老大，您家是哪里的，家里还有什么人啊？”郑老大说：“我家就住在济南北门外小清河对面的清河村，俺家世代以捕鱼、种菜为生。父母都不在了，家里还有俺老婆子、儿媳妇和八岁的小孙子。”吴师傅又问郑老大：“你儿子是干什么活的？”郑老大哀叹一声说：“鬼子攻打济南时，儿子被鬼子的飞机给炸死了。全家就指望着我划船拉货来养家糊口，老婆子和儿媳妇两人种菜再卖点钱来补贴家用。”吴师傅听了握紧拳头说：“血债要用血来还，让我们共同奋斗，打败日本鬼子，盼着新中国的早日到来吧！”郑老大说：“对，只有赶走日本鬼子，我们才能真正过上好日子啊！”

第十六章 药品运送及时 任务顺利完成

正当货船就要快到土码头时，突然从河北岸边的高粱地里跑出四个穿便衣的人来，用枪对着货船说："站住！马上把船靠到北岸边来。不然，我们就开枪啦。"吴先生一看是穿便服的地方武装人员，他猜可能是游击队或者是附近村里的民兵，随即告诉郑老大别害怕，到了这个地段应该是自己的人，可以把船往北岸靠过去一些，但不要直接靠到岸边，等问清楚情况后再靠岸也不迟。吴先生向岸上的人喊话："你们是从哪里来的？"岸上的便衣回答："这里是八路军的管辖区，我们是解放区的河岸警戒人员。"吴先生一听是解放区的警戒人员，就让郑老大把船靠到北岸。四个人跳上船来查问："你俩到底是干什么的？要去哪里？"吴先生说："我俩是济南贩卖粮食的商贩，想到博兴、高青一带去赶集买小米和高粱。"四个人相对一看，还没等吴先生和郑老大反应过来，立马就把他俩给绑了起来，并用黑布蒙上他俩的眼睛。只听见其中一个人安排说："张班长和小刘你俩留下看好这条船，我们回来之前谁也不许动这船，我和大个子押着这俩狗特务去见我们营长。”

大约走了半个多小时，吴师傅和郑老大被带到一个村子的大院里。押送的人进门就报告营长：“我们在小清河的船上抓了两个狗特务，他们还想冒充贩粮食的商贩到李庄镇去呢。”营长说：“先把他俩的蒙眼布解开！”高个子上前解开吴先生和郑老大的蒙眼布，营长一看就喊：“哎呀，吴科长啊！”吴科长也同时喊道：“郭营长，您好！”郭营长随即给两个人松绑。站在一旁的人都被眼前的一幕惊呆了。郭营长指着吴科长说：“同志们，你们搞错了！这位可是咱们军区野战医院大名鼎鼎的吴科长，也是我的救命恩人，我们俩有三四年没有见面了。”两人紧紧地拥抱了一下。吴科长随即介绍说：“郭营长，这位是咱们济南地下党的交通员，叫郑老大。”郭营长紧握着郑老大的手说：“让您俩受惊了，同志们都已经到家了，您看看大水冲了龙王庙，自家人不认自家人啦。”他指着刚才押送两人的几个战士说：“你们这是胡闹，简直太胡闹啦！”大家听了都哈哈大笑。吴科长忙对郭营长说：“千万别怪同志们，他们也是在执行任务，这是对解放区的安全负责！”郭营长解释说：“哈哈，我也是开玩笑，没有怪他们的意思。这充分证明同志们的警惕性还是蛮高的嘛。”

吴科长向大家说：“我和郭营长还有要紧的事要谈一谈，大家各自回岗位执勤吧。”吴科长和郭营长进屋关上门后，吴科长说：“郭营长，我这次从济南带来军区野战医院急用的药品，用渔网藏在船舵前面的底下。请马上派人跟我去拿药并火速送至野战医院，伤病员同志们都等着这些药品救命呢！让郑老大留下和同志们一起看船，咱俩有话等我回来再说吧。”郭营长说：“虽说这里是解放区，但为了安全起见，我让警卫排特勤班的同志们保护你去医院送药，等你完成任务回来后咱俩再好好叙叙旧。”两人又紧紧相拥，并再次握手告别。

虽说春末夏初的天比较长，但是到晚上6点多太阳已快落下，夕阳的彩霞染红了天际。吴科长和郑老大带着特务营警卫排特勤班的十几名战士迅速返回小清河边的土码头，大家从船底小心翼翼地卸下渔网，又迅速地从渔网内取出一个个药品包。每个战士各背一个药包，在夜色的保护下奔向滨惠县李庄镇。同志们一路上过田地、穿丛林、蹚河沟，一刻不停地连夜急行军，目的就是争取用最短的时间，把药品安全送到八路军临海军区野战医院。

凌晨5点多，吴科长和同志们安全顺利地把药品送到医院，值班主任医生兴奋地说：“你们的药品就是宋江‘及时雨’啊，来得太及时啦。现在就有九个危重伤员，因缺药而高烧不退，仍在昏迷之中。请护士把药送到危重病房，马上给危重伤员用药急救！”护士取药后一路小跑急奔危重病房，吴科长和同志们一起把药品搬进药品仓库，办理完药品入库登记手续，已是早上6点多。吴科长对特勤班的同志们说：“大家走了一夜的路非常辛苦，你们先原地休息，我到军区司令部汇报工作，然后再回来和同志们一起回营地。”特勤班的同志们回答：“放心吧，我们原地待命！”

吴科长见到了政治部李自清主任，详细汇报了前段时间济南药店顺利开张、程处长筹备药费、分散购买药品、解决药品防水包装等等一系列问题。李自清主任听了汇报后非常高兴，激动地对吴科长说：“咱们院长刚给我打电话说了，这批药品太及时、太重要了。半个多月就能治好七十多名伤病员，那就等于又有多半个连的战士可以重返前线杀敌，你们可是为军区立了大功啦。”李自清主任拍了拍吴科长的肩膀又接着说：“由于这次济南明湖药店对急需药品的采购和运送任务完成得非常好，我准备马上起草报功申请，政治部决定给予洛北特别党支部记集体一等功！给予你和季传祥同志记个人二等功，以此嘉奖！”吴科长激动地说：“感谢首长对我们工作的支持和鼓励，我们一定会加倍努力，保证完成组织上交给我们的艰巨而光荣的任务。”

然后，李自清主任又做了具体工作部署：“你们回济南后，一方面要大胆采购药品，同时，还要严加防备敌特，安全是头等重要的大事！越是在顺利的时候越是要提高警惕。组织上对济南药店的工作进行了明确的分工：你的主要任务是遇到重大问题和困难时，及时找程处长联系汇报解决，还有负责药品的安全运送工作；季传祥同志的主要任务是负责药店紧缺药品的采购和所需经费的筹集工作。”李自清主任接着说：“你俩在工作分工上虽然各有侧重部分，但是，工作目的只有一个，那就是全力以赴保障药品的安全稳定供应。”吴科长回答：“明白，我们一定会克服重重困难，保证完成组织上交给的任务，请首长放心。”

李主任点上一支烟，狠狠地吸了一口，然后，又强调说：“为了保证济南药店的绝对安全，不再发生类似卧牛药店的不测事件，你这次回济南后要速办好两件事：一是为确保药店工作的严格保密性，回去后与季传祥同志抓紧商量方案，速把原来药店留下的小伙计妥善安排好，组织上近期专门安排一个同志到济南药店做伙计，实际是安全保卫人员，负责药店和大家的安全；二是让季传祥同志的家人也要尽快搬到济南去，这样一方面照顾季传祥同志的家庭生活，让外人看起来就像一家人在踏踏实实做生意，同时，更有利于掩护药店的秘密经营活动。总之，一定要千方百计保障紧缺药品的供应，满足咱们野战医院的急迫需要。目前，全国抗战的形势发展很快，越是这样，我们越是要保持高度的警惕，坚持抗战的全面胜利！”李主任说完站起身来，用右手拍了拍吴科长的肩膀说：“吴玉棠同志，既要千方百计筹措经费，又要冒着巨大的风险采购紧缺药品，还得与敌人做艰苦卓绝的斗争，你们三管齐下的工作，肩上的担子可是不轻啊！”吴科长起身立正向李主任敬礼：“请首长放心，我们一定能够克服困难、战胜敌人、完成任务！”李主任又嘱咐说：“您交接完药品入库，我安排特务营的战马送你速赶回四十里铺土码头，你们俩要尽早赶回济南药店。”

吴科长骑马先到特务营看望郭营长，俩人在土炕上盘腿而坐，郭营长说：“能吃完中午饭再走吗？”吴科长说：“我和你见面说会话、喝碗水就走。”郭营长着急地说：“那怎么行？我还想借此机会感谢您的救命之恩呢！您是不是在省会济南光吃好的，嫌我们条件差招待得不好啊？”吴科长急忙解释说：“哪里，哪里，您千万别误会。我是很想吃了午饭后多说会话再走，但首长有命令，我必须中午赶到土码头与郑老大见面，然后，我们俩速回济南。所以，中午饭就先留着下回再吃吧。”郭营长笑着说：“您有任务，我能理解，反正您每次回来都要路过我的地盘，那就等您有时间再聚吧。”

中午 12 点多，吴师傅回到小清河土码头。两人见面后就商量，咱们回去不能空着船走，必须就地带上些粮食，到明水镇再装上一部分焦炭，只有这样才不会引起岗哨敌人的怀疑。俩人主意已定，立马升帆起航，挥手向看守船只的同志们告别。小船向西逆水而行，下午 2 点多，来到距土码头十多里地的一个靠南岸的农村集市。吴先生和郑老大商量：“郑老大，咱们现在就靠南岸吧。停船后你在岸边看好船，我下船去赶集买些粮食带回济南，再顺便买些路上吃的东西。”郑老大说：“好，我这就把船靠向南岸码头。”

吴科长来到集市上卖粮食的摊位一看，卖小米的很少，只有两三家卖的，倒是卖高粱和地瓜干的很多。一问价格也比济南便宜了很多，吴先生就买了一百五十五斤小米、三百斤高粱、三百斤地瓜干，大大小小共计十五袋粮食，随后让卖粮食的老乡帮忙送到船上。吴先生又来到卖熟食的摊位前，买了六斤高粱面的煎饼、一斤胡萝卜片的咸菜，这些足够俩人在船上两天的饭量。吴先生买好粮食回到船上，两人为了节省时间边走边吃，交替划船以便日夜赶路。

第二天中午时分，俩人划船又回到明水镇码头，两个鬼子端着带刺刀的枪登船检查，郑老大小声对吴科长说：“咱们不用害怕，一般出济南向东去的船检查严格，回济南的船检查得比较松一些。再说我们船上的货没有违禁品，不用担心啊。”正说着，两个鬼子上船来了，从前到后仔细查看了一遍，看见船上都是允许买卖的一般货物，没有查到违禁物品。其中，一个鬼子向他俩说：“你们的，良民证的有？”吴先生和郑老大分别掏出良民证给鬼子看，另一个鬼子一手抓住郑老大的手说：“你的，什么的干活？为什么手这么的硬！”郑老大说：“太君，我的天天在船上摇橹，这手磨得能不硬吗？”郑老大边说边摇橹，比画着给鬼子看。然后，他又把橹推给那个摸他手的鬼子摇一下看看，那个鬼子手抓着橹板连续试了几把后，连连点头对郑老大和吴科长两人挥手道：“吆西，大大的良民！”

那两个鬼子上岸以后，船又靠到专门装卸焦炭的码头边，郑老大找到以前的老客户，谈妥焦炭价格后就开始准备装船，先把粮食全部搬到前舱里，再把焦炭都装到后舱里，这样小船前面就会微微抬起船头来，既让船稳定，又有良好的避浪作用。两人边看着装船的，边聊家常，郑老大问吴玉棠：“你家是哪里的，家里还有啥人啊？”吴玉棠说：“我家就是李庄镇本地的，父母农忙种地，农闲就编簸箕、做小生意。俺媳妇是咱八路军野战医院的护士，现在还没有孩子。”郑老大又问：“这次回医院没有见到你媳妇？”吴玉棠说：“见到了，俺俩在医院就说了大约一刻钟的话，就急忙向首长汇报工作去了。”郑老大开玩笑说：“你们这小两口长时间不见面，怎能只见一刻钟的面说话，这样岂不更想吗？”吴玉棠笑着回答：“谁要说不想媳妇那是假的，但革命工作必须无条件服从，这就是党员的政治觉悟啊！”郑老大又问：“弟妹是哪里人啊？”吴师傅说：“俺媳妇娘家是东北沈阳的，因为‘九一八’事变全家逃回山东淄博老家。”郑老大吸一口烟接着问：“你和你媳妇是如何认识的？”吴玉棠幽默地回答：“这就是军事秘密啦，不能告诉你！”郑老大好奇地问：“你别卖关子啦，这算啥军事秘密，顶多就是你们两口子的秘密。”吴师傅开心地说：“俺媳妇是医学世家，爷爷和父亲都是行医的。她学的是护理专业，毕业后到咱八路军野战医院当护士，现在都是护士长啦！”郑老大看着吴玉棠开心的样子，开玩笑说：“看见你一提到媳妇，满脸笑得很开心。祝你们早生贵子，再给咱部队培养一名小八路。”吴师傅肯定地说：“等我儿子长大了，早把鬼子打跑了！”

吴玉棠看船已装满，就催促说：“船已装满货，咱们赶紧开船吧！”两人上船起航，奔济南而去。

船快到明水镇时，远远就望见鬼子炮楼上飘扬的膏药旗，郑老大对吴玉棠说：“我来掌舵，你来划船，鬼子检查时，你来对付这几个狗日的。”吴玉棠说：“放心吧。”

当船划到检查哨时，两个鬼子和两个伪军一起跳上船来，从前头查到后头，又从上面翻到下面，结果没有查到任何违禁品。其中一个鬼子一手抓住吴玉棠的右手问：“你的，什么的干活？”吴玉棠镇静地回答：“我是船工的干活。”那个鬼子又指一下吴玉棠右手的虎口问：“你的，打枪的干活？”吴玉棠拿着撸划了几下说：“太君，你的试试，这里磨得硬不硬？”那个鬼子亲自抓了几下，又摇了几下，然后笑道：“吆西，硬硬的、硬硬的，开路！”

第十七章

忠孝不能两全
革命再做贡献

吴科长回到济南药店后，第一件事就是抓紧和季掌柜商量，如何妥善处理店里伙计的事。

晚上打烊后，吴科长就找小伙计来说话："小伙计你看，高掌柜就是因生意不好才转手的这个药店，现在我们干了还是照样不好做，其实这兵荒马乱的，谁来干都是一个样啊。"小伙计应声说："吴先生，您说的没错，这年头谁干都一样。"吴科长见小伙计没有听明白话的意思，就更加直白地说："你看照这样下去，咱药店就赔大了，每月薪水都赚不出来了，我们实在没法还得再倒手卖掉这个药铺。"吴科长把话说到这份儿上，小伙子又一想也是，这半个月没见几个买药的人，这才意识到自己有可能工资不保啦。小伙计接着反问吴科长："你们是有钱的老板，都是不怕药店赔钱的主，俺可不能没有月薪，俺娘还指望着俺挣钱养家糊口、看病吃药呢。"

吴科长接着说："原来高掌柜和我说过，雇你的月薪是每月一块大洋，另外还管吃管住。现在到中秋节还有四个月，连路费都算好给你五块大洋，你有这五块大洋当本钱，回家做个小本生意，养家糊口都不是问题，再娶个媳妇过日子，你看好不好啊？”小伙计听了皱皱眉头没回话，吴科长接着说：“小伙计，你想啊，要是等我们这药店赔光了，可就一文钱也给不了你了啊。”小伙计琢磨着掌柜的要多付给四个月的薪水，还再另外加一块大洋的路费，就给吴科长跪下说：“季掌柜、吴先生，你们是我的大恩人，你们比原来的高掌柜大方多了，我走到哪里都忘不了你们的大恩大德！”季掌柜说：“你快起来，晚上再想想，若还有难处早上再和我说，要是没有啥事了呢，明天就可以打包回家啦。”第二天，小伙计早早起床，打理好自己的行李和铺盖卷，从吴掌柜手里接过银圆，高高兴兴地回了沧州老家。

吴科长要办的第二件事，就是劝季传祥同志回卧牛城老家，把家属和孩子带到济南来同住。季传祥与吴科长说：“军区首长的关心我全领了！我想俺家人还是不来济南为好。一是咱们的经费本来就很紧张，买药的钱都有很大困难；二是俺家人都来就增加四五口人吃饭，我们还是能省一个钱就省一个钱，把这有限的钱全用到买贵重药品上吧。”吴科长抓着季传祥同志的手说：“这是军区首长的指示，我们一定要照办！你家人来济南不单是花钱多少的事，更重要的是能更好地掩护药店的正常经营活动，这是军区首长的命令，明白吗？”季传祥同志表态说：“既然是工作需要，我坚决服从组织上的命令，马上回去搬家。”

转眼间，老酒师苏米先生办酒厂已有十五年了。八十四岁的苏老先生，从过年以后就开始一阵一阵地脑子不记事儿。季老爷正在为让谁来接手管理酒店并学好苏老师的这门手艺的事发愁。他从酒厂里挑了好几个人，虽然看着人干活还利索，但不是不识字的，就是心太粗、学不精手艺的，总之，没有很合适的人选，这事还真不是一般人能干的。

晚上，季传祥回到家见到父亲，首先传达了军区首长对临海洛北特别党支部工作成绩的表彰决定。然后，他又汇报了济南药店的筹建经过和活动情况，如何灵活地买药、做防水包装、装船运送、应付鬼子的岗哨检查等等。传祥把第一批药品顺利送到军区医院的全部经过详细地讲了一遍，就像说故事书一样。季老爷听着听着，一脸的愁容消散，露出了笑脸，对二儿子季传祥说："传祥啊，你这几年长进很大，想事情也成熟多了，可以挑重担做大事啦。"季传祥接着对父亲说："军区首长说为保证药店的安全，药店不能用不熟悉、不可靠的人。所以，组织上要求我把俺媳妇和孩子带到济南去，既能帮助看守药店，又能掩护药店的生意。"季老爷说："军区首长考虑得很周全，济南的情况肯定比咱这小县城里复杂得多，有家有业的店铺不易被敌人怀疑。再是，孩子们都长大了，老是在家里读私塾也不是个办法，省会济南的学校有正规教育，把他们都带去该上什么学的就上什么学，等赶走了日本鬼子，国家还是要用有文化的人做事。"季传祥听了父亲的话说："爹，您老分析得很对啊！关键是我带他们去济南了，家里就剩您和俺娘还有大嫂了，俺心里挂着你们没人照顾啊。"季老爷动情地说："这自古就是忠孝不能两全。当前是外敌入侵、国难当头，为国尽忠是血性男儿的最大志向！我们爷儿俩都是党员，首先要服从党组织的安排，要为打败日本鬼子尽我们全家的一份力量。你们去济南不用挂念我们，家里还有杨老师他们照顾着呢。”

季老爷接着说：“本来我还愁着没人接酒厂的事，孩子们都去济南读书了，杨老师就能跟着苏老酒师学手艺，管理酒厂啦。他既有文化又聪明，组织上也让他重点关注这卧牛城的事。”季传祥听了点点头说：“爹，您说得很有道理，杨老师绝对是您的好帮手，有他在家照顾着我就放心啦。明天准备好行李和生活用品，我们后天就赶回济南。”

第三天早上 6 点多，杨老师就套好大马车并装好了行李。季传祥与太太带着孩子一起向爷爷、奶奶、大娘一一告别。爷爷用手把每个孩子的头都摸了一遍，一边摸一边嘱咐说：“你们到了济南都别贪玩啊，要听你爹娘的话好好学习，想家了、想爷爷奶奶就打个电话问问。等到放暑假了，再回卧牛老家来看看啊。”奶奶和大娘都擦着眼泪，亲自送传祥一家到大门外，直到看不见马车才依依不舍地回家。

季传祥的太太和雪梅、嘉圣、雪兰、嘉承等四个兄弟姐妹都是第一次出远门，大家坐在大马车上一起兴奋地讨论着济南的黄河水真的很黄吗？济南市比卧牛城大多少啊？大明湖的游船上能吃饭吗？趵突泉真是从地下冒出来的三股水吗？千佛山上真的有一千尊佛像吗？孩子们不停地问，季传祥就耐心地一一进行讲解，等这一大串的问题快回答完了，大马车也到了黄河北岸的洛口码头。孩子们立刻兴奋起来，嘉圣说：“大家快看看，黄河水真的是很黄啊！”在路上讨论的第一个问题的答案，立马得到现场验证了。滚滚黄河水向东流，她是孕育中华民族五千多年文明的母亲河。

杨老师买好了 4 点 30 分的船票准备过黄河，大马车和行人必须分开上渡船，过了黄河北岸洛口码头，翻过南岸就是济南市的北部郊区。渡船到了对岸码头，码头站岗检查的鬼子端着带刺刀的长枪，还有的鬼子手里牵着凶猛的大狼狗，日本鬼子凶神恶煞地对过往行人进行搜身检查，使得孩子们的兴奋劲瞬间化作烟云而散。

因为季家的大马车和人员都持有卧牛城商会的通行证，所以顺利地通过了鬼子岗哨的检查。但是，日本鬼子对过往百姓的凶恶嘴脸，却深深烙在孩子们的心里，成为他们幼小心灵中挥之不去的巨大阴影。

当大马车走过洛北路、北园路、大明湖西路来到药铺门前时，吴先生已站在门口迎接，季传祥向吴先生一一介绍家人。等大家都进院以后，吴先生向大家介绍说："济南药店是典型的前店后院式。前面靠街有五间房，正中间的三通间是药店的铺面，最东边一间是宿舍，最西边一间是西药仓库。后院里有两间东屋是中药仓库，两间西屋是厨房和餐厅。后面五间正房的中间是客厅，东边第一间是两个小姐的卧室，东边第二间是季掌柜夫妇的卧室。西边第一间是书房，西边第二间是两个公子的卧室。"

季太太看了院子的布局，直说安排得很周到。这个小院子很有生活气息，院子外面的环境也很优雅，斜对面路北就是大明湖正南门。所以，季太太平时就在后院转来转去地忙活，负责家人的一日三餐，洗衣服、打扫卫生、管理院里的花草等。若有内部人来药店商量事时，她就端着洗衣盆坐在大门口外洗衣、放哨。

转眼就到了秋季开学的时间，在济南程处长的亲自关照和安排下，季传祥的四个孩子都落实了学校。十七岁的大女儿雪梅，到济南女子师范学校学习，吃住都在学校。十五岁的大儿子嘉圣，到济南二中学习，也是吃住都在学校。十三岁的二女儿雪兰和十岁的二儿子嘉承，都在济南明湖小学学习，俩人都不住校。由于党组织考虑安排得非常全面，季传祥同志没有任何后顾之忧，便全身心地投入药店的经营之中。经过多半年的努力工作，吴科长和季传祥不但圆满完成了军区野战医院交办的药品及器械的采购任务，还使药店的经营有了一定的利润，得到军区政治部和医院首长的表扬。

中秋节前，根据军区野战医院的计划要求，吴科长又给医院送去一批急需的药品，并到军区政治部接受新的任务。军区政治部考虑到军区野战医院的工作需要，经军区党委研究同意，军区政治部决定：

一、吴玉棠同志调任军区野战医院副院长，继续负责药品和医疗器械的采购和药品保管工作。

二、季传祥同志兼任临海洛北区特别党支部副书记，全面负责济南药店的工作，直接受军区政治部敌工部领导，并与程向东同志保持单线联系。

三、为协助季传祥同志开展工作，并保护济南药店的安全，八路军临海军区政治部专门派特务营警卫连1排排长李风竹同志到济南药店工作。其对外的公开身份就是药店伙计，并随吴玉棠同志一起到济南药店办理交接工作。

四、济南药店由单纯的药品器械采购任务，发展到同时兼顾八路军临海军区政治部济南地下交通站的职能。

吴玉棠同志回到济南后，首先向季传祥同志传达了临海军区政治部新的工作安排和任务，同时，专门向季传祥同志交代了与程向东同志接头的暗号和地点。然后，吴玉棠又指着李排长向季传祥同志介绍说："这位同志是军区特务营警卫排的李风竹排长，二十一岁，老家也是卧牛县。"季传祥看着眼前的这位小伙子，一米七左右的中等个头，浓眉大眼、四方脸，浑身透着英武和力量。他走上前去紧握李风竹的手说："李排长，欢迎你来济南工作，先把行李放到吴玉棠同志住的东间，回头缺什么东西和我说一声。"李风竹立正回答说："是！"随即拿着自己的行李进屋收拾去了。

当天晚上，季传祥让太太特意做了六样家乡菜，一盘凉拌马齿菜、一盘黄瓜拌油条、一盘炸藕合、一盘土豆炖猪蹄、一盘粉丝凉拌猪耳、一盆丝瓜鸡蛋汤。季传祥又把自家酒店酿的六十五度和成牌老白干拿出来，给每人倒上满满一杯。季传祥、吴玉棠、李风竹三人围桌而坐。吴玉棠同志看到这满满的一桌子菜，高兴地说："这晚餐太丰盛了，我从离开家参加革命工作到现在，还是第一次吃这么好的饭呢，闻着香喷喷的。"

季传祥笑着说："今天是济南药店的一个特殊日子，首先是吴玉棠同志要调回军区医院担任副院长职务，我们表示祝贺；再是李风竹同志刚来药店工作，我们表示欢迎；三是我担任了临海洛北特别党支部的副书记，得到了组织的肯定。所以，咱们今晚一定要好好喝几杯啊。"听了季传祥同志的开场白和祝酒词，吴玉棠同志站起来紧紧握住季传祥的手说："季传祥同志，非常珍惜咱们在共同战斗中结下的兄弟般的友谊！今后你们遇事要多冷静思考，出门要格外小心，一定要保护和经营好咱们的药店，确保药店和家人的安全，重大事情要及时向程向东同志汇报。"接着吴玉棠又嘱咐李风竹："风竹同志，这里的条件可比咱军区好多了，但工作环境会更加危险。时刻保护好药店和人员的安全，是你最大的任务和责任。"季传祥同志眼含着热泪向吴玉棠同志说："感谢军区首长的信任和支持！更感谢您的培养和帮助！在我眼里您永远是可敬的领导和兄长。您回到军区医院，代我向军区和野战医院的首长汇报，请首长们放心，我们保证完成任务。来，咱们一起干杯！"

晚上，李风竹排长躺在床上翻来覆去地怎么也睡不着，总感觉不太适应这新的工作环境。他以前白天站岗、晚上查哨，执行任务、侦察敌情等都是做刺激性的任务，现在却变成守药铺、看门头、扫卫生的小伙计啦。尽管环境很好，但他思想上还是有点儿想不通。吴玉棠发现李风竹在床上翻来覆去地睡不着，就问李风竹："小李，是不是来到这新的环境不适应啊？"李风竹就坐起来对老吴说："是的，尽管我来时首长特别嘱咐新的岗位很重要，但我心里还是非常不适应。"吴玉棠拍拍李风竹的肩头，语重心长地说："小李啊，首先你能来济南药店工作，这是军区首长对你的信任。你以前是在正面战场与敌人真刀真枪地作战，现在是在隐蔽战线上与敌人暗地里斗争，目的都是为了抗战、打鬼子。现在新的岗位不单纯是保卫咱们药店的安全，更重要的是它关系到我们军区医院里那些伤病员的生命，所以，不管思想上有啥想法，都必须坚决服从组织命令！"李风竹点头说："我不适应只是暂时的，请吴院长放心，保证完成任务！"吴玉棠说："你想通了就好啊，我们还是早点睡吧。"

第二天中午，季传祥同志亲自送吴玉棠同志上船。在济南市北门外小清河码头上，吴玉堂同志嘱咐："传祥同志，请多保重！"季传祥回答："请您放心！回家之后向亲人们问好。"两双发热的手紧紧地握在一起，从握手的力道中即可感知同志情谊之深厚。

郑老大催促说，马上要开船了。季传祥同志站在码头上，眼含热泪地频频招手，目视远方，直到看不见小木船那高高的风帆的影子……

第十八章

开阔眼界求知
树立远大理想

季嘉圣在来济南的这几个月里，就目睹了杨老师以前讲的事：鬼子宪兵抓捕抗日志士和进步的老师、学生，抢劫中国商人的财富，霸占中国的铁路和港口，烧杀抢劫等一系列滔天罪行。他时常在问自己：我们为什么会沦为亡国奴？八路军什么时候才能打到济南府来？八路军这会儿在哪里和鬼子打仗呢？这些问题常常会导致他听不进课、吃不下饭、睡不好觉。季嘉圣虽然坐在教室里，但上课时两眼老是发直，呆呆的。

济南第二中学有一位教地理课的女老师，名叫程晓洁。她在上课时就发现季嘉圣同学那两眼发直的神态，她肯定这个同学的脑子在开小差，所以特别注意这个学生。有一次程老师在课堂上讲各省地理，当讲到山西省时就提问："大家有谁知道平型关这个地方，属于哪个省、哪个县？知道的同学请举手。"全班四十几个同学都互相看着，只有季嘉圣同学举手并站起来回答："平型关位于山西省的灵丘县，是太行山脉的一部分。”程老师又接着问：“你知道这里发生过什么大事件吗？”季嘉圣同学接着回答：“中国军队与日本鬼子在此发生过大型战役，也叫平型关大捷。”他的话音刚落，全班同学都瞪起大大的眼睛，随即响起了一阵阵热烈的掌声。程老师听了季嘉圣同学的回答后，虽然验证了猜测，但仍不动声色地说：“回答正确，请坐下。”临下课时，程老师说：“现在，我们班还没地理课代表，就让季嘉圣同学当课代表吧，大家有意见吗？”同学们齐声回答：“没有！”程老师说：“那好，季嘉圣同学放学后到我办公室来一趟，我有作业要给同学们布置，你负责把作业本发给大家。”

程老师是程向东处长的亲妹妹，她的公开身份是济南市第二中学的地理教师。同时，她还是中共地下济南市委学工党支部中学部的组织委员，她的主要任务就是在中学生中发现入党积极分子，待考察成熟后发展为党员。她通过在课堂上提问的办法，往往就能发现学生的思想倾向。因为她所提的问题是课本上没有的内容，也是在课堂上不能公开讲明的。所以，只要能回答出她提的问题来，就证明这个学生的家庭或周围亲属中，可能有中共党员或者进步人士。今天，听到季嘉圣同学的回答，程老师虽然在课堂上不动声色，也没有表扬季嘉圣同学，但已经闻到她所需要的特殊气息。所以，她故意安排季嘉圣同学来当班里的地理课代表，就是为了方便今后见面联系，进一步做更加细致的考察。

等到放学后，季嘉圣同学背着书包来到程老师的办公室，他轻轻地敲了一下门。程老师说："请进来吧。"季嘉圣同学进门后给程老师鞠躬，说："老师，您好！"程老师让他坐下，接着就问嘉圣同学："你是哪里人，家住哪里，父母是干什么的？"季嘉圣同学回答说："我是黄河北卧牛县城人，现在俺家住大明湖南街与曲水亭巷交叉口，俺家里是开药铺卖药的。"程老师说："哦，那药铺的字号是？"季嘉圣同学回答说："明湖寿康大药房。"程老师又问："家里有什么人？"季嘉圣同学回答说："卧牛城老家有爷爷、奶奶，还有大娘。"程老师接着问："那你大伯呢？"季嘉圣红着眼圈说："俺大伯也是做生意的，日本鬼子硬说俺大伯私通八路，被日本宪兵抓去给活活打死啦。"程老师拍了拍季嘉圣的肩头说："这笔账先记着，血债一定要用血来还！"程老师接着又问："济南的家里有什么人啊？"季嘉圣同学回答："家里有六口人，俺爹、俺娘、一个姐姐、一个妹妹、一个弟弟，我排行老二。"最后程老师说："今天课堂上我提的问题，咱们课本上没有写，你是怎么知道的？"季嘉圣同学回答："这都是听我们老家教私塾的杨老师讲的，杨老师讲了很多打鬼子、除汉奸的故事。他讲得非常生动，就像亲眼看见的一样。"程老师听到这里，心里已经有数了。她笑着对季嘉圣同学说："考虑到你刚当地理课代表，今天就不给同学们留作业了，等到星期六放假有空时，我想去你家做一个学生家访，这也是学校安排的活动。周五放学回家时，你提前向你父亲说一声。"季嘉圣同学回答："知道了，老师没有其他事，我就先告辞啦。"程老师看着季嘉圣同学的身影，撩了一下额头上垂下来的头发，微笑着点了点头。

周六上午10点多，程老师健步走在大明湖的南岸，远望着大明湖北岸的铁公祠，脑海里回想起铁公祠的故事。该祠建于清朝乾隆五十七年（1792年），是为了纪念铁铉而建。建文二年（1400年），燕王朱棣举兵南犯并夺取帝位，当时铁铉正镇守济南，屡屡挫败燕军。因兵败被俘，宁死不屈。因此，山东盐运使阿林保捐资在大明湖北岸建铁公祠，纪念这位英勇忠义的明朝兵部尚书铁铉。尤其是在铁公祠西门两边的柱子上，有刘凤诰所作的一副对联，上联是：四面荷花三面柳；下联是：一城山色半城湖。此对联最能描绘出济南大明湖美丽动人的景色和迷人之处。但是，再看今日之济南，在日本鬼子铁蹄的蹂躏之下，苦不堪言。程老师心里感慨道："古人尚且明志御敌，今天有中国共产党领导全国各族人民浴血奋战，我们一定能够打败日本侵略者！"

程老师边走边看，大明湖路边的垂柳枝条，更像出浴少女的长发，在阳光下随风飘荡。程老师思绪飞扬，心情格外好，不知不觉地就来到大明湖南门大街与曲水亭巷的交叉口，清楚地看到了寿康大药房的大门和醒目的牌匾。但党的纪律规定和革命的警惕心时刻提醒自己要谨慎，她故意蹲下系鞋带，趁机回头看看自己身后是否有尾巴跟踪，在确认没有危险情况后即闪身走进药店的大门。

季掌柜正在忙着给客人抓药，眼见又有客人进门，赶紧打招呼：

“您好，先请坐。”程老师见掌柜的在忙着，就回话：“先生不急，您先忙，我等会儿。”程老师走到坐堂先生桌前，在椅子上坐好，静静地观察着药铺的环境。药铺里的摆设很雅致，药柜上的药名标识规范，柜台清洁如新，物件摆放有序。她细心打量着正在忙着抓中药的男人，他个子有一米七五左右，三十八九岁的年龄，穿一身中式藏蓝色长袍，清瘦的脸庞和有神的目光透着精明干练。他抓药的速度很快、很利索，每味药一抓、一称，一手准，也不重复抓药。程老师为老母亲买药到过很多药店，像这么规范的药铺和一手准的药剂师，她还是第一次见到，边看边想，不知不觉已经走神了。

等掌柜的忙完又和程老师打招呼：“这位女士，您买什么药？”程老师慌忙回答：“哦，我不买药。请问这是季嘉圣同学的家吗？”她这一问，季掌柜虽然面带微笑，但心里却很警惕，随即问道：“您是？”程老师说：“我是季嘉圣同学的地理老师，姓程，您就叫我程老师吧。今天周六休息，我是来做家访的。”季掌柜忙说：“程老师不好意思啊，昨晚听嘉圣回来说您要来家访，但不知您啥时来。您看看，我光顾着给客人抓药了，怠慢了。”季掌柜喊嘉圣来前堂见面，季嘉圣看到程老师便做介绍：“爹，这是我们程老师。程老师，这是我父亲。”季掌柜让嘉圣带程老师先到后院客厅坐，他随后到大门外看了看，在确定周围没有可疑的人员后，便在门口外面挂上“歇业盘点”的牌子，让伙计李风竹关上药铺的大门并值班。

季掌柜请程老师坐下，季太太赶紧端上明前龙井茶，对程老师解释说："俺嘉圣刚到济南读书没几天，如有啥不对的地方，请老师多多指教。"程老师问季嘉圣："刚来济南上学适应吗？"季嘉圣同学对程老师说："刚来时确实不适应，这三周过去就没事了。"程老师接着说："上课应当集中精力听课，不然，老师讲课的内容就会听不进脑子里去。国语、历史、地理这三门课，还能通过自学、补习，问题不大。但是，数学、物理、化学这三门课就不行了，课堂上听不懂，作业就不会做，这样长期下去就会影响学习成绩。"季掌柜说："您程老师说的话很对，今后上课一定要注意听讲，好好学习，尊重老师。明白吗？"季嘉圣回答："请老师放心，我今后一定注意！"

季太太问："程老师家是哪里的？"程老师说："我家就在济南。"季太太又问："家里兄弟姊妹几个？"程老师说："我家就兄妹两人。"季掌柜一听就试探性地问道："您哥干啥差事？"程老师回答："我哥是运输处的处长。"季掌柜听到这里心里就有数了，但地下党的纪律规定严格，自己与程处长是单线联系，就是他的亲妹妹也必须严格保密。季掌柜回头对太太说："马上中午了，快去准备饭吧，留程老师在家里一起吃午饭。"程老师忙起身说："谢谢，不必客气，我一会儿就回学校吃饭。"季掌柜说："不是客气，咱们山东是孔孟之乡、礼仪之邦，历来都尊师重教。"季夫人也说："您是第一次来家访，也关心俺嘉圣的学习，俺请老师吃顿家常便饭，还不应该吗？"

程老师见季掌柜夫妇真心相留，并没有半点虚让的意思，她也想趁机多了解一些情况，就坐下来不再推辞，继续和季掌柜、季嘉圣品茶、聊天。程老师问季嘉圣同学："你有自己的人生目标吗？"季嘉圣同学回答："老师，我也说不好。现在我们国家被日本鬼子侵占，山河破碎、国难当头，在这唇亡齿寒的时候，谈不上将来有什么个人目标。我总感觉学生上街游行、喊口号，不如亲自参军打鬼子更有力量！等将来我们赶走了日本鬼子，再考虑自己的人生目标。"程老师听了季嘉圣同学的回答，又回过头来看季掌柜的神态，两人不约而同地点头赞许。

季掌柜对程老师说："俺嘉圣从小就有个性，做事情很有主见。学习上的事还是请您多操心，有啥不对的地方，您当老师的一定要严肃批评，在学校里必须严格管理，严师出高徒啊。"程老师说："请您放心，我会关照好嘉圣同学，他是一棵好苗子。"季掌柜接着对程老师说："您周末有空闲时可多来家里坐坐，我家还有三个上学的孩子，嘉圣的姐姐、妹妹和弟弟。"程老师说："我周末有时间尽量多来走走，我们当老师的就喜欢和学生多交流沟通。"季掌柜随后说："那太好了，您先品茶，我到厨房看看饭菜做好了没有。"

季太太和大女儿雪梅正在厨房忙活，桌子上摆着：一盘炒花生米、一盘拌豆腐皮、一盘蒜蓉拌黄瓜、一盘菠菜拌粉丝、一盘炒茄丝、一盘炒藕片、一盆炖鸡、一盘西红柿炒鸡蛋，一共四个凉菜、四个热菜。程老师和季掌柜一家人边吃边聊，季嘉圣问程老师："程老师我就想不通，咱们国土面积很大、人口也很多，为什么还被人口少、国土面积小很多的日本欺负啊？”程老师放下筷子，心情沉重地回答：“嘉圣同学，你提的这个问题很有意义，这是全国四万万同胞都想知道的答案。这个问题要看两个方面，一是社会制度方面的问题，政府不能凝聚人心，社会就是一盘散沙。二是国家贫富的问题，一个国家的经济弱、工业技术落后、军队装备也差，所以，落后就会挨打。”程老师叹一口气又说：“从鸦片战争到今天的抗日战争，咱们中国人都在苦苦寻求救国之道。只有我们国家强盛，老百姓才能跳出苦海过上幸福的好日子啊！”季嘉圣同学又新奇地问程老师：“老师，您说我们能找到救国之道吗？”程老师肯定地回答：“我们一定能够找到！”孩子们齐声高呼：“能找到救国之道，我们就有盼头啦。”

程老师把话题一转问季掌柜：“嘉圣老家的爷爷是做啥生意的？”季掌柜笑着说：“我父亲是卧牛县商会的会长，家里有一些小生意，虽然市井不好，但也勉强过得去。”程老师又问了一些卧牛城老家的风土人情等方面的情况，紧接着又问了季嘉圣同学在老家私塾学习时的一些情况。程老师从中判断季家私塾杨老师的身份，很可能是一位有抗战经历的八路军战士或者是共产党的地下工作人员。不然，他不可能把打鬼子、除汉奸的故事讲得活灵活现。程老师通过这些现象分析，认为这个人对季嘉圣同学的人生影响很大。

通过这次家访，程老师更加坚定了培养季嘉圣同学的信心。虽然今天中午桌上的饭菜很香也很丰盛，但是程老师最重要的收获是又发现了一个具有进步思想的同学。她心中的喜悦之情，胜过天下所有的山珍海味。

第十九章

苏老病危传艺 会长卖房买粮

秋去冬来，鲁北平原下起了入冬后的第一场雪。杨掌柜连夜从军区回到卧牛城，早上向季老爷汇报了军区首长的指示。季老爷说："你先吃早饭，我去看看苏老酒师的病情，回来再说话也不迟。"年已八十四岁的苏米已经在炕上昏迷四五天了，尽管又看医生又吃药都未见效，季老爷每天早晚都来看望他。今日晨时，苏米从昏迷中醒来，脸色变得红润了许多，精神也是比前几天好些。苏米见季老爷又来看他，异常激动地说："这么冷的天您还来看我，感谢老爷挂念啊！"季老爷明白，他久病不治又昏迷四五天，今天精神突然这么好，往往是病危的人回光返照的征兆。季老爷抓住了苏米的手说："咱老哥俩不需要客气，要说感谢，我应该先感谢老先生您啊！卧牛酒店能有今天，还不都是全靠您操心费力吗？"

苏米定了定神，认真地对季老爷说："按您的吩咐，酿酒的工艺和勾兑酒的配方，我都和杨掌柜交代清楚了。他有文化，也是个聪明人，一看就明白，一学就会干。把酒厂交给他经营，我就放心啦。要是我还能好起来，这个套还得继续拉下去，不然，我对不起老爷的救命之恩啊。”季老爷眼里含着泪花说：“我也盼着您快些好起来，咱老哥俩再唱上一段诸葛亮的《空城计》。”苏米有气无力地应了一声：“好！”随后他的手就从季老爷的手中滑了下来，一双眼睛从容地闭上了，面容非常安详平静，脸上没有一丝痛苦的表情。季老爷见状，用手放到苏米的鼻孔前一试，已经不再喘气了。季老爷用手擦着眼泪向守在一旁的伙计说：“苏老先生走了，快去叫酒厂的杨掌柜和账房的王掌柜来，商量着一起安排后事吧。”

季老爷吩咐王掌柜：“苏老先生是咱们家的大功臣，给苏老先生买一副上好棺材装殓，在紧靠咱家墓地右边厚葬。”他回头又对杨掌柜说：“苏老先生一生没儿没女，他和伙计们的感情很深，通知伙计们停工三天出丧，白天和晚上安排两班人轮流守灵，让伙计们和老客户都去悼念，让苏老先生一路走好。”王掌柜和杨掌柜回答：“请老爷放心，我们会办好的！”季老爷说：“好，你们速去办理吧。”

安排好苏老先生的后事，季老爷身心俱疲，深一脚、浅一脚地回到书房。杨掌柜随后向季老爷汇报了军区政治部李主任的指示：“由于近期攻城作战任务较重，现在医院伤病员很多，酒精用量也在增多，我们必须加大高度酒的生产数量。军区首长知道我们的资金和粮食都很紧张，但是，目前军区没有办法再帮我们解决，还是让我们自己想想办法。”季老爷说：“军区首长不说我也知道，当前，军区各方面都十分困难，我们必须想办法满足医院的需要。眼下筹钱是关键的大事，没有钱就买不到粮食，买不到粮食就造不出酒来啊。”

如何筹钱买粮又成了季老爷的新问题，季老爷把钱庄的孙掌柜叫来问道：“今年钱庄能有多少利润？”孙掌柜说：“回老爷，今年咱各商号的生意都不好，存钱的不多，借贷的不少，我粗算了一下顶多有二百块大洋的利钱。”季老爷又叫来贸易货栈和鞋帽商铺的俩掌柜细问营利情况，他们都说生意非常难做，两个商铺加起来的利润也不足五十块大洋。季老爷最后叫来家里账房的王掌柜问：“咱家账上还有多少钱？”王掌柜回答：“账上仅街坊邻居的借条就有二十三块大洋，都是您亲自发话让借出去的。现存大洋只有二十一块，这不，再给苏老先生治办完丧事，家里这二十块大洋也就花得差不多了。”王掌柜接着说：“如果您急着用钱，我去催收一下外面的欠款。”季老爷认真地说：“除了几个乡下的亲戚借的，其余都是街里街坊的老邻居，他们都是有难处才来咱这借钱的，要是有钱谁会欠账不还啊？还是老规矩：人家不来还账，我们决不要账。人家就是彻底还不起了，我们就全当积德行善吧。”王掌柜回答：“老爷，俺们都听您的。”

季老爷和杨掌柜、王掌柜商量，当下秋季粮食都上市了，要想买够酒厂一年用的玉米、高粱、地瓜干等原料，少说也得三百块大洋。现在唯一能筹到钱的办法，只有把前面靠街的鸿泰贸易货栈、恒泰鞋帽商店两套商铺卖掉。王掌柜问季老爷：“这两套商铺面积大小都一样，要多少底价卖出啊？”季老爷说：“春天卖的药铺房价就是一百二十块大洋，这两套商铺面积稍大点，每套底价定一百五十块大洋吧，对外卖价也别要太多的谎，每套出价一百七十块大洋，出手越快越好。”王掌柜点头称是，速按季老爷吩咐去办。

杨掌柜紧握季老爷的双手说：“您老人家为抗日真是不惜人力、物力、财力，前面靠街一共五套商铺您就要卖了三套，全是为临海军区抗战做贡献，您就是军区首长表扬的那位临海军民抗战的模范和榜样啊！”季老爷忙说：“杨排长过奖了，战士们在前线不顾自身性命英勇杀敌，我做这点事算什么贡献啊！我这个老党员只是为抗战做了一点力所能及的事，常言道：钱财都是身外之物，等打跑了日本鬼子再从头过好日子吧。”听了季老爷这一番肺腑之言，杨排长幽默地说：“季老爷的水平不只是商会会长，当一名北京大学的教授也是绰绰有余啊。”季会长谦虚地说：“过奖、过奖啦。”

第二天早上，季会长先到苏老师灵前敬上香，然后，回书房铺上宣纸，提笔在信笺上写道：

李兄钧鉴：

杨掌柜回城后，把家里缺药的情况都已说清楚，我听闻后心中十分着急，正在千方百计地筹款买药，等药品备齐后速让杨掌柜送回。

季鸿泰亲笔

季会长把信叠好放进书案的抽屉里，起身向东院的酒厂走去。

杨掌柜自从不当私塾老师以后，就按照季会长的意思跟随苏米老先生学习酿酒工艺。苏米从选粮看成色、造曲发酵、上锅蒸馏到闻味出酒、勾兑成品等各道工艺，都是手把手地教。杨掌柜更是用心学、用笔记、亲手做，耐心学习、潜心研究，前后一个多月的时间就把各道工艺的技术要点熟记于心，并能独立地熟练完成全套酿酒工艺的操作，深得苏老先生的赞赏。苏老先生在世时就对季会长说："您是选对接班人了，这个后生肯吃苦、悟性好、有出息，有一股钻劲，好好锻炼两年，将来绝对是一个好把式！"

季会长来到酒厂，远远看见杨掌柜正在和伙计们一起抬酒曲坨子。杨掌柜看见季会长走过来，就和伙计们说："你们先干着，我和季老爷去商量事。"杨掌柜迎着季会长走进账房。季会长说："这两天丧事人杂，里里外外要多加注意，千万不能混进外人来。"杨掌柜说："您老放心，我已安排了伙计们轮流值班，每班四人一组，外人绝对进不来。"

次日下午3点，酒店的伙计们已经忙活起来，一起给苏老先生出殡。季会长先敬上三炷香，又敬上三杯酒。然后，他回过身来对在场的老客户和伙计们说："各位客商、各位伙计，苏老先生驾鹤升天，不单是我们酒店的重大损失，也是各位客商们的损失。苏老先生做人厚道，做事细心，酿酒技艺精湛。他不顾年老、体弱多病，帮咱卧牛县建起了第一座大型的酿酒厂，让全县百姓喝上了纯正的粮食白酒。他虽不是季家的亲人，但胜似季家的亲人。他的祖籍不在咱县，却比咱县的百姓贡献更大。他是咱卧牛县商界的第一大功臣。让我们共同三鞠躬，愿苏老先生天国之行，一路走好！”季老爷率众人向苏老先生的灵堂恭恭敬敬地三鞠躬。

随后司仪喊道：“起棂！”出殡的队伍慢步走出酒店北大门。走在最前面是四个举神幡的伙计，中间是八个伙计抬着棺材，后面是送殡的各地客商和酒店伙计们。卧牛县城柴火市街两边，都挤满了观看出殡活动的市民百姓，大家都纷纷说，苏老头真是有福，一生无儿无女、无依无靠的，老了不但有人管，死了还这么风光，真是前辈子修来的福气。也有的说，季老爷做人真是很厚道，一个老长工死了，还这么用心操办丧事，真是给后辈积大德、行大善啊。

季老爷将苏老先生的坟墓设在紧靠季家墓地的右边，因为苏老先生无后人，每逢清明节、祭日、七月十五等节日，方便大家给苏老先生敬香、烧纸、送钱。碑文是季老爷撰写的：

苏米，四川宜宾人，民国酿酒大师，享年八十四岁。苏米先生毕生精于酿造工艺，年迈心诚，辛勤工作，为卧牛县酿酒行业做出了巨大贡献，是卧牛县（此处明显空两个字格）的大功臣。

卧牛县商会会长季鸿泰撰文

中华民国三十三年岁次甲申立石

大家看了都说季老爷文笔很好，就是对碑文里面大功臣前面的两个空字格不明白是啥意思。想来想去，谁也猜不着其中的原因。于是，大家都纷纷说这肯定是刻碑的老石匠给刻错了。

三天半过去了，季老爷仍未见王掌柜回话。季老爷平时并不太抽烟，只有两种情况下才会抽烟。一种情况是当有高兴的事时，他会抽上一袋烟，往往是边抽烟边唱诸葛亮的《空城计》。另一种情况是当遇到难事时，他就坐在书房的太师椅上，一袋接一袋地抽起烟来，而且是越抽眉头皱得越紧。他两眼微闭，头向后仰，直到想出解决困难的好办法来，然后，把大烟袋锅在铜痰盂上敲三下，就再也不抽烟了。

这不，他又是给苏老先生送终，又是愁买粮食的钱不够，还愁商铺的买主没回音。这“一悲两愁”加在一起着实让人心烦意乱，季老爷正在一袋接一袋地抽着烟。王掌柜风风火火地进门向季老爷说：“老爷有门了，这会儿真的有门了。”季老爷说：“别急，慢慢说。”王掌柜接着说：“南门大街杜家钱庄杜掌柜回话说，咱这两套商铺紧靠、面积合适、位置很好，他正好准备再开一家更大的钱庄，想求一个吉利数，每套出价一百六十八块大洋，两套房子就是三百三十六块大洋，也叫作三三六顺啊。”季老爷听了果断地说：“你去告诉杜掌柜，看在都是同行同业的面子上，就按杜掌柜的意思办，咱们别再讨价还价啦，两套商铺共计三百三十六块大洋成交。你回账房速写文书，让杜掌柜那边把钱准备好，越早付款越好啊。”王掌柜回答说：“老爷您请放心，我明天上午就去杜家钱庄办理卖房款入账的手续。”

按照卧牛城当地的风俗，在出丧的第二天上午要圆坟，也有地方叫暖坟，主要就是表达晚辈对逝者的留恋和怀念。苏老师虽无子女尽此孝道，但季老爷让酒店的伙计们还是按规矩办理，早上起来洗脸净手准备食物、贡品、香和纸等祭祀物品，同时把他用过的物品、穿过的衣物统统装包，由季老爷过目后大家一起到大门外坐马车。

来到马车前，伙计们劝季老爷今天别去了，由大家尽心意就行了。季老爷深情地说："论理我今天可以不去了，但苏老酒师不是一般的家人，他不但是我们家的大恩人，还是咱们卧牛城的大功臣。"所以，我今天一定要去，要亲自到老哥坟前说说话、烧烧纸、敬敬香，让老哥在天堂别再挂念酒店。伙计们见季老爷这么重情重义，也只好不再劝他了。于是，各自按照分工拿好祭品，分别乘三辆大马车出北城门，向苏米的墓地驶去。

下午3点，季会长午休起床后，照例是泡一壶茉莉大方茶，边品茶边把这几天的事梳理一遍。目前不放心的就是杜掌柜那笔钱是否能按时到账，因为杜掌柜的日子也不是很宽裕。正在考虑当头，账房王掌柜来禀报季老爷，杜家钱庄的三百三十六块大洋的卖房款已全部到账。季老爷点了点头，今年酒店买粮食的钱总算有了着落，他心头又一块大石头落地了。季老爷又把大烟袋锅在铜痰盂上猛敲三下，站起身来两手往上一举，大声干咳了两口，清了清嗓门儿，两脚丁字步站好，就开口唱上了诸葛亮的《空城计》："我正在城楼观山景，耳听得城外乱纷纷，旌旗招展空翻影，却原来是司马发来的兵。"

第二十章 爱孙不负众望 中学进步入党

明湖寿康大药房新来的伙计李风竹，自从离开八路军临海军区政治部直属特务营警卫排到济南药店工作，从一开始就感觉非常不适应。他整天屋里屋外、前铺后院地打扫卫生，又要拿药、包药、看门。他感觉白天黑夜一直在店铺里值班太没有意思了，没有和战友们在一起开心刺激。一个堂堂特务营警卫排的排长，来到药店就变成了一个小“伙计”，他心里有一百个想不通。他按照白天看门、拿药、包药，晚上算账、盘点、拢货，夜里值班练毛笔字的生活规律，循环往复。

其实，让李风竹排长感兴趣的事有两件。第一件事是等到周末季嘉圣放学回家，他给季嘉圣讲如何打鬼子、除汉奸的故事，讲如何使用步枪、手枪、投掷手榴弹。李排长比嘉圣大七岁，两个人相差不大，以兄弟相称，往往讲故事都忘了吃饭睡觉，非得季掌柜催促数遍才罢休。第二件事是教毛笔字。季雪梅放学回家看到院里旧报纸上练的毛笔字很好看，不用猜想就知道是刚来的小伙计写的。所以，她也常拿自己写的毛笔字让李排长看。李排长在参军前上过初小，虽然文化课上得不多，但毛笔字练得倒是有一些功底，他在部队也是兼特务营的文化教员。他每次给季雪梅指导书法作业，都非常认真地指出写不好的字是哪里有问题。如何落笔、运笔、收笔，怎样注意毛笔字的结构等，他都能说得明明白白、头头是道。

因季嘉圣和季雪梅姐弟俩周末都回家，所以李排长也开始盼着过周末了。每逢周末，他就感觉自己不但有了用武之地，也多了一份乐趣。这样的日子一长，李排长也就慢慢适应明湖药店的工作了。

程老师自从家访回来就思考，季家虽是经商之家，但家风纯正，对人热情厚道，真正算得上是儒商世家。她深感季嘉圣同学是一个值得培养的好苗子。于是，程老师更加留心观察季嘉圣，并充分利用地理课代表替同学们交作业的机会，给季嘉圣同学讲解当前国共两党合作统一抗战的形势，只有打败日本侵略者才能不做亡国奴的道理，还有胶东军民用游击战、地雷战打击日寇的英勇事迹，以及学生如何发挥积极抗战的作用等等。再加上药店伙计李大哥讲的那些八路军抗战的故事，使得季嘉圣同学思想上的好多问号有了正确答案。他逐渐理解中国共产党和所领导的八路军、新四军，在抗战中发挥的巨大作用。

程老师不但在思想上、理论上教育启发季嘉圣同学，还特意安排他积极参加济南市学界的抗日活动，如在夜间张贴抗日标语、散发抗日传单等秘密宣传活动。

中共济南市委特科学工党支部决定，为声讨日寇侵占我国东北，学工党支部挑选一批入党积极分子和学生党员，一起到伪省政府所在地的泉城大街、日本鬼子宪兵司令部所在的西门大街、西门商埠繁华地段秘密张贴抗日标语。下午放学时，程老师在办公室给季嘉圣同学交代了秘密任务，今夜让他到鬼子宪兵司令部所在的西门大街去贴标语。季嘉圣同学接受程老师的任务后，先到西门大街慢慢走了一圈，仔细观察最合适张贴表语的地点，同时考虑如果被鬼子或警察发现了，从哪条胡同里最容易跑掉，事先踩点做到心中有数。

晚上 8 点半，季嘉圣同学来到程老师交代的地点，向西门杂货店老板问："有上坟的烧纸吗？"老板一听暗语就回答："有！"老板迅速递给季嘉圣一个烧纸卷和一瓶糨糊。季嘉圣同学取到东西后藏到棉袄里，然后直奔鬼子宪兵司令部所在的西门大街东头的小饭馆，要了一碗馄饨、两个杂面窝头，坐在靠窗子的座位上，边吃边等。

季嘉圣同学琢磨着晚上太早出去，街上人太多太杂，很容易被便衣特务发现，太晚了街上又没人啦，如果被鬼子和警察发现了会更危险。只有晚上 9 点至 10 点左右，街上的商铺刚好打烊的时候最合适。问题是自己如何单独完成这个任务。他想来想去，想起在学校里用大扫把打扫卫生的场景，就来了主意。看着小饭馆前台上的老座钟已打了九下，季嘉圣碗里的馄饨还没有吃完、窝头还剩一半，急忙喊老板付饭钱，到门口外扛起小饭馆的大扫把就往街里走去。

季嘉圣每看好一个贴标语的地方，就假装扫街。然后，他躲到小胡同的黑影里把标语刷上糨糊，再把标语挂在大扫把的反面，刷糨糊的一面朝外，再拿着大扫把朝墙上一拍，回头就走。他这一手还真玩得很利索，十几张宣传标语不到半个小时就贴完啦，而且贴的标语都在路灯照不到的地方。等到第二天早上，满城警笛乱叫，鬼子宪兵和伪警察们搬着梯子到处撕毁标语，搜捕贴标语的人。更有意思的是有的学生说："昨晚八路军进城了，贴完标语又从城墙上飞出去了，听说八路军个个都会飞檐走壁呢。"季嘉圣听了同学们的议论，暗自高兴。

第二天放学后，季嘉圣同学又到程老师的办公室，向程老师汇报了昨晚完成任务的情况。程老师说："你昨晚的表现很勇敢、很机智，任务完成得很好！但不幸的是在昨晚的秘密行动中，齐鲁大学有俩同学被警察抓走啦。"季嘉圣关切地问："那怎么办？"程老师拍拍季嘉圣同学的肩膀说："你先回去安心上课，学校正在想办法找市教育局营救他们。"后来中共济南市学工党支部又继续搞过几次秘密的抗日宣传活动，季嘉圣同学都表现得非常出色。

经过程老师半年多的重点考察和培养，季嘉圣同学不但在对中国共产党的认识上进步很快，而且在做秘密工作时有胆量、有智慧、守纪律，已经具备一个中国共产党正式党员的条件。经报请中共济南市委特科学工党支部批准，年仅十五岁的季嘉圣同学被正式批准加入中国共产党。

1944年12月29日，周五下午放学后，季嘉圣同学和往常一样走到程老师办公室送作业。他刚进门，程老师就走过来把门插好，然后把墙上的小记事黑板反过来。季嘉圣同学抬眼一看，小黑板上用红色粉笔画了一面红旗，红旗的左上方用黄色粉笔画着一把锤子和一把镰刀交叉的图案。程老师压低声音对季嘉圣同学说："这就是中国共产党的党旗，今天是你入党的日子，请面向党旗立正站好，我来领读一句，你复读一句，我们共同向党旗宣誓：我志愿加入中国共产党，拥护党的纲领，遵守党的章程，履行党员义务，执行党的决定，严守党的纪律，保守党的秘密，对党忠诚，积极工作，为共产主义奋斗终身，随时准备为党和人民牺牲一切，永不叛党。入党介绍人：程晓洁，入党宣誓人：季嘉圣。"

宣誓完毕后，程老师立刻把小黑板上的党旗图案擦得干干净净，并严肃地对季嘉圣同学说："从今天开始，你就是一名中国共产党的正式党员，必须时刻准备为党和人民牺牲一切，明白吗？"季嘉圣同学坚定地回答："请组织放心，为实现党的奋斗目标，我时刻准备着牺牲一切！"

然后，程老师继续要求到："今后你与我保持单线联系，联系方式就是放学后到我办公室送作业。明白吗？"季嘉圣同学激动得脸通红通红的，他坚定地回答："老师，我会严守党的纪律，保守党的秘密，对党忠诚，一切听从党组织安排！”程老师用手抚摸着季嘉圣同学的肩膀说：“季嘉圣同学，让我们共同努力，为党和人民的事业而奋斗吧！”

冬天傍晚的济南，虽然寒风拂面、冷意正浓，但走在放学回家路上的季嘉圣同学却是热血沸腾，感觉今天比春天还温暖百倍。他进门就高声喊：“爹、娘，我回来了！”季掌柜和太太看到大儿子的高兴劲儿，就试探地问：“你们今天考试了？考了满分？”季嘉圣刚脱口而出“我入”，就把话噎了回去。他改口说：“是，地理考了一百分。”季掌柜放下手中的药碾子，就夸奖说：“济南的中学教育就是正规，老师对学生很负责任，通过家访来督促学习也很有效果。”季太太也附和道：“让孩子们来济南读书，这真是个正道，咱爹他老人家就是看得远、想得周全。”季嘉圣赶紧回答：“爹、娘，你们都忙吧，我回屋去做作业了。”

1945年春，随着太平洋战争中日军的节节败退，日寇在中国大陆更加疯狂，做最后的垂死挣扎。济南市里的日本宪兵和伪军警察，不分昼夜到处抓捕抗日的共产党人和进步学生。一时间，济南市里到处都是腥风血雨，尤其是夜晚人静时，警笛的嘶叫声更让人感到恐怖。

面对严酷的斗争环境，中共山东省委指示：根据当前敌我斗争的严峻形势，中共济南市委应有组织、有计划地向解放区转移部分党员。一是为有效保护党组织免遭敌特破坏，撤出一些非关键岗位的党员同志，让他们进入解放区地方政府工作。二是为充实部队对有文化干部的急切需求，特别选调一批优秀的学生党员，输送到八路军临海军区、沂蒙专属等所属各部队的战斗前线进行锻炼，加强作战部队和地方政府干部队伍建设。

中共地下济南市委特科根据省委指示，在学校中特别挑选季嘉圣等七名党员学生，送到中共抗日军政大学临海分校进行培训。程老师接到中共特科的通知后，就把季嘉圣同学叫到了自己的办公室。季嘉圣同学进门后看到程老师的表情十分严肃，心里猜想可能又有重大任务交办，马上对程老师说："有什么任务，请老师尽管安排！"程老师对他说："季嘉圣同学，今天组织上安排的任务很特殊，不是你能不能完成的问题，而是必须完成任务！"季嘉圣同学着急地问程老师："老师您放心，我会坚决完成任务，从入党那天起，我就把自己的一切都交给党组织啦！"程老师听了季嘉圣同学的表态，满意地点点头说："这次任务的特殊性在于时间长，不能马上回学校，因此你要有充分的思想准备。"

季嘉圣同学眼睛一动不动地看着老师问："难道我有机会亲自去战场上杀鬼子啦？"程老师微笑着说："你只猜对了一半，党组织决定送你到抗日军政大学临海军区分校去学习！"季嘉圣不相信自己的耳朵，又接着追问程老师："老师，这是真的吗？我能否回家说一声？"程老师又一字一句地重复说了一遍："这件事是真的，你必须马上就走。为了严格保密你不能回家，你走以后由我去通知你父母，这个事你就放心吧。"季嘉圣心里终于明白，自己真的要离开济南的学校，七尺男儿马上要奔向杀鬼子的战场了，心中的激动之情无以言表，一行热泪涌出。

程老师动容地拿出自己的手绢递给季嘉圣同学，接着嘱咐："你现在就要写一张请假条，理由是家中老人有重病，需要自己回家照顾老人，要求休学半年时间。写好请假条就留在你的书桌里，我上课时亲自去拿走，以备学校的学生管理处督查学生逃课情况。今天下午 5 点在校门口右边的第三棵大柳树下有一辆人力车会等你，拉车师傅脖子上系着一条白色毛巾，接头暗号是：师傅问：'你要去哪里？'你回答："我到北门外小清河码头去买鱼。'师傅再问：'买什么鱼？'你回答：'要买黄河大鲤鱼。'记住了吗？"季嘉圣同学坚定地回答："我都记住了，老师请放心！"

程老师看着季嘉圣同学关切地问："你仔细想想，还有什么需要去办的事吗？"季嘉圣同学思考了一下回答："没有其他事了，但我还是真的不想离开老师，也不想离开同学们。"程老师紧握着季嘉圣同学的手说："我也舍不得你们走啊，但这是党组织的安排和革命斗争的需要。"季嘉圣同学说："老师请放心，这个道理我明白。"

程老师继续说："当前，正是抗日战争进入大反攻的阶段，我们的解放区一天天在扩大，敌占区一天天在缩小。组织安排你们到抗日军政大学临海分校去学习，目的就是培养锻炼一大批有文化、懂军事的干部，以加快抗日战争取得胜利的步伐。”季嘉圣同学听了高兴地说：“全国四万万同胞都盼着抗战胜利的这一天呢！”程老师信心十足地对季嘉圣同学说：“嘉圣同学请相信，在不久的将来，我们一定会在济南见面的！”

季嘉圣同学从程老师办公室出来直奔教室，回到自己的座位上，工工整整地写好请假条：

尊敬的老师：

您好，我是季嘉圣。因家父病重，急需有人照顾，本人申请休学半年回家，等家父身体康复，速回校。

特此请假，恳请批准！

此致

敬礼

请假人：季嘉圣

1945 年 3 月 10 日

季嘉圣把请假条叠好后放到书桌抽屉里，然后把自己的课本、文具用品等收拾到书包里，又把自己用的桌椅擦拭干净。他还想着有一天能再回到学校，坐到原来的桌椅上继续上课。把全部学习用品和书籍整理完毕后，季嘉圣同学在空无一人的教室里，面对教室前面的讲台，深深地鞠了一躬，心中默念：尊敬的老师们，再见啦！

第二十一章

理想插上翅膀 军大深造抗日

等到下午5点，季嘉圣同学准时来到学校大门的右侧，在第三棵大柳树下与人力车师傅对上暗号。师傅说："小季，快上车走吧。"季嘉圣同学这还是第一次坐人力车，自己年纪轻轻的坐在人力车上，让上了年纪的人拉着自己走，心里既不舒服也特别别扭，连头也不好意思抬起来看看路两边的街景。他心里直犯嘀咕：这个师傅怎么会知道我姓季呢？不知不觉间就来到北门外小清河货物码头。师傅放下人力车回头说："小季，赶快下车跟我上船吧。"

季嘉圣同学来到船中间的拱蓬里面问师傅："师傅，您怎么称呼？"师傅笑着说："我姓郑，你就叫我郑老大吧。今天中午组织上已经通知我，下午5点去二中门口接你，等会还有人送两位同学来，你们三人是去解放区的第一批同学。你马上把学生服都脱下来，换上我给你们准备的衣服，都乔装成小清河货船的船工，我再给你们说一说船上的一些行话，示范下干活的样子，路上还要通过几个鬼子和伪军的岗哨，大家必须学会、记牢，以备应付敌人的检查和盘问。”

晚上 7 点钟，又送来了两位山东师范大学的同学，一位姓单，另一位姓苗，三人一见面就都做了自我介绍。郑老大给大家熬了一锅玉米面疙瘩汤，锅里还蒸了山药蛋，招呼大家围着小桌坐下一起吃晚饭。郑老大边吃边说：“同学们，我们去临海军区的路上要走两天两夜，还要经过三个鬼子和伪军的据点，如果遇到敌人的检查和盘问，一定要沉住气应对，千万不能慌了手脚。再就是船上的活儿要会干，具体要怎么干，明天路上我再一个一个地教你们。”大家听了都很兴奋，齐声回答：“请郑老大同志放心，我们一定听您的指挥，保证都能学会！”郑老大看着三个小伙子高兴地说：“你们的书都读得很好，船上这点活儿难不住你们，吃过晚饭早睡觉，我们明天早起、早吃饭，赶早开船啊。”

第二天早上 6 点，季嘉圣和另外两个同学都穿上了船工的衣服，三人帮忙拔起铁锚，收起缆绳。郑老大拉起风帆，摇橹将船头朝向东，顺着小清河向临海军区进发。船上装的是日用杂货，有洋油、蜡烛、马灯、麻袋、麻绳等。季嘉圣等三名同学坐在船头，他们第一次坐船出远门，都很好奇，尽管昨晚在船上晃得都没睡好，这船走起来摇晃得更厉害，三个人仍然兴致盎然地谈论着，要到抗大分校学习，苦练杀敌本领，穿上八路军的军装，奔前线打鬼子。

中午 12 点，船就到了明水镇。在岗楼上站岗的鬼子叫嚷着来到码头边，一看船上是郑老大，就竖起大拇指说着生硬的中国话："你的大大的良民！他们的，什么的干活？"郑老大看到还是上次那俩小鬼子，就指着季嘉圣同学说："太君，这个孩子是我侄儿，那两位是我刚雇的新船工，第一次跟我出船，都是大大的良民！"接着鬼子就问郑老大："你的，咪西咪西的有？"郑老大一听，这小鬼子又要吃的喝的，就从船舱里拿出两块烤地瓜和一坛老酒。两个鬼子一闻烤地瓜，就大叫起来："大大的香，开路！"然后，两个鬼子就拿着烤地瓜、提着老烧酒回岗楼了。季嘉圣问郑老大："郑老大同志，看来你和这小鬼子混得很熟啊！"郑老大说："是啊，我每年在这小清河上少说也得来回跑个七八趟，每趟都得喂喂这些狼狗啊，不然，它就会咬你，坏你的事。我估计这群狗日的也吃不了几回了。"

经过两天两夜的航行，小货船马上到高青东四十里的小清河土码头。远远望去，临海军区抗大分校的同志们已经在此等候他们了。三位同学激动地唱起了跟郑老大刚刚学习的歌曲："解放区的天是明朗的天，解放区的人民好喜欢，民主政府爱人民呀，共产党的恩情说不完。"等船刚刚靠岸，三人一起跳下船，和前来迎接的同志们紧紧拥抱，然后集体列队向八路军临海军区抗大分校奔去。一路上，季嘉圣和两位同学好奇地问这问那："我们八路军有飞机、大炮吗？抗大分校有篮球场吗？我们的课本都是什么内容？我们毕业后能和战士们一样拿枪上前线打鬼子吗？”来接他们的战士回答说：“我们八路军没有飞机、大炮，必须靠鬼子来给我们造。你们到了学校一看啥都知道了，学习训练绝对很正规。等你们毕业后，肯定让你们扛枪去前线打鬼子啊，八路军个个都是英雄好汉！”同学们一路问，战士们一路答，不知不觉就到了八路军临海军区抗大分校驻地。

在滨惠县李庄镇村后的一座破旧的关帝庙庙门上方，用大木板做成的匾上书写着“八路军临海军区抗大分校”。破庙的大殿就是学校的教室，里面各式各样的桌凳都有，都是从老百姓家中借来的，共有二十张桌子，能同时坐四十名同学。东配殿是学生们的集体宿舍，地面铺有厚厚的麦秸形成两排大通铺，中间是通道。西配殿就是学生们的集体食堂，餐桌和座位都是用旧砖砌起来的。破庙前的一块平地自然就成了学校的操场，两套自制的篮球架在操场上特别显眼。

抗大分校的校长由江云龙兼任，政委由军区政治部主任李自清同志兼任。抗大分校共设置了四门课程：第一门是马列主义理论课，由军区政治部主任李自清亲自授课；第二门是毛主席的《论持久战》等名著解读课，由军区司令员江云龙亲自授课；第三门是军事斗争案例课，主要讲战役、战术和战斗实际案例分析，由军区参谋处的作战参谋们轮流上课；第四门是擒拿格斗与实弹射击课，由军区特务营的军事教官们一对一实训。每门课上一周，学员们必须在一个月内学完全部课程，结业后分配充实到各个部队。

在学校门前接同学们的首长，就是军区政治部主任兼抗大分校政委的李自清同志。带队来的同志向季嘉圣三人介绍："同学们，前面站着的首长就是我们学校的李政委。"同学们一起向李政委敬礼。李政委声音洪亮地说："热烈欢迎大家到解放区来，从今天起，你们就成为八路军临海军区的一名战士了！"李政委的话音刚落，大家就鼓起掌来。李政委两手向下落两下，示意大家先停下鼓掌。他接着说："同志们，这里的条件还很艰苦，大家必须做好吃苦的思想准备。但是，我们今天的吃苦流血、奋力抗击日本侵略者，就是为了明天让全国人民过上好日子。毛主席的《论持久战》一书，英明地分析抗日战争的三个阶段：第一阶段是战略防御，第二阶段是战略相持，第三个阶段就是战略反攻。当前，中国人民抗日战争已经处在大反攻的阶段。日本侵略者在太平战争中被美军打得节节败退。他们在中国也在向战略要地、大中城市和铁路沿线收缩。在咱们临海地区，就剩下商河县、德州县、平原县等几个鬼子据点，大部分县的解放区都连成了一片。我们坚信：有党中央、毛主席和朱总司令的正确领导，只要我们坚持抗日统一战线，全国军民同仇敌忾共同抗战到底，就一定能够取得抗日战争的全面胜利！"李政委的重要讲话，使在场的同志们异常兴奋、深受鼓舞。

李政委又接着说："同志们，你们是咱八路军临海军区抗大分校的第一批学员，既有文化又年轻有为，军区党委对大家寄予厚望。学校课程里面就有毛主席的著作《论持久战》，希望大家努力学习马列主义和毛泽东著作，苦练杀敌本领，为取得抗日战争的全面胜利而奋斗！”同学们和在场的战士们齐声回答：“请首长放心，我们一定努力学习，苦练杀敌本领，早日奔赴抗日前线！”

晚上，季嘉圣躺在大通铺上翻来覆去，就是睡不着。这是他第一次睡大通铺，很不习惯。一大间屋内住着三十多人，有咬牙的、打呼噜的、说梦话的，还有放屁的，听起来简直就是交响乐啊。季嘉圣第一次听到李政委这么激动人心的讲话，不仅了解了中国抗日战争的三个阶段，而且还知道日本鬼子在太平洋战争中要完蛋了。从卧牛城私塾到济南二中求学，又从程老师课堂提问到沿街贴抗日标语，再从对着党旗庄严宣誓加入中国共产党，直到八路军临海军区抗大分校学习，这一件件、一幕幕的往事和经历，在他脑海里就像放电影一样。他睁着眼睛在想，闭上眼睛还是在想，总之，脑子里的新鲜事太刺激人了。至于什么时间困的，什么时间睡着的，他统统都不记得了。直到第二天早上，清脆的起床号吹响后，季嘉圣迷迷糊糊地赶紧起床跑去出操。

因为季嘉圣的年龄比较小、个头也小，就安排坐在教室的第一排。抗大分校开学的第一节课，就是马列主义理论课，由军区政治部主任兼学校政委李自清授课。他从马克思主义理论的形成，讲到列宁对共产主义理论的伟大实践——十月革命的成功。十月革命的一声炮响，给中国送来了马列主义。他又讲到马克思《资本论》等无产阶级的正确理论。季嘉圣在课堂上尽管没有全部听懂，但每堂课都听得十分认真，并且在笔记本上也记得很全面。上课记笔记是他学习的好习惯，在马列主义理论课结业考试中，季嘉圣考出了全班第一名的成绩。

擒拿格斗与实弹射击课，是实战应用的重要课程。军事教官讲课时强调："我们不但要掌握与敌人近距离擒拿格斗的要领，还要学会使用长、短枪支进行精准射击。只有练就一身过硬的本领，才能在战场上不惧敌、敢出手、克敌制胜！"教官的话深深印在季嘉圣的脑海里。正是有这种坚定的信念和不怕死的精神，所以季嘉圣在每项学习、训练中都不输其他同学。在射击课上，大家端着七八斤重的三八大盖练瞄准，一举就是十几分钟而且不允许动。他还嫌分量不够重，就在枪管前部绑上砖块，从绑半块砖起，一直练到绑上两块大砖为止。尽管练得晚上两个手臂酸痛，但第二天大家照样继续练习。在练习德国造的二十响盒子枪射击时，他同样在短枪头上吊一块半头砖，也是练得手腕又红又肿。这种刻苦练习的办法，使得季嘉圣端枪稳、靶心射得准。在实弹射击课结业考试中，季嘉圣打出了五发子弹四十九环的优秀成绩，他是全班公认的神枪手！

在学习毛主席《论持久战》的名著时，军区政治部李自清主任讲道："自从 1931 年 9 月 18 日，日本关东军在沈阳挑起柳条湖事件开始，到 1937 年 7 月 7 日日寇攻打北平西郊的宛平城，日寇蓄谋已久、步步紧逼、妄想吞并中国。由于东北军首领张学良执行南京政府的不抵抗政策，致使东北三省沦陷在日寇侵略者的铁蹄之下。日寇侵占我国东北后随即入关制造了卢沟桥事变，这是日寇全面侵华的开始。在战争初期日寇进攻凶猛，再加上蒋介石不抵抗的政策，致使北京、天津、上海、南京、武汉等地相继沦陷，因此，国内出现了悲观情绪和亡国论等倾向。在事关中华民族存亡的关键时刻，毛泽东全面分析了战争的正义与非正义、敌我双方的力量对比、国际环境的大趋势、战争的消耗与有效供给等多种因素，在此基础上撰写出指导全国抗战的光辉著作《论持久战》，科学精辟地论述了抗日战争发展的三个阶段，即战略防御、战略相持和战略反攻。我们现在已经处在抗日战争的战略反攻阶段，全国连成大片的解放区已经证明，取得抗战全面胜利的曙光就在前面，同志们，前进！前进！英勇地向前进！”台下全体起立，掌声一阵接着一阵。

季嘉圣和战友们聆听了李自清主任的报告，心里顿时豁亮，由衷地佩服毛主席对抗日战争客观、全面、精辟的论断。

在抗大分校一个月的学习时间很快过去了，结业典礼于上午9点举行。全班站在学校门前的操场上，首先由江云龙讲话：“同志们，经过一个月紧张刻苦的学习，大家都顺利完成了学业，从今天起你们就要到各部队去，希望大家英勇杀敌、立功受奖。我们要坚决打败日本侵略者！大家有这个信心吗？”大家齐声高呼：“有，一定打败日本帝国主义！”江云龙接着说：“下面，请李主任宣布学员分配名单。”李主任宣布名单，最后念道：“季嘉圣，到军区特务营侦察排报到。”季嘉圣立正，响亮地回答：“是！”

第二十二章

汉奸再起歹心　酒店面临灾难

自从东街金掌柜买下了季老爷的寿康大药房，靠着原来季老爷药店的人脉和信誉，生意确实比东街三鑫大药房的生意好了许多。但是，他看着季家酒店的生意非常红火，做梦都想把季家酒店再变成自己的。那刚刚满足的贪心又顿生歹念，想来想去还是找外甥刘怀水出出主意。

金掌柜借着自己过五十大寿的由头，把外甥刘怀水请到家里来。这狗爷俩喝着小酒，聊起当前的时局。金三爷说：“眼下，听说日本人越来越不如以前，你也得想想今后这路怎么走。”刘怀水说：“老舅说的话有道理，可眼下日本人还没走，就是真走了，我又能干啥？”金掌柜接着说：“我看今后靠谁都不如靠自己，眼下借着你给日本人当翻译官，全县城没有人敢惹你，我们不如再找个什么由头，把季会长的酒厂弄过来，咱爷儿俩合伙一起干，赚了钱二一添作五，你看看这门路如何？”刘怀水一听赚了钱平分，眼瞪得贼溜乱转，挖空心思琢磨了一会儿问：“老舅，您这回真想要玩一票大的，那您说说看这里面还有啥道道吗？”

金掌柜扳着手指头说："第一，这季家的酒厂是咱全县最大的也是唯一的，生意好得就没法说了。第二，季会长的大儿子也没有了，听说他二儿子带着全家都搬到济南做生意去了，其实他家里没有人真管事了。第三，季会长他自己不管酒厂，听说苏掌柜死后又聘了一个姓杨的掌柜管着，也属于外人。外甥你说，咱要把酒厂弄过来还不是一样发大财吗？"刘怀水听他舅这么一说，顿感发大财的机会真来了，举杯伸脖猛干一杯酒，然后，啪地一蹲酒杯说："再给季会长扣上一顶私通八路的帽子，抓到宪兵队一顿严刑拷打，把季会长关进日本人的大牢里，我看他这把老骨头也活不了几天。哈哈，这卧牛酒厂和街面酒店不就全归咱爷儿俩啦，眼看着这白花花的大洋就全流到咱们家来了！"这狗爷俩你一句我一句、你一杯我一杯，瞧那劲头就像打了鸡血一样，越想越精神、越喝越兴奋，这酒没了再上、那菜没了再添，喝到鸡叫三遍才罢休。

等到第二天下午刘怀水的酒劲儿醒过来，他一面吸着烟一面顾虑到季会长的身份和威望，还有季会长与赵司令的那层关系，总感觉此事不可轻举妄动。于是，他又找到金掌柜说："昨晚老舅说的事好是好，但为了稳妥起见，你最好先到季会长的酒店里转转，看看有什么可疑之处。我再抽机会向赵司令透透风，看他是个啥意思。然后，咱再动手也不迟啊。"金掌柜应声道："外甥说的有理，俗话说好饭不怕晚，就怕没有好饭。只要有季家酒厂这个金饭碗，咱一步一步地做扎实，季家酒厂就会水到渠成地转到咱俩的手里啦。"

于是，金掌柜便以想买酒喝的理由，天天去街面酒店里溜达，又口口声声说对酿酒很感兴趣，还想到酒厂里看看。这些情况引起酒厂杨掌柜的警觉，第三天晚上杨掌柜和季会长见面说："这几天前面药铺的金掌柜，多次到前面酒店和酒厂门口转悠，不知他葫芦里卖的是啥药？"杨掌柜的汇报让季会长警惕起来，他嘱咐杨掌柜："金掌柜的外甥就是上次带着鬼子来搜查药店、抓走传瑞的日本宪兵队翻译官刘怀水。不管他来溜达是啥意思，必须严加防范这只老狐狸。街面是零售和批发卖酒的商铺，我们没法拒绝他进店看。但是，后院的酒厂绝对不能让他进去，首先是保证酒的品质安全，不能被别人掺进其他东西。其次，都是生意人会算明白账，时间长了他就会发现问题。"杨掌柜点点头说："我明白，从今天起酒厂大门紧闭，严防闲杂人员进入酒厂！"

这几天刘怀水也没有闲着，他绞尽脑汁地找理由想请赵司令吃饭。他心里很清楚，凭自己的身份和为人，肯定是请不动赵司令的。他想来想去就打着日本人的旗号和赵司令说："松野队长的太太过生日，想请赵司令夫妇晚上到'来禽馆酒楼'喝祝寿酒。"赵司令一听这是松野的邀请，虽然心里不情愿，但还是答应准时到场祝贺，随即准备了一份贺礼。晚上赵司令携夫人到"来禽馆酒楼"的"来禽厅"，进门一看只有刘怀水两口人在座，就问刘怀水："松野队长和太太还没到吗？"刘怀水急忙解释说："刚接到松野队长的电话，他说太太突感头痛不舒服，可能是下午散步受了风寒，松野队长说不来了。我早就订好了酒席，不来很可惜，还是咱们俩家聚聚吧！"赵司令一听，这刘怀水满嘴说的都是屁话，说的理由无非是托词而已。赵司令考虑到这小子是松野队长的翻译，又怕他在松野队长面前说自己的坏话，不好意思马上发作，只好与夫人勉强坐下并说：“谢谢老弟破费！”

酒席之间，刘怀水两口子格外殷勤，又是敬酒又是夹菜，折腾了半天就是没开口说事。赵司令就直接问刘怀水：“老弟这是唱的哪出戏啊？咱老弟兄俩还用兜圈子吗？有话快说。不然，我还有公务就回府了。”刘怀水一看机会到了，就赶紧说：“今天松野队长没来，正好咱俩也好说话。我想问问，您想不想发一笔大财啊？”赵司令反问：“老弟是想倒卖军火啊，还是想贩大烟啊？”刘怀水赔笑着回答：“都不是，是想造酒、卖酒啊。”赵司令用怀疑的口吻又问：“你还会造酒？你会喝酒还差不多吧，哈哈哈。”刘怀水赶紧解释说：“赵司令您看啊，现在季会长家的人都不在县城里，酒厂也是聘的外人管理着，还不如咱们兄弟买过来合伙经营，这不就是发财的好机会吗？”刘怀水边说边观察赵司令脸上的反应，发现赵司令正眯着双眼面无表情地听着。刘怀水停了一停又接着说：“我知道您与季会长家有远房亲戚，但别人有钱不等于自己有钱。俗话说，爹娘有不如自己有，夫妻有隔着手，您说对吧？”赵司令听到这里就全听明白了，就问刘怀水：“对，没钱确实不行，这年头谁不想发大财啊？但我这人没有文化又是个粗人，脑瓜笨得转不过弯来。老弟你读过诗书也喝过洋墨水，脑子好使还会说东洋话，我想听听你的高见，怎么着才能发成这财啊？”

刘怀水一看赵司令上钩了，就凑到赵司令的耳朵上小声说：“只要您同意了，我就向松野队长报告，现在有线索证明季会长私通八路。松野队长就会派宪兵队抄了季会长的家和他的酒厂，然后呢……哈哈。这事成之后咱俩二一添作五如何？”赵司令听完后说：“我听明白啦，你这哪里是买酒厂啊，往好听里说，你是空手套白狼，往难听里说，就是打着皇军的旗号……”刘怀水赶紧跑到赵司令耳边说：“司令、司令，这是咱俩的事，还用说白了吗？”赵司令点点头说：“现在酒足饭饱，谢谢老弟破费。这事肯定是个好事，但容我再仔细琢磨琢磨，您这几天等我回话，咱们要从长计议，要想发大财就不能着急。俗话说，心急吃不了热豆腐啊。”听了赵司令的表态，刘怀水感觉心里的底气更足了，乐得不停地摇头晃脑，已经到了酒不醉人、人自醉的地步了。

赵司令回到家后刚坐下，夫人就说：“常明，今晚刘怀水说的话，你都听明白了吗？”赵司令说：“这个畜生撅什么尾巴，拉什么屎，鼓什么肚子，放什么屁，我还不清楚吗？”夫人又担心地问：“你还真心要和他掺和在一起，合伙坑俺表哥的酒厂发大财啊？”赵司令对夫人说：“他这是想歪门邪道，我心里有数，绝对不会和他这个畜生掺和事，你放心睡吧，我先到书房静一会儿。”夫人吩咐佣人，泡好茶端到书房去。

赵司令一个人坐在书房的沙发里，点上一支烟卷慢慢吸上一口，然后，看着一缕青烟徐徐升起，他双眉紧锁，陷入深思之中。一方面，他从心里佩服季会长的人品、修养和威信，虽不能确定季会长与八路是否真有来往，但季会长家的生意都很好，根本用不着连年卖房卖地变现钱，又琢磨不出他的钱都干什么用了。另一方面，他也看到日本人在城里张牙舞爪，但大白天连县城都不敢出去，到处都是八路军、武工队和抗日游击队，虽不能判断日本人何时完蛋，但深感鬼子来日不多，必须给自己留条后路，这是最最关键的事。

第二天一早，他就拿起电话要通季会长家，季会长拿起电话一听是赵司令，忙回话说："老弟有事吗？"赵司令说："老兄有时间来我这里喝茶吧。"季会长一听赵司令这口气，就知道赵司令肯定有重要的事要说，赶紧回电话说："老弟稍等，我一会儿就到您府上见面。"

季会长来到赵司令家，进了客厅一看，就赵司令一人。赵司令拉住季会长的手说："咱俩到书房去说话。"俩人进了书房，赵司令反手把门关好，就把昨晚刘怀水如何说的、下一步想怎么干等情况，详细地向季会长都说清楚了。赵司令说："我目前还没有确凿的证据，但猜想上次俺大侄子遇难，可能与刘怀水这小子有直接关系。俗话说，不怕贼偷，就怕贼惦记。您老一定要防着刘怀水这小子再使坏！"季会长听了赵司令的话，再联想到金掌柜这几天到酒厂来回转悠，就感到问题的严重性。季会长对赵司令说："非常感谢老弟您的及时提醒，咱是亲戚，以后还得请您多帮忙，今后有啥情况及时通报给我。"赵司令接着说："刘怀水想拉我合伙干，他还等着我回信呢，我就拖他几天再说，您赶紧想想办法，看看如何解套才是上上策！"季会长双手抱拳还礼说："我明白，请老弟务必稳住刘怀水这小子，等我回信咱们再商量。"

季会长中午回到家就叫来杨掌柜，俩人把金掌柜这几天老来酒厂和酒店转悠、刘怀水如何想霸占酒厂的情况进行了综合分析，都认为情况十分严峻。杨掌柜说："根据我们掌握的情况与赵司令的情报已经证明，只要金掌柜和刘怀水琢磨咱的酒厂，他们就会千方百计、不择手段地把酒厂弄到手，并且会在很短的时间内行动。"季会长和杨排长沉思了好长一阵子，一时半会儿也想不出办法来。

季会长坐在太师椅上点着一袋烟，仰起头、闭上眼，一口接一口地抽起来，三袋烟还没抽完，就拿起烟袋锅在大铜痰盂上猛地敲了三下。季会长对杨掌柜说："此事关系到军区医院药品安全和经费筹集的大问题。从目前看来，暂无好办法，你必须火速赶到军区向首长汇报，听首长的指示，咱们再确定下一步的行动和对策。"

季会长起身说："这里由我盯着，你拿着商会的路条，连夜速去军区报告情况，明天早晚要赶回来。路上如遇见有紧急情况，你就说自己是郎中，到前面村里看急病号。"季会长继续嘱咐道："再就是你骑马要走小道，尽量绕开鬼子和伪军的炮楼岗哨，不到万不得已，千万不要开枪惊动敌人。"杨掌柜说："明白，我马上行动，这里万一情况危急，您和家人先躲一躲！"季会长坚定地说："杨掌柜，我这把老骨头为抗日捐躯，值！"两人紧紧握手告别。

杨排长快马加鞭地连夜赶回到临海军区，深夜三点多钟叫醒了李自清主任，把酒店的情况做了详细汇报。李主任说："酒厂是咱们军区重要的药品供应地和地下交通站，要不惜一切代价保护好！"李主任接着说："从赵司令主动传递情报这件事来看，证明他还是个有良知的中国人，也是我们可以争取和团结的对象。我们的政策就是团结一切可以抗日的力量和进步人士，打击中华民族的敌人——日本侵略者！”李自清以八路军临海军区除奸大队的名义写给赵司令一封密信，让季会长转交赵司令，让他认清当前抗日发展的形势，配合这次除奸行动，争取立功赎罪。

李主任接着打电话，让特务连派两名精明强干的侦察员马上到政治部报到。挂了电话不到一刻钟，警卫员带着两名全副武装的战士进来，两名战士齐声汇报：“报告首长，我叫曹永兴，我叫王守志。”李主任说：“好，你们两位今天就乔装出发，具体要求由杨排长跟你们细说。”杨排长接着说：“你们俩要乔装成干活伙计的样子，这次任务只带二十响匣子枪和匕首，不用带其他武器。”李主任一看手表已是凌晨5点多，天已蒙蒙亮。他一拍桌子命令道：“同志们，出发吧！”杨万田、曹永兴、王守志三人向李主任立正敬礼说：“请首长放心，我们保证完成任务！”

话说曹永兴和王守志两人，经过乔装后，每人骑一匹战马，在杨排长的带领下一路上跨壕沟、过树林、绕村庄。当他们快马飞奔到商河西南与卧牛县交界的松林时，突然从松林里冒出七八个穿便衣的人，用枪对着杨排长他们三人说：“你们是干什么的？”曹永兴和王守志俩人反应快速，同时拔出二十响对着那七八个人。杨排长见对方全是便衣，手中拿的枪也是各式各样，他猜想对方不是游击队就是土匪，就回话说：“各位弟兄有话好说，俺哥仨是卧牛城里的商人。”对方一听这三人是卧牛城人，又接着问：“你们认识路有水吗？”杨排长一听就问对方：“你们是路有水游击队的吗？”对方说：“我们是独立团锄奸大队的！”杨排长等三人赶紧下马走近了问：“你们谁是队长？”人群中走出一位带手枪的中年男子，自我介绍道：“我是路有水，你们是？”杨排长上前紧紧握住路有水的手说：“路队长，我们是八路军特务营的，今天到卧牛城执行任务，请送我们到城南五里庙村北的松树林地，然后你们把战马牵走并照顾好。”路队长一挥手说：“好，咱们走吧。”

第二十三章 团结抗日力量 布下除奸大网

为了预防不测，昨晚季会长睡在县商会的会馆里。上午 10 点多，账房王掌柜来送信说：“杨掌柜回来了，还有两个年轻人跟着回来的，我瞅着咋像两个当兵的人。”季会长严肃地说：“别胡说，赶紧回去告诉杨掌柜，让他到书房等我。”

季会长回到酒店，把书房的门关上，杨排长上前悄声说：“我见到李主任了，同时还带来了俩同志。”季会长说：“不急，你先坐下慢慢说。”杨排长说：“首长对我们汇报的情况非常重视，并做了详细的行动安排。同时，让您转交赵司令一封密信。”杨排长从怀里拿出一封信递给季会长，季会长一看是封着口的密信，就顺手放在书桌上。杨排长接着说：“咱俩分头行动，您先拿着这封信去见赵司令，争取他的主动帮助。我和小曹、小王乔装成卖酒的伙计，先在城里熟悉一下地理情况，为下一步行动做准备。今天早在孟寺镇东面的松树林里，正好与路有水大队长相遇。他们是去凤凰镇执行锄奸任务，刚回卧牛的路上，幸亏及时沟通后相互认识，不然可能就开火了。”季会长说：“我们立刻分头准备行动，必须严格保密，咱们布置周密后再与路有水锄奸大队长联系，让他们锄奸大队配合这次行动。”

随后季会长拿起电话要通了赵司令家，赵司令接起电话一听是季会长，就说：“会长有空喝茶吗？”季会长说：“我有好茶，老弟还是来我这里喝吧。”赵司令回电话说：“好，我到办公室处理完公务，马上就过去，您稍等会儿。”季会长沏好一壶明前龙井，赵司令也恰好进门，俩人落座一品，赵司令直夸：“这茶真是好茶，茶色绿里透黄，茶味清香爽口，品一品如仙如醉！”季会长说：“既是好茶，我送您二斤，闲时多品一品，提神、醒脑、明目、养性，样样功能兼备啊。”赵司令连声道谢！季会长说：“咱们是远戚，千万不要客气，每当我们遇到难处，你总是出手相助，还没来得及感谢呢！”赵司令连连应声说：“那我就不客气了。”季会长接着说：“我这里有一封信，老弟你先看看。”赵司令从季会长手里接过信来打开信封，抽出信笺一看，信笺抬头处印着红字“八路军临海军区政治部”，赵司令立马惊得站起来，用惊恐的目光看着季会长。季会长坚定而镇静地说：“老弟别害怕，你先看完信的内容，咱哥俩再继续说话也不迟。”赵司令又慢慢坐下，双手拿着信笺，目不转睛地继续往下看信里写的具体内容。

赵司令面鉴：

当前，全国抗战形势已经进入大反攻阶段。在八路军临海军区管辖的范围内，黄河以北除了济阳、晏城、卧牛、商河等几个县城外，全都是八路军控制的解放区。就是在日寇占领的县城，鬼子白天不敢离开县城十里，晚上根本不敢出县城大门。八路军攻打这几座日寇占据的县城，指日可待。

八路军的政策是广泛宣传中国共产党的抗日主张，动员全国各族同胞，团结一切可以抗日的力量，坚决打击中华民族的敌人——日本侵略者！

希望你能认清形势，弃暗投明，多做一些对抗日、对人民有利的事，并真心协助八路军除奸大队，彻底铲除刘怀水、金有财这两名罪大恶极的汉奸。特此函告。

八路军临海军区除奸大队

1945 年 5 月 19 日

赵司令从开始看信，额头上就冒出一层细细的冷汗来，看完信时已是满头大汗。他抬头问季会长："请问老兄，您是共产党还是与八路有联系？"季会长淡定地说："您我都是多年的亲戚，我们都是忠厚老实的人家，从来不做伤天害理的事。我开酒店、办商铺，人来客往的朋友多，当会长又得应付日本人、保安团、国民党、共产党等等各路神仙，能说清楚谁和谁吗？但是有一条，就是不能忘了自己是中国人，而且必须做一个有良心的中国人！"季会长喝一口茶，接着说："别看日本人侵占咱中国十几年了，但终究长不了，谁家里会让强盗长期占着？八路军就在日本鬼子占据的县城周围，还能让日本鬼子睡几天安稳觉啊？所以，老弟要多做一些对得起自己良心的事，给自己留条后路。再退一步说，就是不为自己着想，也得为老婆和孩子想想吧！你说是不是这个理儿啊？”季会长边说边接过赵司令的信，随即用火柴点着扔进桌前的火盆里，信纸在火盆中打着卷儿慢慢地烧尽了。

季会长的话既没有回答也没有否定自己是共产党、八路军。但有一点可以肯定，那就是对赵司令的一番劝诫真正起到作用了。赵司令边擦头上的汗水边对季会长说：“是这个理，就是这个理。您老看得真透彻！我干保安司令这两三年，跟着鬼子出城征粮、清乡扫荡，都是出于应付差事没办法，真的没干伤天害理的事。”季会长接茬说：“你的确没干大的坏事，这个我清楚，但你穿着这一身黄皮，吃着鬼子的饭，还能说你是好人吗？”赵司令连忙说：“这个我知道，上了鬼子这条贼船，就是跳进黄河也洗不清啦，关键是我想当好人，谁来认我啊？”季会长拍着赵司令的肩膀说：“老弟，还是那句老话，你我是亲戚又是患难之交的兄弟，你只要信得过我、听老哥的话，帮着除掉刘怀水、金有财这两个汉奸，老哥保你无后顾之忧。”赵司令闻言，双手合十向季会长感谢：“谢老兄鸿恩，今后凡事多向您请教，下面的事就听老哥您的安排。”季会长起身说：“你既然能理解老哥的好意，马上回去先稳住刘怀水，其他事等我的通知。”

送走赵司令，季会长就叫来杨排长商量下一步的事。杨排长见到季会长说：“我带着小曹和小王两个人，围着县城转了一大圈，看到来禽馆酒楼的地势最妥当。一是，来禽馆酒楼是县城里档次最高的酒楼，距西门里鬼子的宪兵队和南街的保安团较远，安全性较高。二是，这里靠近县城北门只有七八十米，酒楼的后门还有一条小路，直通北门东面一百多米的城墙边，小路两边全是芦苇和小树，动手后很容易撤出城去。”季会长说：“你们对地点的选择和地形分析很有道理！我已说服了赵司令，他愿意帮忙除奸。现在最好的办法就是以请客为由，把刘、金二人同时调出来，这样下手干净利落。如果单个解决就有可能打草惊蛇，更坏的结果是计划暴露，殃及酒店人员，威胁到赵司令的安全。从目前看，只有赵司令是调出刘和金二人最合适的人选。”杨排长接着说：“在城里动手，不到万不得已尽量不要用枪，匕首是最好的武器。”二人主意已定，决定明晚行动。

赵司令回到家连抽了两支烟后终于稳住了神，虽然当时对季会长表态很爽快，但心里仍十分不踏实。他把前前后后的事情捋了一遍又一遍：季会长的生意如此好，为何频频卖地卖房？他那些酒都卖到哪里去了？他二儿子一家去济南再没见到人，到底在干什么？关键是八路军临海军区除奸大队的信函，怎么会落到他的手里？赵司令越想越清晰了，他肯定季会长即使不是共产党也应该与八路有关系，看来他是个黑白通吃的主啊！赵司令越明白越害怕，越害怕越希望从中分辨出利害得失来。现在摆在他面前的只有两条路：一条是继续为日本鬼子卖命，除奸的事既不告密也不参与，来个井水不犯河水；另一条是按照八路军除奸大队的要求，积极配合这次除奸行动，争取立功赎罪，也好为自己和家人留条后路。

经过一番思想上的苦苦挣扎，再加上回想起季会长推心置腹的话，赵司令终于下定决心帮助除奸行动。他刚刚理出个头绪来，电话就响了，赵司令拿起电话一听还是季会长，就说："季会长有事？"季会长说："下午再过来喝茶吧。"赵司令答应说，下午准到。

季会长在书房与赵司令边品茶边商量如何"钓鱼"的事，最终敲定将计就计。赵司令说："我以商量如何把季家酒店弄到手为由，把刘、金爷俩约到来禽酒楼聚会，一个小时后我会借故出房间，到时候你们的人见机下手。"季会长说："因晚上城门已关闭，他们如何出城我来安排，不会给你们管城门的保安团添任何麻烦。"季会长接着说："你约好刘、金二人，就用电话告诉我，几点到那里喝茶就好。"赵司令站起来说："一言为定，请老哥放心！"

5 月 20 日上午 10 点多，赵司令给刘怀水打电话约饭局。刘怀水一听是赵司令的电话就忙说："赵司令好，那事考虑得咋样啊？"赵司令笑哈哈地说："你问对啦，就想和老弟商量这件事！"刘怀水一听赵司令的口气，赶紧说："司令看哪家馆子好，我马上安排晚上聚聚，咱们边吃边聊如何？"赵司令还是笑哈哈地回答："上次是老弟你破费的，这次就由我来请客吧！"刘怀水忙应声："也好，也好，司令点菜，我带好酒！"赵司令接着说："我说请老弟，就是我全办，你什么也别拿。我还是订在北门里来禽馆酒楼的二楼来禽厅，记住晚上 7 点开席，为了方便说话，就请老弟和你老舅金掌柜来，咱们三人坐下来详细地合计合计，如何共同发 一笔大财！”

放下赵司令的电话，刘怀水又给他老舅金掌柜打电话，说赵司令很赏脸，定好今晚 7 点到来禽馆酒楼二楼的来禽厅，请爷儿俩美餐一顿，一起商量弄到季家酒店发财的事。金掌柜一听赵司令设宴就爽快地答应了，直夸他外甥刘怀水有面子、会办事。金掌柜放下电话，就赶紧去理发馆梳洗打扮一番，下午又试衣服又看鞋子。老婆子不耐烦地说：“你这是吃错药了，还是想上天堂啊，你看你这番没完没了的折腾劲儿吧。”金掌柜听了老婆子的唠叨，骂道：“就你娘们是个乌鸦嘴，我是去商量发财的事啊。”金老婆子鼻子哼了一声，不再理他，用手撩起脸上的头发，一扭一扭地走进里屋去了。

赵司令和刘怀水通完了电话，随后用暗语通知了季会长晚上喝茶的具体时间、地点，一场惊险的除奸大戏就此拉开序幕。

晚上 6 点 30 分，赵司令带着两个护兵到了来禽馆饭店二楼的来禽厅，叫来店小二，点好四个凉菜、六个热菜又烫上一壶卧牛老烧原浆，就等刘怀水和金掌柜入座开席。赵司令站在二楼窗口看了看手表，正好是 6 点 55 分，看到刘怀水和金掌柜骑着自行车准时到酒楼他俩进门就作揖道谢：“不好意思啊，来迟、来迟，请司令见谅！”赵司令回礼：“客气、客气，二位请坐。”按规矩赵司令坐主陪的位置上，右手坐的是金掌柜，左手坐的是刘怀水，三人落座，晚宴开席。赵司令对站在一旁的店小二吩咐：“我们几位说说话，上菜后你就退出去，不叫你就别进来，明白吗？”店小二应声后关门退出房间，刘怀水和金掌柜迫不及待地问赵司令："司令考虑得如何啊？"赵司令小声对他俩说："我考虑此事，绝对是发财的好机会！但此处隔墙有耳不易长说，改天到我办公室边喝茶边细聊，今天就是喝酒。"刘怀水和金掌柜连声附和说："对，对，司令想的就是周全，改天聊，喝酒、喝酒。"于是，你敬我、我敬你，你一杯、我一杯，虽是三人喝酒，但酒桌上的气氛异常热闹。

酒过三巡，菜过五味，金掌柜顾不上外甥在身边，就裂开镶金牙的大嘴凑到赵司令的耳边笑嘻嘻地说："赵司令最近去济南的翠花楼了吗？听说那里又新添了一个十三四岁的苏州小俊妞，嫩得真是顶花带刺，一掐就流水啊！"赵司令一听，心想这老东西，临死了还想着走桃花运呢，便哈哈大笑说："金掌柜艳福不浅啊。"赵司令这一笑话他，金掌柜感觉很没面子，就慌忙解释说都是听朋友们说的。赵司令放下手中的筷子，又用毛巾擦擦嘴说："这年头，有钱就是爷。金掌柜有钱，找个小嫩妞开开心，也很有趣。不过，我可告诉你，在这边活着不好好开心，到那边可就没有这开心的事啦！"听赵司令说话这么幽默，三人都哈哈大笑起来，这酒喝着又掀起一轮新高潮。

赵司令见刘怀水和金掌柜的酒劲儿已上脸，又看了看手表是 8 点左右，赵司令起身说："你爷儿俩先慢慢喝着，我去厕所一趟，这酒回来我再补上。"刘怀水回答："司令请方便，趁这空我先敬俺老舅几杯。"赵司令出房间走到一楼，就对酒楼的苗掌柜说："我出去上厕所，一会儿就回来，再给我加两个菜。"苗掌柜慌忙弯腰恭送，司令先请方便，回来我再伺候您！赵司令走出酒楼，故意放大嗓门喊苗掌柜："厕所在哪边儿啊？”苗掌柜忙说就在南面四五丈远的地方，接着喊店小二赶快给赵司令带路。杨排长听到赵司令的喊声，从酒楼后墙角看到赵司令身后还跟着两个护兵，前面由店小二带路向南边的厕所走去，就给两个侦察员打手势。小曹和小王每人端一个送菜用的大托盘，上面各放一条糖醋鱼和一只烤鸭，迅速从酒楼后门进入二楼的来禽厅。他俩进门就喊："糖醋鲤鱼、北京烤鸭来了。"然后，两人闪电般地分别奔到刘怀水和金掌柜的身后。还没等刘怀水和金掌柜反应过来，两位侦察员的匕首早已割断了他们的喉咙。这俩狗汉奸都没来得及哼一声，就一起魂飞西天见阎王爷去了。

小曹从腰间抽出一块白布，沾着血在上面写道："欠债还账，天经地义。狼心狗肺，就此下场！"接着，把白布往刘怀水身上一披。小曹和小王又迅速从酒楼后门撤出，前后不到五六分钟的时间，真可谓出手神速、干脆利落。杨排长带他俩顺小路直奔北城墙，因城墙内壁用三合土夯实、外面用城砖筑成，里面经常年风吹雨淋早已到处是裂沟和缝隙，三人顺着沟缝瞬间就爬上城墙顶部，然后用一条长绳垂到城墙根，绳子的上面固定在城墙的垛子上，小曹和小王顺着绳子溜下。在城墙外面，路有水锄奸大队的同志们在接应。杨排长在城墙上看到小曹、小王顺利出城，就收起绳子，迅速离开，消失在茫茫夜色之中。

赵司令在厕所里一看手表，已是8点20分，就从厕所提着裤子出来，边走嘴里边嘟囔："今晚的菜有问题啊，害得老子拉稀、肚子疼，回酒店要找老板算账！"俩护兵一听司令拉肚子，赶紧上前一边一个扶着司令慢慢回酒楼房间。赵司令进酒店大堂门就问苗掌柜："今晚的菜不干净？老子吃了肚子就拉稀！"开饭店酒楼的就怕客人挑这事，苗掌柜急忙说："哎呀，听说司令请客，我是精心伺候，怎么还会不干净啊！您先进屋坐着，我马上到厨房看看。"俩护兵扶着赵司令走到二楼，开门一看，立马惊呆了，酒桌上血淋淋一片。刚才还互相敬酒的俩大活人，这一会就没有小命啦。赵司令立马下令："你俩别愣着，赶紧封锁酒楼，鸣枪报警！"

两个护兵高喊："是！"就夺门而出。赵司令趁机把自己用的盘子、筷子、酒杯全部拿起来，打开后窗用力抛了出去。接着又迅速把自己坐的椅子撤到房间的角落。房间经过这么一番处理，现场给人的感觉就是两个人在喝酒。然后，赵司令快步跨出房间，走向一楼大堂门口。

随着两声枪响，护兵大喊："马上关门、关窗，严格搜查！"酒楼内顿时乱作一团。赵司令心里判断事情已经过去半小时，八路军锄奸大队的人早已出城了。他捂着肚子从酒楼大门出来，远远看见鬼子宪兵的三轮摩托、保安团的马队都向北门跑来，赵司令站在酒楼的台阶上指挥说："宪兵队和骑兵巡逻队迅速封锁四个城门，保安团第一大队全城戒严搜查，其余的留下跟我保护现场并在附近搜索可疑人。"又过了差不多半小时，松野队长带十个鬼子兵赶到来禽馆饭店的二楼，看了现场白布上写的是要账的内容，又见赵司令行动迅速、指挥卖力，就夸奖赵司令："你的，大大的效忠皇军！这个案子就由你来调查，查明原因速向我报告。"赵司令立正敬礼："松野太君放心，我全力侦办，查明情况后速向您汇报！”松野队长回了一句：“吆西！”就坐着三轮摩托车回宪兵队了。望着远去的鬼子摩托车队，赵司令长长地舒了一口气，自言自语道：“到此为止，戏终人散。”

赵司令命令把整个酒楼里里外外全部封锁起来，并派保安团的一个中队看管，接着又命令把酒楼的苗掌柜和送菜的店小二抓到保安团，把二人分开单独关押，等候审讯。

第二十四章

司令出面查案 清河水路告急

赵司令安排把苗掌柜和店小二分开单独关押，明着是为了审讯问案时防止两人串供，实则是怕走漏了现场的消息。到了晚上 10 点多，赵司令分别到保安团关押苗掌柜和店小二的房间，亲自审问：“明天有皇军在场亲自审讯你，问昨天晚上房间几人喝酒？你就说房间里只有刘怀水和金掌柜两人。再问还看见其他可疑的人了吗？就说没有看见其他人。”赵司令接着说：“要是你明天乱说，那可就小命不保啦！”苗掌柜吓得哆嗦着说：“请司令放心，您就是借给俺一万个胆，俺也不敢胡说八道啊。”赵司令吼道：“知道后果就好，谁要是胡说八道，小心脑袋立马搬家！”

昨天晚上酒楼的命案，成了卧牛县城里的特大新闻，更成了县城百姓茶余饭后的谈资。有的人说是金三爷开药店欠账不还，让外地药商给宰啦；也有的人说金三爷睡人家小娘们，被人家老公盯上给杀了；还有的人说刘怀水逛窑子不给钱，老鸨子三番五次要账他不还，结果被黑道上的给做了！这故事是一传十，十传百，越传越邪乎，闹得满城风雨。总之，对这俩狗汉奸的下场，全城男女老少没有一个感到同情的，反而都说大快人心。

第二天，赵司令亲自审讯。他坐在中间是主审官，左边坐的是日本宪兵队曹长，右边坐的是保安团书记员。赵司令问："苗掌柜，昨晚在房间里有几个人喝酒？"苗掌柜说："就看见有俩人在喝酒。"赵司令又问店小二："你送菜倒酒时看见房间里有几个人？"店小二回答："我也是看见俩人。"赵司令接着问苗掌柜："昨晚是否看到有可疑人员？"苗掌柜回答："昨晚酒楼客人很多，真的没看见有什么可疑人员。"赵司令强调："你俩要说实话，要是有半句假话，就要打入死牢，明白吗？"苗掌柜磕头发誓："老总，太君，俺要是有半句假话，出门就跳井！"赵司令最后问："你俩还有要说的话吗？"苗掌柜说："我一家子都是老实人，在城里做生意也不容易，家中还有八十多岁病重的老娘，恳求司令早点儿放俺回去。"赵司令指示书记员，让这两个证人在口供上签字画押，然后押回牢房听从发落。

整理完审讯记录，赵司令、宪兵曹长一起去宪兵队向松野队长汇报。赵司令首先把审讯记录递给松野队长，松野看完问赵司令："你的说，刘怀水和他舅到底为什么在酒楼被杀？"赵司令回答："报告队长阁下，从现场情况来看，杀人的凶手非常专业，做得干净利落，像是受过专业训练一样。根据调查发现，刘怀水靠着太君的威力，和他老舅两人合伙做生意，有以卖药为名贩卖大烟之嫌，大有可能是因债务纠纷引发的仇杀。从审讯记录和现场白布上的留字内容分析，极有可能是刘怀水和他舅金掌柜去酒楼喝酒时被人盯上，然后，被雇用的专业杀手给做掉了。”松野队长听完赵司令的报告，大加肯定地说：“赵司令，你的分析很有道理！回想起刘怀水的日常表现，他常常喝得醉醺醺的，确实有可疑之处。但是，今后必须加强城防和城内治安，保证不再发生类似事件！”赵司令回答：“请太君放心，从昨天晚上开始，我已重新布置巡逻和站岗值班。具体安排是由宪兵队负责太君您的安全，四个城门由保安团第一、二大队轮流站岗，第三大队负责城墙上面的巡逻，第四大队负责城内街道的巡逻，二十四小时不间断巡逻值班。”松野队长竖起大拇指对赵司令说：“吆西，你的，安排的大大的好！”赵司令立正并鞠躬说：“谢太君夸奖！”

赵司令走出宪兵队的大门，立马感觉一身清爽，快步回到保安团司令部，拿起电话要通季会长说：“季会长，我下午去您那儿喝茶。”季会长说：“好，我等司令。”下午 2 点多，季会长沏好一壶明前龙井，二人边喝茶边聊这两天发生的事。季会长高兴地说：“赵司令，这回你可是立大功了！”赵司令说：“过奖了，都是老兄您考虑安排得周到，八路军做事干净利索，好样的！”赵司令接着说：“通过这件事，我又重新安排了城防和巡逻值班，看守城门的第一、二大队都是可靠的人，今后老兄您再有啥事，请尽管吩咐！”季会长握住赵司令的手说：“这很好啊，只有抗日才是正道，才有前途。全民都动员起来打鬼子，这小鬼子就蹦跶不了几天了！”赵司令说：“老兄您说的话很对，我琢磨着这小鬼子也不抗打啊，八年前进关时来势凶猛，这七八年过去了，眼见鬼子快撑不住了，看咱县里这十几个鬼子，就是我这保安团跟着白天也不敢出远门，晚上更不敢出城门，比原来草鸡多了。”季会长喝了一口茶，放下茶杯说：“你看看，黄河以北就剩下济阳、晏城、禹城、商河和咱卧牛县这五座县城还有鬼子，其他县都是临海解放区八路军的地盘了，这小鬼子还能撑多久啊？所以，你就得多想想。古人云：‘人无远虑，必有近忧。’”赵司令回答：“老兄您放心，我今后明里给鬼子干保安司令，暗里给八路军干保安司令，争取立功赎罪。”

话说这次锄奸行动，不仅彻底解除了卧牛酒店的危险，又为季传瑞报了仇，还争取到保安团赵司令为自己所用，季会长从心里感觉十分顺畅。晚上季会长和杨掌柜边吃饭边说：“现在天热正是出酒的淡季，家里暂时也没有要紧的大事，想先去济南走一趟，一来去看看药店经营的情况，二来顺便看看孩子们。”杨掌柜说：“正有空闲。”季会长哎了一声，对杨掌柜说：“他们在家时，我总感觉闹，这不常见面还真是想，您说这人怪不怪啊？”杨掌柜接话茬说：“那好，我们准备一下，明早就动身去济南吧。”

7 月初，虽说济南城里有大明湖，但由于济南市南边有一条东西走向的千佛山和泰山的余脉，北面有一条四五层楼高东西走向的黄河大坝，这种特殊的狭长槽形地貌，使南风和北风都吹不进济南城区来，让人感觉盛夏的济南很闷热。

季老爷和杨掌柜来济南，一家人都很高兴。季传祥让父亲和杨掌柜到后院客厅喝茶，赶紧报告近几天小清河航运突然被鬼子封锁的事。季传祥说：“近期不知是什么原因，所有大小船只一律不准出济南城界，全部扣在小清河码头里，凡违者抓人扣船。”杨掌柜听后对季传祥解释说：“据临海军区政治部的情报分析，主要原因是随着抗战形势的快速发展，黄河以北到冀鲁边区的大部分县城都成了八路军控制的解放区。所以，鬼子加强了对解放区的物资封锁，除了铁路交通线和有鬼子占领的县城之间的公路交通外，其他交通全部被封锁。”

针对重要水路交通被鬼子封锁的问题，晚上在药店后院的中药库里，季鸿泰、杨万田、季传祥、李风竹等四人召开了洛北特别党支部会议，重点讨论了下一步如何打通货物通道的问题。会上，季会长分析了小清河封航后，铁路和公路运输存在的风险与可靠情况，经过大家充分讨论一致认为：不管铁路还是公路运输，只要能把药品安全送到解放区，就能达到目的。铁路运输由季传祥负责想办法联系，但公路运输还是想不出更安全的办法来。

就在大家发愁想不出办法时，季传祥开玩笑地说：“如果咱们有鬼子的汽车就好办了！”大家听了都哈哈一笑，但李风竹听后却为之振奋。他很认真地说：“这倒真是个办法，我有一个姨表兄，他是商河县保安团的司令，叫田敬堂。据说他的汽车经常到济南拉军需物资，大家看看这个关系是否可以利用？”季会长说：“李风竹同志提供的这个情报非常重要，也很有利用价值。”季会长看了看大家，又接着说：“我们要想打破敌人的交通封锁，必须采取多条腿走路的办法，不能和原来一样，全部依靠小清河一条水路，一旦遭到敌人封锁，就陷入困境。”大家表示同意季会长的分析，季会长接着安排任务说：“现在我们要兵分两路，季传祥负责联系火车运送，想法把军区医院急需的药品送出去。李排长速回临海军区向李主任汇报你的想法，只要首长有明确具体的指示，我们就马上行动起来，打破敌人的封锁！”季会长的话音刚落，大家齐声呼应：“好！我们一定让鬼子的封锁网变成破网漏洞，还要漏大鱼嘞！”季会长向大家说：“今天的党支部会就开到这里，现在咱们大家分头行动吧。杨掌柜和我在济南暂住几天，帮着季传祥把前店和药库清理盘点一下。等着李排长从军区回来咱们再碰个头，敲定运输方案后，我和杨排长再回卧牛城也不迟。”

第二天一早，李排长乔装成一个走街串巷的货郎。他身穿白色汗布衫、下身穿蓝色大裆裤、脚蹬黑色牛鼻鞋，肩上挑着一副短扁担。前筐里放的是针头、线脑、小杂货，后筐里放的是烧饼、果子、小副食。李排长来到济南东城门下，已有三四十个百姓和商贩正在排队出城，等待鬼子和伪军岗哨的检查盘问，等轮到李排长检查时，鬼子和伪军先是检查李排长的良民证，又翻看李排长挑的前后货筐，看见后筐里有烧饼、果子，拿起来就吃，边吃边向李排长号道：“这个大大的好吃，你的，开路的干活！”李排长抖了一抖白布汗衫，挑上担子就大步出城了。

李排长连夜赶回临海军区，他见到李自清主任后，首先汇报了济南药店的工作情况，然后详细汇报了自己表哥是商河县的县长兼保安团司令，名字叫田敬堂。李主任听了以后很感兴趣，随即问李排长：“你们两家亲戚走动得多吗？你老姨还健在吗？”李排长回答：“老姨还健在，小时候每年春节常随俺母亲到大姨家拜年，但自从大表哥回商河县干了保安团，两家已经有六七年没走动了。”李主任听了汇报说：“据我们的可靠情报，他家就是商河本地的。他虽然身居商河县的县长，同时兼保安团的司令，但并没有为非作歹、祸害百姓的罪恶。据内线情报了解，他也不是死心塌地的当汉奸，还是属于有一点良心的中国人。”

李主任又问：“你们表兄弟俩感情如何？”李排长回答：“我和大表哥相差二十二岁，虽然见面都很客气，但在一起说话的时间很少。听说他现在手下有两千多人，人家现在是家大、业大、官大，最重要的和我们不是一路人。所以，谈不上有多好的感情。”李主任站起来拍了拍李排长的肩膀说：“小李同志，我们党历来很重视统一战线工作，不论他出身如何，过去做了什么，现在还干什么，只要他是一个有良心的中国人，只要他肯为抗日做有利的事，我们中国共产党都会真心实意地团结他，共同抗击日本侵略者，你明白吗？”李排长站起来向首长敬礼：“首长，我明白！”李排长又接着说：“原来听在商河干过绸缎生意的熟人说过，田敬堂的汽车经常到济南市里拉军需物资和日用百货，他也用俺表哥的汽车从济南带过货，首长您看这个关系是否可以利用？”

李自清主任听后，用左手拍着李排长的肩膀说：“小李，你这几个月在济南锻炼得很有进步，脑子也灵光多了。你有这层亲戚关系，我们应该好好用一下，不过谁去商河是个关键问题，必须慎重考虑。”

李排长站起来向李主任请求说：“报告首长，我有一个想法，您看行不行？”李主任笑着说：“小李，你坐下慢慢说。”李排长接着说：“首长，我认为，我亲自去商河最合适。”李主任笑着又问：“我想听听你亲自去商河的理由。”

李排长向李主任汇报说：“我有四条理由：一是，我从小在姥姥家与表哥见过面，虽然后来联系少了，毕竟我有这层亲戚关系，所以，我亲自去商河比别的同志去更有条件，起码不用别人介绍或引荐等中间环节；二是，表哥对他老娘很是孝顺，从小老姨还是挺疼我的，我到商河后能以看老姨为由头，方便到田司令家里和他的保安团司令部，这也是别人办不到的地方；三是，到了商河以后，我会留心熟悉相关人员从而打通关系，等商河的汽车到济南拉货时，就可以让他们顺便捎带货物，只要能找到这样的机会，我们济南的药品器械就有可能被运出来；四是，我参军就在军区直属特务营警卫连，对搞情报、找目标、画地图、送情报等都有系统的训练，并且我每次考核的成绩都是优秀，还是首长您给我戴的大红花啊。因此，我亲自去商河搞情报最合适。汇报完毕！”

李自清主任听了李排长的一番分析，赞不绝口地说：“小李啊小李，我对你还真是要刮目相看啦。你这四条理由都有道理，我表示完全同意。不过到商河城里搞潜伏工作，可不比在解放区和济南药店工作，到了商河后你要应对陌生人和陌生的环境，这一点你必须有充分的思想准备。”李排长回答：“是，首长，我早已经有思想准备。”

李主任接着说："那好，你先回特务营休息待命，我马上还有会议安排，你接到通知后再来政治部接受新任务。"李排长立正回答："是，首长！"

第二十五章 小船运输被封 火车又显神通

由于鬼子封锁，小清河不能通航，公路交通又不能马上开通使用，因此，临海军区医院的药品日益紧张。根据军区政治部李主任的指示和洛北特别党支部会议的分工，季传祥同志找到程处长，汇报和商量下一步如何把药品送出去。按照俩人的约定，下午季掌柜来到明湖茶楼二楼靠东南角的观湖景房间，点了一壶西湖龙井。

程处长准时来到茶楼，他先警觉地看看周围有无可疑人员活动，确保安全后迅速上楼进房间。程处长见到季传祥同志后握手致意，两人坐定后低声细语地商量。季传祥同志说："现在小清河已被鬼子封航，从水路运药出城已无可能，但手里有一批军区医院急用的药品，如何送出去呢？真是急死人啦！"

程处长说："这个情况我已掌握，但公路运药十分危险，沿途鬼子和伪军的炮楼岗哨检查得非常严格，目前来看既不可靠也不可行。当前，据我掌握的情报分析来看，唯一可行的就是用铁路运出，虽然也具有一定的风险，但相比公路运输更可靠。虽然在车站上鬼子查得非常严格，只有运输军需物资的专列才有鬼子亲自押运，一般货车是没有鬼子押运的。另外，火车的货车司机里有我们自己的人，私自带货相对安全可靠许多。火车每到铁路大拐弯的路段，速度会很慢，这样便于我们将所带货物扔到车下接收。”季传祥肯定地点点头，程处长接着说：“你回去把药品包装好，一定要注意防雨、防潮、防破碎，然后等我派人去通知你再行动。”

季传祥听了程处长的工作安排，觉得他说得头头是道。他用佩服的眼光看着程处长说：“您真是太神了，怎么知道得那么多？”程处长幽默地说：“论买药卖药，我可不如你，我应拜您为师。要说干铁路这一行，说实话您就得拜我为师。”说完两人相视一笑。程处长先打开窗子，向楼下扫了一眼，回头和季掌柜握手告别，先一步离开了明湖茶楼。

第二天上午 12 点左右，明湖药店进来了一个戴草帽的中年男人，季掌柜问：“先生，你买啥药啊？”来人把草帽向上推了推说：“我腰痛了三天，来看医生抓药。”季掌柜定神看看来人，原来是小清河码头的郑老大，这个点正好药铺里没有客人，季掌柜将手一抬客气地说：“先生请里屋坐下，我给您把把脉吧！”季掌柜用眼神示意了一下门口，季太太迅速起身，右手拿着扇子，左手提着板凳到门外望风放哨。季掌柜和郑老大进屋后关好门，然后郑老大从上衣下摆的角缝内取出一个纸卷递给季掌柜。季掌柜打开一看，这上面写着：“速把货准备好，下午 3 点整送到西门大街恒昌货物转运站。”季掌柜看完纸条就用火柴烧掉，然后对郑老大说："从这里到西门货物转运站十五分钟就行，你下午 2 点 40 分左右到药铺，装上货马上就走，准不会误事！"

季掌柜用人力三轮车把两布袋药品装好捆紧了，为了防摔又在袋子里塞满棉花，外面又裹了防水油布。不一会儿就有一辆拉机油桶的大马车到了，赶马车的郑老大走向前来说："掌柜的，借个火用用。"季掌柜拿出火柴递给郑老大，压低声音说："把货放到哪里？"郑老大点上烟抽了两口，边使眼色边把车上中间位置没有盖的空油桶搬出来，季掌柜迅速把两布袋药品装到空油桶里。然后，郑老大把喂马的草料袋盖在装药品的油桶上。他上车扬鞭并喊了一声"驾"，拉着药品的大马车直奔西门大街恒昌货物转运站。

下午 4 点 55 分左右，郑老大掐着准点赶到火车加煤加水场，从济南到青岛的 4457 次火车的车头冒着浓浓的白烟，拉着呜呜的长笛声，缓缓地开进场了。司机从火车头上的窗子里探出头来问："喂，师傅，你送的啥油啊？"郑老大高声回答："是最好的东洋牌润滑油！"对上暗号后，司机和司炉俩人爬上火车头后面的储煤仓，帮着郑老大把拉来的两个袋子放到煤仓的后边，又用锨在煤仓里挖出一个大坑来，把两袋药品放到煤坑里，再用煤盖好装药的袋子。

干完活回到驾驶室，郑老大递给司机两支烟卷，嘴里喊着："二位辛苦，抽支烟休息一下。"货车司机接过烟卷后用手暗暗捏了一遍，把比较松软的一支烟卷递给了司炉，把捏着很硬的一支烟卷攥在了手里。这时司炉用火柴点着自己的烟，然后又要给司机点烟。司机对司炉说：

“你先抽着，顺便去车头前面再去检查一下。”司炉便下车走到火车头前面检查车轮、汽缸活塞和连杆等关键部件的情况。

趁此机会，司机在驾驶室打开烟卷，里面的纸条上写着：“当火车开到周村站西面五公里处有大转弯，先拉响呜、呜、呜三声长笛，铁路上会有人用手电对着车头连续闪三下灯光，当看到联系信号后，迅速把两个袋子扔到铁路北边的道沟里。”司机看完后把纸条扔进火车的炉膛，回头朝窗外会意地点了点头。郑老大和司机两人同时竖起大拇指相互示意。

不一会儿，车站上一队鬼子的巡逻兵就走了过来，看了看正在卸货的大马车。其中，两个鬼子爬上火车头的驾驶室和后面的储煤仓车上。这时，郑老大虽然人在卸货干活，但心却提到嗓子眼上，心里想：万一让鬼子发现装药品的袋子，不但丢失了战友们急需的药物，我们三个人就全暴露了。他紧握手中的木橇杠，随时准备与鬼子拼个鱼死网破！鬼子把火车头前前后后、上上下下地检查了一个遍，又让火车司机和司炉分别拿出工作证一一查验后，没有发现可疑的地方，挎着军刀的鬼子大喊一声：“开路的干活！”鬼子的巡逻队继续向前走去。

郑老大用脖子上的白毛巾擦了擦头上的汗水，对火车司机笑着说：“刚才鬼子这阵势，以前开船见识过，没想到在铁路上又撞见了。火车司机说：“我们什么时候打跑了这狗日的小鬼子，什么时候才能堂堂正正地做人，安安心心地做事。”郑老大接茬说：“咱就盼着这一天早日到来啦！”然后，三个人一起把机油桶搬到火车煤仓里。郑老大对着火车驾驶室挥了挥白毛巾说："祝你们一路平安！"火车司机拉响汽笛，连续几声呜、呜、呜的长鸣声过后，司机驾驶火车头牵引着4457次货物列车驶向青岛。

晚上9点10分左右，天已黑，伸手不见五指。4457次火车到达了周村站西面大拐弯处，火车的速度已降到非常慢了，一般人只要跑步就能追上火车。提前藏在铁路涵洞下面接货的临海军区的战士们，听到火车的呜、呜、呜三声长笛声响，拿着手电筒立刻跑上铁路，对着火车头方向闪了三下。火车以很慢的速度缓缓通过涵洞，接货的战士们看到从火车上扔下来两个袋子。四个战士飞身跃起，两人抬一个袋子，把两个布袋子装上独轮车，非常麻利熟练地用绳子捆牢，然后一人前面带路持枪警戒，一人推车一人拉车，一人在后面持枪断后，四人迅速消失在茫茫夜幕之中。

军区政治部直属特务营的四名同志，连夜把两个药品袋送到军区医院。执行这项任务的特务营1连1排的副排长就是季嘉圣。别看他年龄只有十六七岁，但看军用地形地图、使用比例尺计算里程、学着说日语骗鬼子的岗哨、夜里用北斗星座定方位等等，都是他的绝活。特务营送他外号"小诸葛"，历次大的任务都让他参加。昨晚的行动就是他在前面带路警戒，一路上跨越铁路、绕行炮楼、翻越壕沟，顺利地完成了这次任务。

虽然大家忙了一整夜，但战士们的脸上没有一丝困倦。军区医院的副院长兼药械科长吴玉棠同志，指着装药品的两个大袋子问四个护送药品的同志："你们知道这药品是从哪里来的吗？"四位同志齐声回答："报告首长，是从火车上掉下来的！"大家听了都哈哈大笑。在场的军区政治部主任李自清同志认真地告诉大家："同志们，这些抢救战友们宝贵生命的药品，是敌占区的同志们无偿支持抗战的，他们为抗日不但在经济上做出了巨大的贡献，也付出了鲜血和生命的沉痛代价。这些药品来之不易，非常珍贵！"李副排长知道首长是表扬季家，心里很高兴，也很受鼓舞！李主任停了一停又接着说："今天，又一条药品交通线的贯通，再次打破了敌人封锁我们的妄想！在毛主席、朱总司令和中国共产党的正确领导下，只要我们发扬英勇斗争、前赴后继、不屈不挠的民族精神，军民团结一条心，共同抗战到底，就一定能够打败日本侵略者，建立独立、民主、自由、富强的新中国！"听了政治部李主任的精彩讲话，在场的八路军战士和医院的医生、护士齐声高呼："中国共产党万岁！打败日本侵略者！早日建立新中国！"

李自清主任从军区医院查看完药品又回到司令部，向江云龙专题汇报了李风竹刚刚提供的新情况，江云龙说："自清同志，目前日寇都集中在大中城市、铁路沿线和重要据点里，他们占据着重要的交通要道和绝大部分战略资源，我们必须看到敌人在这方面的优势，同时也要看到这是我们的劣势所在。因此，我们要变劣势为优势，就必须千方百计地打通紧缺物资的交通运输线，搞到我们急需的、紧缺的战略物资。如果没有这些战略物资支援我们抗战，我们就会付出更大的代价和牺牲。"李自清主任说："我完全同意司令员对当前形势的分析，打通交通线是保障抗战物资的关键。”江云龙站起来接着说：“刚才您说的这个情况非常重要，充分利用好李风竹同志与田敬堂的亲戚关系。其一是可解决药品器械紧缺和运输问题。其二是可打入敌人内部，搞到商河城防部署的重要情报，为我们解放商河做好充分的准备。”李主任回答：“首长分析得正确，我也是这么考虑的，马上部署落实！”江云龙说：“既然意见统一，就必须抓紧行动。”李主任坚定地回答：“是！”

李主任从司令部回到政治部办公室，立刻让通讯员通知李风竹到政治部接受新任务。李风竹接到通知后火速赶到政治部，见到李主任急忙说：“有啥任务，请首长指示！”李主任看着李排长严肃地说：“小李同志，组织上决定派你打入商河县保安团。据情报分析，商河县田敬堂的保安团挂着日本旗的军车，经常到济南拉军需物资，方便帮助我们捎带货物，相比之下，这是比铁路运输更加安全的药品通道。你到商河以后，要积极主动地开展工作，千方百计在商河县保安团内部潜伏下来，一定要搞到商河城防布置等重要情报，这对将来解放商河县城很有用处。”李排长急切地说：“请首长指示下一步的具体行动。”李主任说：“你先回济南向季会长和季传祥同志交代一下那里的工作，提前做好去商河县城的思想准备和相关筹备事宜，在济南等待组织上的指示。”李排长立正敬礼：“请首长放心，保证完成任务！”

李自清主任对李排长语重心长地嘱咐道：“李风竹同志，你这次去商河是独立完成任务。虽然有田敬堂这层亲戚关系，但绝不能有半点疏忽或大意，否则，就会给党组织和军区的工作带来重大损失，甚至牺牲个人的生命。因此，我特别规定三条纪律和工作要点：第一，要在亲戚面前尽量表现出亲情的一面，咱们共产党、八路军也是最讲情义的，你姨是你姨，你表哥是你表哥，要有原则性地区别；第二，到了商河后，要尽快取得你表哥田敬堂的信任，然后迅速开展工作，打通济南药品外运的交通线，彻底粉碎敌人的封锁；第三，你到商河后要做好情报搜集工作，为解放商河县城做准备。组织上会派专人与你联系，遇到困难或需要汇报工作时，可通过这个秘密通道保持与组织的联系。”

李排长起身立正敬礼：“请首长放心，我会严格遵守组织纪律和党的保密要求，以最快的速度打通交通线，保障军区医院药品器械的正常供应。”李主任命令：“立即出发！”

李排长在军区警卫连两名战士的护送下，骑马赶到解放区与高青县交界处的交通站。在交通站里，李排长换上白色的夏凉帽，白色的对襟上衣，下穿藏青色裤子，脚穿双鼻千层底黑色布鞋，肩上挂白色的褡子。褡子里装了麦冬、枸杞、蒲公英和行医的摇铃，俨然一副郎中打扮。然后，李排长向送他的两名战士挥手告别，直奔张店火车站。

张店火车站也属于胶济铁路线上鬼子和伪军重点把守的车站，李排长在旅客中排队等候检查，当鬼子检查到李排长时，看到李排长中等身材，结实而且很干练，就拦下仔细检查起来。其中一个鬼子走过来抓起李排长的手，仔细摸了摸，感觉大拇指与食指的虎口很硬。然后，鬼子又按压一下李排长的右肩膀，也硬邦邦的。他立刻吼道：“八嘎，你的，什么的干活？”这个鬼子一喊，周围的七八个鬼子和伪军立刻围上来。

李排长先是内心一惊，随后表情镇静地说："我是济南明湖药店的医生，请看我的良民证。"李排长一边说一边拿出济南市伪政府警察局和宪兵队签发的良民证给鬼子看。

鬼子拿过良民证看后，又用手握着李排长的右手大拇指与无名指问道："你的，这是打枪的有？"李排长坚定地回答："太君，我这是用药碾子压药磨的，你看我左手虎口磨得一样硬。"李排长边说边做出用药碾子干活的样子。站在一旁的伪军赶紧给那个检查的鬼子解释："太君，他的，用药碾子压碎药面的干活！"随后又问李排长："你是哪里人？听口音像是济阳、卧牛一带的人。"李排长回答："对，俺是卧牛县人。请问老总你是哪里人？"伪军说："巧了，我是济阳人，咱们算是老乡啊。"这个伪军的话音刚落，那个鬼子用怀疑的眼光又拍了拍李排长的右肩膀问道："你的，这是什么的干活？"李排长有了前面的铺垫，就更加镇静地说："太君，这压药的活不光用手，还得用肩膀扛着药碾子串乡，这天长日久就磨得硬了。"李排长说完又对着刚才那个解释的伪军说："老乡费心，你再给太君说说，下次回家专门感谢你啊！"那个伪军见李排长说的话很实诚，而且这老乡还有感谢的意思，赶紧笑嘻嘻地对检查的鬼子说："太君，他说的都是实话，大大的良民！"这个伪军说着向检查的鬼子竖起大拇指，意思是绝对是良民，让鬼子放行。

检查的鬼子见伪军给李排长打包票是大大的良民，就把枪一抬吼道："吆西！"那个伪军也同时给李排长使眼色，示意李排长赶快走！

李排长向那个伪军挥手致意，快步通过鬼子的查哨，健步走向火车站的月台。

当李排长坐上火车后，仍然难平心中的气愤，心里暗暗地念叨："狗日的小鬼子你瞧着，别看你们今天闹得欢，又是检查老子，又是盘问老子，老子早晚来收拾你们这群狗日的，不把你们狗日的打回东洋老家去，我这辈子就不姓李啦！"

第二十六章 入虎穴得虎子 商河城里续亲

下午2点多，李风竹排长就赶回明湖药店，抓紧向季会长和季传祥同志汇报了军区政治部李主任的安排，并问季会长和季传祥同志有何嘱咐。季会长说："昨晚已接军区密电，首长考虑很周全，我没什么意见。不过，你去商河任务很艰巨。这真是'不入虎穴，焉得虎子。'最好还是让你家老婶一起去，俗话说是亲三分近，这样不容易引起你表哥田敬堂的怀疑，更有利于下一步开展工作。再是军区安排明天咱们一起走，我安排南关街一个专门的驮脚送你们娘儿俩去商河。"李排长回答："季会长考虑得真周到，我路上也是这样想的。"季传祥同志又嘱咐李排长说："你在商河是独立开展工作，那可是一条惊险的隐蔽战线，所以，你一定要处处事事加倍小心，不能有一丝一毫的大意，否则，一旦暴露身份就会耽误整个军区的大事，你肩上的担子可是不轻啊。"李排长回答："你们嘱咐的话我都记住啦，保证坚决完成任务！"

季掌柜接着说："今天刚好是周六，除嘉圣外，几个孩子都在家，晚上一起吃顿饭算是给你送行了。"李风竹感动地说："谢谢季会长和季掌柜的周到安排！"季掌柜笑笑说："不要客气，组织上安排我们俩保持单线联系，相信我们很快就会再见面的。"李风竹高兴地说："那太好啦，说心里话，我在济南还真没待够，尤其是周末和弟弟妹妹们在一起练练毛笔字、打打太极拳，讲讲抗战故事，我感觉非常开心。"季会长和季传祥爷俩相视点点头，季会长捋了捋胡子长长地舒了一口气说："是啊，你们在我眼前还都是孩子，要不是生活在这种特殊的局势下，那应该是多么美好的时光啊。"

晚饭间听说李风竹要走，嘉承、雪梅和雪兰都有点不高兴，季嘉承说："风竹哥走了，谁再教我打太极拳啊？"雪梅和雪兰也说："李大哥走了，谁帮俺俩练毛笔字啊？"李风竹向大家说："你们都别着急，我会经常回来看你们，保证教会嘉承打太极拳，俩妹妹的毛笔字也会练得更有长进的。"季嘉承说："风竹哥说话要算数啊。"李风竹伸出小拇指与季嘉承拉钩，俩人齐声喊道："拉钩，上吊，一百年不许变！"两个人拉钩起誓，引起大家一阵掌声和笑声，为晚饭增添了活跃愉快的气氛。季雪梅站起来说："我代表俺家姊妹兄弟敬李大哥一杯酒，你来俺家时间不长，但人很勤快又能文能武，大家都喜欢你。再有机会来济南，可要来俺家药铺看看啊。"季雪梅的一番话，把一个冲锋陷阵、英勇抗日的八路军排长说得满脸通红，愣是半天没反应过来。季嘉承着急地说："俺大姐夸你老半天，风竹哥要表态啊？"经季嘉承这一提醒，李风竹才醒过神来，急忙回答："一定来，一定会来药铺看看！"大家都放下手中的筷子，一起鼓掌。

晚上，李风竹回到老家卧牛县李家庄。老母亲马玉荣看着一年多未见的儿子回来很高兴，里里外外忙个不停，又是煮鸡蛋、热地瓜，又是烧开水，边忙边问儿子在外面混得咋样。李风竹说："我在济南药店当伙计，就是帮人家白天抓药、晚上看店铺门。"李老太太又问："济南可是个大地方，那里的钱好挣吗？"李风竹说："娘啊，现在到处都是鬼子占的地方，哪里的钱都不好挣。"李老太太叹口气后接着说："说的是啊，这年头能平安回来就是万福，挣不挣钱都是小事。"李风竹又问："娘，今年咱家的一亩多地打了多少麦子？"李老太太说："儿啊，今年老天爷还算厚着咱老百姓，一共打了一百七十多斤麦子，够我一个人吃多半年的了，就盼着秋季再多打些粮食，这一年的口粮就凑合着差不多了。"李风竹边听老娘唠叨着，边在屋里转着看，然后就说："娘，我咋没看见咱家缸里有麦子啊？"李老太太说："家里有粮食不能放到缸里，这小鬼子和保安团三天两头地下乡抢粮食，有多少也得被这帮畜生抢光啦！"李老太太抓着儿子的手来到里屋，掀起炕上的被褥和苇席说："你看这，我让你三叔用砖在炕洞里垒个大池子，粮食都藏在炕洞池子里，上面再用泥糊得严严实实的。"李风竹看了后和娘说："这办法好，确实不容易被发现，可每次拿粮食咋办啊？"李老太太又慢慢弯下腰，用手把炕边下面的一块砖用力一抽，麦子就从砖空里流出来了。李风竹一看口里赞道："老娘真厉害，这法是谁想出来的？”李老太太说：“大伙儿一起想的，现在有做夹缝墙的、挖地洞的、挖炕洞的，还有把粮缸埋地下的，就是为了不让小鬼子和保安团抢走咱的救命粮。”李风竹说：“乡亲们把粮食藏好，就是要保住自己的生命。”

娘儿俩吃着晚饭，李老太太又问儿子：“这次回来还走不？”李风竹和娘说：“虽然外面的钱不好挣，我在外面还能混口饭吃给家里省点粮食，要是咱娘俩都在家啃这一亩多地，那咱娘俩可就都吃不饱饭了。再说我这壮小伙子在家闲着也不是个事啊。”李老太太接着儿子的话说：“你说的也是，咱家里这点地有你三叔帮忙种就行了，你出去找个活干、学个手艺，也是条活路。可是有一条不能干，就是不能给日本人干事，看见那些干汉奸的我就恨得牙根痛，包括你商河姨家大表哥，一个堂堂的大男子汉哪碗饭不能吃啊？放着正经的国军团长不干，非得回家干保安司令这丢人现眼的差事。”李老太太拍拍身上的褂子接着对儿子说：“你看看，自从你大表哥回商河这七八年，我就再没去你姨家走亲戚，咱们是人穷志不短，绝不奔他那高门头。”李风竹顺着娘说：“娘说的理很对，儿子绝不会干那些没良心的事，更不会给咱中国人丢脸！”李老太太边收拾碗筷，边拍拍儿子的手说：“哎，儿啊，有你这句话，娘我就放心啦！”

李老太太收拾完饭桌后，娘俩就坐在炕上继续说话，李风竹看见娘刚才提起商河大表哥那态度，就把已经到嘴边的话又咽了回去。他一转话题又问娘：“商河俺大姨今年多大岁数了？”李老太太掰着手指说："你姨比我大四岁，是属鸡的，今年六十平。"李风竹又问娘："俺姨家这么一大家业，现在谁当家主事？"李老太太拍拍腿说："我想外面的事，肯定是你大表哥主事，家里的事应该还是你姨说了算，她那脾气这么多年也没改，就是个爱操心的命啊。"李风竹又试探地问娘："要是俺姨当家主事，我还不如去她家的药铺干活呢，论这么近的亲戚关系，我这当外甥的也可以多挣点钱吧？"李老太太一听这话就来气啦，拿起扫把就扬起来说："你这么大个男子汉，怎么这么没骨气啊？在济南干得好好的，偏偏跑到商河去干什么啊，还想落个汉奸的臭名不成？"李风竹见老娘真生气，就急忙迎着娘拿扫把的手说："娘，您先别生气，听我解释啊。"李老太太放下扫把，气鼓鼓地说："你有屁快放，要是说不出个一二三来，咱就是在家里饿死也不能去商河吃那汉奸的饭。俺还是那句老话，咱人穷志不能短，更不能与汉奸沾上半点儿边。"李风竹见老太太正在气头上，就拿起茶壶倒了一碗水，然后放在老太太面前，劝老太太千万别生气，先喝点水。

娘俩在炕上对着小桌坐了好大一阵子，李老太太先开口对儿子说："你想跟我打哑巴仗是吧？我正等着听你解释呢，有屁快放。"李风竹从炕上下来，扑通一声给娘跪下，一字一句慢声细语地对娘说："娘，我爹去世早，您老一个人吃苦受累又当娘又当爹，把我们兄弟姐妹四个拉扯大了不容易，这么艰难的日子都挺过来了，咱们家里还有过不去的坎吗？我想去商河姨家打工干活，绝不是为了多挣几个钱，更不是想去沾汉奸的什么光。我到底想去干什么，现在真不能向您老人家说明了。不是我没有骨气，更不是当儿子的不孝顺您，也许等到打跑了日本鬼子那一天，您老人家就会完全明白啦！”李风竹把话说到这份儿上，李老太太也从炕上下来抓起儿子的手说：“儿子起来，我这当娘的没念过一天书，也认不得几个大字，更不会讲什么大道理。但我就会认一个死理，只要是为打日本鬼子的事，你去哪里，你干什么，老娘我绝不拦你！”李风竹真想不到老娘这么痛快就答应他去商河的事，激动地跪下又给老娘磕了三个响头，一边磕头一边夸奖老娘：“老娘开明，老娘开明！”娘说：“别哄我，要去商河还是我和你去，一是看看你老姨，二是我去了有话好开口，或许姓田的外甥还能给我个面子。”娘儿俩说来说去，不知不觉就到了鸡叫三遍了，李风竹就和娘说：“娘，天不早了，您老早点歇着吧，明天咱娘儿俩还要一起赶路去商河呢。”

第二天一大早，南关驮脚的老头牵着一头黑毛驴已经到家门口了，娘儿俩赶紧收拾东西锁门出发。老太太偏坐在驴背上，带着卧牛城的特产——硬盖印花锅饼和五香烤芦花鸡，李风竹在后面跟着，娘儿俩就直奔商河县城。

当天下午 4 点多，太阳还高高的，李风竹娘俩就来到商河县城南城门口。站岗的鬼子和保安团一个一个地检查进出城的人，当鬼子看到李风竹时眼睛怒瞪问道：“你的，什么的干活？”李风竹镇定地回答：“我是田司令的表弟，又指了一指坐在毛驴上的老太太，她是田司令的老姨。”旁边保安团站岗的人一听是田司令的亲戚，急忙走过来和鬼子兵说："这是田司令的亲戚，大大的良民！"鬼子兵说："吆西，我的明白。"保安团的人又回头对李风竹说："你在这边岗楼等会儿，我马上给司令部打电话。"李风竹说："劳驾你代我向田司令通报一声，就说卧牛县二姨到南城门了。"保安团的人很快就回来说："你稍等，司令部的汽车马上就到。"

说话的工夫，就看见一辆黑色小轿车从北向南城门开过来。车到城门口外停下，从车上走下来一个挎着盒子枪的兵。他自我介绍说："我是田司令的副官，请你们上车，田司令在家等你们呢。"李风竹回身对脚夫说："就送到此吧，谢谢你，受累啦。"他掏出钱来给脚夫，脚夫说："季老爷已付过脚费了，不用再给俺钱了。"脚夫说完就骑上毛驴往回赶路。

汽车开到保安司令部左边大街的一号院，在挂着"田府"匾额的大门口停下。在门口已经站着一个四十多岁，身高一米八五左右，身材魁梧，佩戴少将军衔的军官。他快步走向前来握住李风竹母亲的手说："二姨，这么热的天，您老怎么不早说，我好派车去卧牛老家接您。"李老太太说："我这几天老是做梦，都是梦见和你娘小时候的事，我这心里老是不放心啊！这不，就叫着你表弟一起来看看我老姐姐啦。"俩人正说着，从院里走出来一位穿白色绸缎旗袍的老太太，见面就大声说："敬堂啊，别老站在门口说话了，快让你二姨家来，坐下喝着茶再说话吧。"李老太太一见是大姐，就迎上去了，老姊妹俩就手拉手地边说话边向院里走。

这是一座分前、中、后三进的院落，房屋建筑宏阔，装修很是讲究。一行人走到后院正房客厅，客厅正面摆着几案和八仙桌，左右两边各有一把太师椅。阁几板中间放着一台进口的座钟，左边放着一个菊花图案的花瓶，右边放着一面玻璃镜子，三件器物的寓意就是“终生平静”。客厅的东西两边，各放两把太师椅，中间放茶几。田敬堂两手向前一摆说：“二老请上坐！”田老太太坐在方桌左边的椅子上，李老太太坐在方桌右边的椅子上，田敬堂和李风竹二人各自靠在母亲身旁坐下。佣人端上散发着十足香气的茶，不用看，一闻味就知道这是上等的明前龙井茶。

田老太太问李老太太：“二妹这几年都忙些啥啊，也不得闲来商河看看？”李老太太说：“家里就那一亩多地，要说忙倒不是很忙。这么多年兵荒马乱的，就是不敢出门。虽然想来看老姐姐您，也是怕给外甥添麻烦。这不，一晃就是七八年啊。刚才在大门口还和外甥说着呢，我这几天老是梦见姐姐，心里挂着您啊，就和你外甥说送我去商河，想看看你大姨去，这一发狠说来就来了。”田老太太接话说：“也是，咱们都老了，这出门越来越不方便了，今后真是见一面少一面了。”说着说着，老姊妹俩就掉下眼泪来。坐在一旁的田敬堂见老母亲伤心，就劝道：“老姊妹俩见面，都应当说些高兴的事，趁热快先喝茶吧，喝凉了对胃不好。”他接着问李风竹：“表弟，你现在忙什么？”李风竹就向表哥田敬堂说：“前几年，在北京前门大街俺三姨父那里学裁缝，因离家太远又挂着俺娘在家里没人照顾，经朋友介绍又到济南明湖大药房学抓药，这一干就是三四年。”田敬堂接着问：“一年能挣多少钱啊？”李风竹回答：“不怕表哥你笑话，人家管吃管住，一年就挣四五块大洋，有时候生意不好，老板还欠着不发呢。”李老太太接话茬说：“前天你表弟回家和俺说，济南的生意也很难做，干一年也挣不了几个大钱。我们娘儿俩合计着就感觉你这里靠谱，说来就来了。一来是看看老姐姐，俺姊妹俩七八年没见了，哪能不想啊？二来是想让你操操心，给你兄弟找个差事混口饭吃。这二十好几岁的人了还没有娶上个媳妇，你看看混得差多了不是？”田老太太一听二妹说的情况就着急说：“敬堂啊，你二姨可是个硬脾气，不是逼到万不得已的地步，从不愿给别人添麻烦。你得赶紧给风竹琢磨个像样的差事，也好让你二姨早抱孙子啊！”

田敬堂听了二姨说的情况，又见老娘发话，就点点头说：“娘，这天也不早了，咱们还是先去吃晚饭吧。俺二姨来一趟不容易，最好多住几天玩玩，你们老姊妹俩也多说说话。风竹老弟的事一定会办好，但容我仔细想想，看看干个什么差事合适。”田老太太一听就说：“好啊，什么时候给你表弟找好差事，再让你二姨回去。就这样吧，咱们去吃饭。”老姊妹俩手牵着手走在前面，田敬堂和李风竹哥俩走在后面，一起去餐厅吃晚饭。

第二天下午 5 点多，田敬堂让副官把李风竹叫到办公室。李风竹一进门，田敬堂就递给他一张宣纸和一支毛笔，让他写写这几年在哪里当差，具体干什么，什么时间，什么地点，证明人是谁等等。李风竹就坐到书桌前，按照临海军区政治部事先嘱咐的履历内容，认认真真地写了起来。写完之后就递给表哥田敬堂看。田敬堂拿起来一看，李风竹对当过差的时间、地点、证明人写得都挺明白，小楷也写得很有一番功夫。田敬堂边看履历边和李风竹聊一些济南市各药行的情况，见表弟对药行的价格、进出货业务都清楚，就和李风竹说："咱家在城中心十字街有一家全城里最大的药铺，药铺的名号叫康泰堂大药房。你去那里当个账房先生兼药房二掌柜。你能写会算，毛笔字也有些功夫，对济南药行的业务也熟悉，咱家大药房都是从济南进药。县城里的大小医院都是从这个药铺拿药，进出货业务量很大。所以，把你放到那里我更放心！你看咋样？"李风竹高兴地回答说："感谢表哥的信任，我一定把这个差事干好！"田敬堂站起来又拍拍李风竹的肩膀说："老弟好好干，二掌柜的月薪是两块大洋，年薪就是二十四块大洋，年底还有大红包。怎么样？老弟娶媳妇不成问题，你回去和俺二姨说，让她老人家放心，就等着抱大胖孙子吧！哈哈！"

李风竹谢过表哥后，从警备司令部出来。他一路上边走边想："真是无巧不成书啊，组织上安排我奔着送药找路子来的，表哥恰恰又让我去药铺当二掌柜，这真是老天爷助咱八路军打日本鬼子啊！"他不知不觉就来到家门口，进门就对娘说："娘，您说表哥让俺干啥？"娘看着李风竹的眼睛，用手拢了拢额头上的头发说："猜不出来，看你高兴的样子，应该是给你一个好差事吧？"李风竹说："还是老娘的面子大，表哥安排的不但是好差事，而且还是当药铺的二掌柜，每月给我两块大洋的薪水呢！”老娘听了对李风竹嘱咐道：“好差事薪水高，但一定要细心，千万不能出半点的差错。不然，我没有脸面再见你大姨，你表哥那里也不好交代。”李风竹一语双关地说：“请娘放心，我一定把这差事干得漂亮！”

第二十七章

毛笔贵为月老
竹梅信中诉情

时间过得很快，转眼间李风竹走马上任商河城康泰堂大药房二掌柜，已有一周多时间了。这天他以送母亲回老家为借口，向表哥田敬堂请假说：“表哥，药店里的活我都接上头了。俺娘老是挂着家，想让我送她回去。我想请两天假回卧牛老家，把俺娘安顿好就接着赶回来。”田敬堂听完表弟的话就说：“按说二姨在这里和俺娘做伴，一起说话唠嗑挺好的，但上了年纪的人都会想家，我也不再强留她老人家。现在城里天热，回家里凉快些，等秋收过后再来商河过冬吧。明天有汽车去济南拉货，我让司机拐弯送你们娘儿俩到卧牛城，这样方便些。”李风竹见他表哥已许假，就赶紧回去准备。

第二天，李风竹带着老娘就赶到卧牛城，到南城门外下车后，先去卧牛酒店见季会长，把自己到商河后的所有情况，从头到尾地向季会长详细汇报。季会长说：“这个机会确实很难得，真是天助共产党、八路军啊！你在那里除了有公差以外，尽量不要频繁出城，以免引起鬼子宪兵队和保安团侦缉队的怀疑。今后你老母亲和家里的事不必挂心，我会隔三岔五地派人去家里看望老人家，什么也不会缺的，请放心做好党组织安排的工作。”李风竹感动地说：“感谢季会长费心照顾。”季会长认真地对李风竹说：“千万别客气，我们都是为了打日本鬼子。今后的接头联系暗号是：‘问，朱砂和人参能相互配药吗？答，这要看方子中其他药的配伍情况。’一定要记牢接头暗号，到时会有人和你联系。”李风竹回答：“季会长放心，我记住了。”

李风竹从卧牛老家又回到商河药店后，就给济南明湖大药房的季掌柜写了一封报平安的信。

季掌柜面鉴：

我回老家后，又在商河姨家药店里找了一份活干，大致与济南药店的活都差不多。这里不但离家近，而且有亲戚照顾，我还干上了药店二掌柜的。这都是多亏了您的指教和帮助。总之，一切都好，敬请季掌柜放心。另，十分感谢全家的照顾，更留恋与弟弟妹妹一起过周末的欢乐时光，顺请代问弟弟妹妹都好！

晚辈李风竹敬笔

季掌柜看完信就和太太说：“您看李风竹小楷写得确实有些功夫，怪不得咱雪梅和雪兰都喜欢让他看大方格的书法作业。”季太太走过来仔细看了一遍，直夸这个年轻人有才气，真是能文能武的一把好手。她对季掌柜说："要是能给咱雪梅做夫婿也挺合适的，您看咋样呢？"季掌柜笑着对太太说："是啊，雪梅年纪也不算小了，这兵荒马乱的年月到哪里也不放心啊。不过这事咱俩想没有用，就看这俩孩子有没有缘分了。"季太太应道："也是，先看两个孩子有没有这个意思，这事还得慢慢来吧。"季掌柜随手把信放在客厅的大桌子上，然后，就去院里忙着翻晒中药了。

姊妹几个晚上放学回来，嘉承和雪兰各自回房间做作业，雪梅就到厨房里帮着母亲做饭。母亲对雪梅说："前段时间，从咱家走的那个姓李的伙计给你爹来信了，还问你们好呢？"雪梅说："信在哪儿呢？我看他的字写得又有长劲了吗？"季太太说："你爹看完把信放到客厅桌子上，你看信还在吗？"雪梅放下手中的菜就去客厅，一看桌子上有一封信，信封上寄信人的落款是"商河县城十字大街康泰堂大药房，李风竹"。雪梅打开信封，看到信的内容就觉得既亲切又想念，看完后又把信叠好放回原处。她回到厨房就和母亲说："这个李风竹还是挺懂礼貌的，走了还知道回信说一声呢。"季太太说："他来咱家几个月，你看这个人说话办事咋样？"雪梅想了想对母亲说："我看这个李风竹不像当伙计的人，倒是有点像个当兵的，办事也很麻利，从不拖泥带水。"季太太又问雪梅："你从哪里看出来他像当兵的？"雪梅和母亲说："娘您看啊，他不但毛笔字写得好，而且打太极拳的套路也很熟，走起路来像一阵风似的，再就是他和嘉承讲打鬼子、除汉奸的故事，讲得像亲身经历的一样清楚。所以，我就怀疑他可能是个当兵的，至于他当的是国军、八路军，还是什么军，我就不敢说了。”大女儿季雪梅的说法，季太太认为有些道理，就夸奖雪梅说：“你来济南真是没白念书，我天天在家看着他在前店后院干活，就愣是没瞅出个什么门道来。”季太太又问雪梅：“你看这么机灵的小伙子天天当个小伙计，又挣不几个钱图啥呢？”季雪梅回答娘说：“这我就不知道了，他不是俺爹雇来的伙计吗？您还是去问问俺爹吧。”

晚上一家人围着桌子吃饭，又提起李风竹来信的事，嘉承和雪兰都问，李大哥到底去哪里了？他还来咱家干活吗？雪梅对爹说：“我看信里说，人家到商河药店不是当二掌柜了吗？是不是咱爹不重用人家，人家又另攀高枝啦？”季掌柜听了大女儿的话就假装生气，逗着雪梅说：“哎，哎，这话听了有点别扭啊，别老是提人家，人家的，人家到底是谁啊？”季掌柜这么一说，一家人都看着雪梅哈哈地笑了，雪梅的脸上腾一下都红了，对着爹撒娇地说：“爹，您还会跟俺开这种玩笑啊？”雪梅放下手中的筷子跑到客厅去，季太太一看这情况就主动出来圆场说：“雪兰，快去叫你姐回来吃饭。”她回头看着季掌柜说：“她爹，咱这女儿大了懂事了，再跟逗小孩子一样可不行了。”这时雪兰和雪梅一起回餐厅又坐到原位，季掌柜对全家说：“我是看着李风竹这小伙子有出息高兴啊，虽然在咱家时间不长，但这孩子从咱这里学到了不少东西。从一张白纸学到看药、分药、切药、拿药、算账，可以说样样都精通，学问很有长进啊。这不，一换地方就当上二掌柜啦。”季嘉承插嘴问：“爹，这二掌柜是多大的官啊，赶上《西游记》里的弼马温官大吗？”他这一句话把全家都逗得哈哈大笑。季掌柜用右手摸摸二儿子季嘉承的头说：“多大的官啊，打个比方这么说吧，咱家我是大掌柜的，如果我有事外出呢，药店的事就由他全权代理啦。”季嘉承一吐舌头做了个鬼脸说：“这权力还真比弼马温大多啦！”听了季嘉承的话，全家又是一阵笑声。季掌柜对雪梅说：“自古道，有来无往非礼也。李风竹在信里问姊妹、兄弟好，你是姊妹兄弟中的老大，就由你代笔替我给李风竹回封信，大体意思是：信已收到，望珍惜眼下的差事和东家的信任，把活干好、账算明白，如有机会来济南时，欢迎再回药店看看。”季雪梅羞涩地对爹和娘说：“知道了，你们先回屋休息吧，我收拾好厨房，然后就给李风竹写回信。”

季雪梅刷完了锅、洗完了碗筷，就回到了自己的房间。她坐在桌前，铺好宣纸后开始研墨，一边研墨一边琢磨这封信如何开头才好。等把墨研磨好了，这开头的话也想得差不多了，她便动手写信。

风竹哥：

来信收到，得知你又到商河药店当差，这样离家近也能照顾家中老人，我们全家人都很高兴。因父亲很忙，让我代笔回信，字写得不好望见谅。另，我父亲特别嘱咐，你有机会来济南时，请再来明湖药店看看。

季雪梅

1945年6月16日

第二天早上，雪梅又让父亲看了一遍回信。季掌柜向太太直夸大女儿的毛笔字大有长进，并对雪梅说："你这毛笔字写得好，还得感谢李风竹的指点啊。"雪梅点头说是，又对父亲撒娇地说："人家干活勤快，字也写得好，您为什么还把人家赶走啊？"季掌柜假装生气地说："虽然他干活勤快、能写会算，但我怕他偷咱家的宝贝啊！"雪梅不解地问："爹，咱家除了药材，还有啥宝贝啊？"季掌柜看着太太说："咱家女儿就是最值钱的宝贝啊！"站在一旁的雪梅听了爹的话脸红地说："爹，您这是又说啥呢？"季太太看着雪梅不好意思啦，就站出来打圆场说："雪梅啊，你爹是在跟您说笑话呢。不过，我和你爹都瞅着李风竹这小伙子人不错。他不但干活儿勤快、老实忠厚，也是个文武双全的人，你看他咋样啊？"雪梅已经是十七八岁的大姑娘，当然明白父母说的是啥意思，但还是有顾虑。她说："娘，俺还在念书，现在考虑这事还早呢。"季太太对雪梅说："娘知道这书是该读的，但这书也不能读一辈子啊。自古就是男大当婚、女大当嫁，再说，这年头到处都是兵荒马乱的，你一个大姑娘天天上学满街跑，我和你爹也老是不放心啊。"雪梅虽然嘴上不说，但觉得父母说的话有道理。自己是家里姊妹兄弟中的老大，按说早就应当为父母分忧解愁了，正是因为家里条件好才读书读到十七八岁，要是穷人家的女孩子，早就出嫁为人妻为人母啦。她想到此就向父母说："李风竹这人不错，我听父母的。不过，人家心里咋想的我就不知道了？"季掌柜和季太太一听雪梅这话，就对女儿说："这事不急，等你暑假中学毕业了再说，先看看他给你回信时如何说吧。"

雪梅愉快地点点头，这时心里才彻底明白了，父亲让她给李风竹回信的真实意思和良苦用心啦。

李风竹把信寄出后，除了天天忙药店的业务，就是盼着济南的回信。他常常想这是为了啥呢？其实自己心里也说不出个一二三来。他频频嘱咐药房前台的伙计，注意济南来的信并及时送过来。

再说商河县保安司令田敬堂，对表弟李风竹的到来，总是有一点不放心。虽说他是自己的亲姨表兄弟不假，但是，在这兵荒马乱的年代，再加上商河县周围都是共产党、八路军活动的地盘，他这个七八年没见面的表弟到底干过啥，心里还真是充满疑虑。于是，田敬堂就私下里叮嘱他亲侄子、药房大掌柜田立光，一定要留心李风竹的一举一动，若有可疑之处要及时向他汇报。所以，田掌柜就嘱咐手下伙计们，一定要暗中留心二掌柜李风竹的来往信件，看他常和谁见面，有啥问题和漏洞等等，要是有啥情况，马上向他报告。其实，大掌柜田立光对叔叔田敬堂安排的这个二掌柜李风竹早就心生不满。二掌柜不但对药行的业务很熟练，而且能写会算。于是，田掌柜心里就有一种要被人抢走饭碗、断了财路的预感和嫉妒心理，原本就想找茬整治一下二掌柜的，但碍于亲戚的关系又很无奈。这不，真是天赐良机，这回借着叔叔田敬堂对李风竹的戒备心理，他就想下手找茬彻底把李风竹挤兑出药店，这样自己又可以独揽大权啦。

这天中午，小伙计拿着一封济南寄给李风竹的信，急急忙忙跑到大掌柜田立光的房间。田掌柜拿到信后对小伙计说："要保密，谁也别告诉，我处置完再叫你来。”小伙计殷勤地说：“大掌柜放心，我端的是你的碗，吃的是你的饭，干啥事都听你的。”田掌柜拍拍小伙计的肩膀说：“好好干，出去吧。”小伙计退出房间后，田掌柜拿着这封信，把信封前前后后看了个遍。考虑半天，到底是打开看还是不打开好，最后还是决定晚上拿给叔叔田敬堂，看叔叔如何处置，再找机会下手也不迟。

晚上，阁儿上的座钟刚刚打过八点一刻，田掌柜就急急忙忙奔客厅而去。田敬堂一看侄子田掌柜的冒失劲，就迎头批评道：“有什么大不了的事，竟如此慌张？”田掌柜稳一稳神回答道：“叔，我中午刚收到一封济南寄给二掌柜的信，您看看有啥情况吗？”大掌柜田立光说着把信递给了坐在太师椅上的田敬堂，田敬堂接过信封来，从信封的封口处轻轻地打开，抽出信来一看，落款是一位叫季雪梅的女子。他再细看内容，就知道是济南药店掌柜的女儿所写。信的内容虽不多，但小楷写得非常清秀。看完信件后，田敬堂双手在大腿上用力一拍，仰头哈哈大笑！他这一笑，让田立光丈二和尚摸不着头脑了，小心翼翼地问田敬堂：“叔，您这是笑的啥？”田敬堂说：“我笑俺表弟艳福不浅、艳福不浅啊，明明人家姑娘看上他了，他却吓得不轻，跑到咱这里来了。爷们，你说这可笑不可笑啊？”田立光一听这事，立马从头发丝蒙到了脚后跟。他原本是想来告二掌柜状的，想把二掌柜的挤兑走，没想到老叔还很欣赏他表弟的艳福。这叫什么事啊！田敬堂接着问侄子，二掌柜还有些什么情况？大掌柜的想老叔这么看好他表弟，这会儿我还是老实说吧，别说错了让老叔生气，反而自讨没趣。他说：“二掌柜能写会算，对药行的业务也很熟。”田敬堂又问侄子二掌柜还有别的情况吗？田立光想了半天，挠着头皮跟他叔说：“对了，二掌柜每天早上都打一套太极拳，我虽不懂他打的什么套路，但看他打的动作很熟练，一看就是个打太极拳的老手。”田敬堂听后一惊，然后对侄子说：“明天晚上，你让二掌柜到我这里来拿信，别的什么也不用说。”田立光说：“叔，我明白。您要是没别的事，我这就先回去啦。”田敬堂冲着侄子田立光一挥手，示意他回去。

打发侄子田立光走后，田敬堂坐在太师椅上，拿起一支烟点上。他轻轻吸了一口，眯起双眼、皱起眉头，琢磨起这位七八年不见的姨表弟。一个济南药店的伙计，为什么太极拳打得好，还写一手好毛笔字，又为啥来投奔自己？这一系列问题，像一大锅杂烩菜，田司令感觉分不清、搞不懂、理不出个头绪来。

第二十八章 将计就计献寿 深得司令信任

第二天晚上打烊后，大掌柜田立光告诉二掌柜李风竹，让他去田司令家拿一封信，李风竹问大掌柜：“我去拿谁的信？”大掌柜说：“是田司令副官通知的，我也不清楚。”

李风竹在路上边走边琢磨着，今天大掌柜为什么让我去拿信？这信是寄给我的吗？到底是谁的信会寄到表哥家，是老家母亲寄的？我送母亲刚回老家这不可能。是济南季掌柜寄的吗？他也不知道田司令家的地址啊？那就更不可能。

李风竹还没有想出个头绪来，就已经走到田司令家客厅的门口。他进了客厅门一看，表哥田敬堂一个人在客厅左边的太师椅上坐着，桌子左右两边各放一个盖碗。田敬堂向右边一摆手说：“表弟请坐。”李风竹谢过表哥坐下就问：“刚才打烊后，大掌柜让我到您这里来取一封信。”田敬堂说：“对，邮差一看是咱家药店的信，就给送到家里来了。”田敬堂说着递给表弟一封信，李风竹接过来一看是济南来的，便主动向田敬堂说："这是原来我在济南干活的那家药店寄来的信。"田敬堂不动声色地问："你们还有联系吗？"李风竹认真地回答说："表哥，济南药店季掌柜的老家也是卧牛城的，季掌柜一家人很厚道，做生意很讲诚信。我虽是个小伙计，但季掌柜一家人对俺不薄，一日三餐都是吃一样的饭，年底还给俺一个红包。"田敬堂听了表弟说的情况，就又问表弟："照你说，这老乡季掌柜还是挺仁义的主，现在这么好的东家不多见，那你为什么又走了呢？"李风竹接着说："我就是挂着俺娘在家里没有人管，才从济南药店辞了差事回来的，临走时季掌柜一再留我并反复地嘱咐俺，如回家以后找不到好活就再回来。大哥您说，季掌柜这样厚道待俺，我现在找到好差事了，总得给人家报个平安、回个信吧？"田敬堂说："老弟你说得有道理，这做人就得知恩图报。你先看看信吧，我去和厨子说一声，晚上咱们在家一起吃饭吧。"

李风竹目送田敬堂出去，拆开信封后抽出信纸，从头到尾仔细读了一遍。他看见那非常熟悉秀美的小楷字，立刻感觉心里热乎乎的，脸也有点发热发红。其实，李风竹在部队经常送信收信，有时也替首长读信读报，但这可是平生以来，第一次收到女孩子写给自己的信。所以，他的眼睛盯着信一字一句地看，心也随着跳个不停。田敬堂从外面回来坐到椅子上，他都没发现。直到田敬堂把茶碗放到盘上，茶碗和茶盘相碰发出一声脆响，才把李风竹从看信的专注中拉了回来。李风竹先是一愣，接着就向表哥说："这信是济南药店东家的大女儿写的。"田敬堂和李风竹开玩笑说："我说二掌柜这么全神贯注呢，原来是姑娘写的，表弟真是艳福不浅啊！”李风竹慌忙解释：“表哥千万别开玩笑，这信是东家大女儿替她父亲回给我的，真的没写什么，不信您亲自看看。”李风竹说着话就把信递给表哥，田敬堂接过信装模作样地又从头到尾细细看了一遍，感觉不但小楷写得很秀气，而且信的内容字句清晰、文笔简练，边看边频频点头，竖起大拇指，直夸原来济南东家的大女儿真是个才女啊。

田敬堂看完信又递给李风竹后，就问表弟：“济南东家的大女儿多大年龄，读过什么书，她父亲是谁？”李风竹就认真地回答表哥说：“她今年十七周岁，原在老家读过私塾，现在济南女子中学读书。东家叫季传祥。”田敬堂又接着问表弟：“她老家是卧牛县啥地方的？”李风竹看着表哥说：“就是卧牛城酒店的，祖籍是哪里的我就不知道了。对了，她爷爷就是卧牛县商会的季会长。”李风竹一提到卧牛县商会的季会长，田敬堂两手一拍对表弟说：“我说老弟，你的福气真来了！”李风竹本来对表哥打破砂锅问到底就迷惑不解，他这一说就更困惑了，所以，就十分不解地说：“表哥，我一向很尊敬您，您可别拿我开玩笑啊。我是穷小子一个，不图什么荣华富贵，只求多挣几个钱养家糊口就知足了，其他的从来不敢多想啊。”

田敬堂频频点头，然后对表弟说：“你说的话没错，这些我都清楚。我说你福气来了不是和你开玩笑，咱是姨亲表兄弟，我不会说毫无根据、没有道理的话。”李风竹就接着话说：“您贵为县长又兼保安司令，还上过黄埔军校，当然比我看问题全面。要论表哥您的能力是绝对高人超群的，那就请您分析一下我的福气从何而来吧？”田敬堂对李风竹说：“季会长家是卧牛城里数一数二的大宅门，我们两家业务上早有些来往，我家酒店卖的酒都是用他家酒厂的原酒勾兑的。季会长做生意诚实守信、口碑极好，这是在周围几个县都家喻户晓的。最最关键的，按理说这封信本应由东家给你回，他不亲自写而让大女儿代笔，你说说这是啥意思？老弟，我判断东家既不是忙得没空写，也不是瞧不起你，其目的是让你俩借此书信建立联系，为今后架鹊桥引红线埋下伏笔！老弟你看看，这福气不就自然而然地来了吗？哈哈哈。”

李风竹听后连连点头，而且越听脸越红、越听心跳得越厉害，心里不得不佩服表哥的分析能力和看问题的深度。他急忙问田敬堂：“表哥，您看下一步该怎么办啊？”田敬堂又哈哈大笑着说：“看看，老弟猴儿急了不是？接下来你给季家大小姐回信，要有情有义，有礼貌，要不温不火，逐步通过书信往来建立联系、培养感情。既然有这件事，今后去济南购药的事就由你来操办，给你提供与季家大小姐多见面的机会。我这里与季家有原酒业务的联系，等你俩感情稳定下来，我就让酒店的大掌柜去当媒人提亲，大婚礼成也好了去俺老姨的一桩心事。”李风竹双手作揖谢过田敬堂：“多谢表哥操心！我一定按您设好的锦囊妙计，一步一步地走圆满了。”

通过这一番了解和交流，田敬堂放松了对表弟李风竹的戒备。第二天，他便找药店的田大掌柜交代，把到济南购药的差事交给二掌柜李风竹承办，但并没有告知田大掌柜具体原因。这一业务变更立刻引起田大掌柜的反感与忌恨。田大掌柜心想：本来这药店就不该有这姓李的二掌柜，他这一插手从济南购药的事，我就真的没机会从中吃回扣或加价了，这不明明就是断了我大掌柜的财路吗？碍于老叔田敬堂的面子，大掌柜虽然嘴上没说不同意，但心里已经有一百二十个不高兴啦，并准备算计一下李风竹。他心里暗暗想，那就骑着毛驴看唱本，咱们走着瞧吧。

自从二掌柜李风竹接手济南进药的差事以后，田大掌柜隔三岔五地就向他叔田敬堂告李风竹的状，不是进的药质量差，就是进的药量不够秤，再就是对客户不礼貌，常常给砸了买卖。总之，他就是表现出对二掌柜处处事事都不满意。这一来二去的次数多了，田敬堂慢慢对表弟产生了怀疑，尽管如此也没有直接找表弟李风竹说明这件事。

农历六月初九是田家老太太的生日，田敬堂就让表弟李风竹在本月中旬前去济南进药时，给老太太带些品质上乘的阿胶来，以备送给老太太祝寿。李风竹答应一定办好。其实，这是田敬堂为了考验表弟李风竹专门出的一道题。

商河药店大约每个月从济南买进一批中西药。农历六月初六，李风竹带着药店的账房先生，跟着商河保安团拉军需物资的汽车去济南，保安团的汽车由伪军驾驶，前面挂着日本鬼子的军旗，在驾驶室顶上架着一挺鬼子的歪把子机枪，还有一个班的伪军押车。李风竹看到这些后心生一念：“如果用这样的车辆运送八路军野战医院急需的药品器械，不是更加安全吗？”

路上李风竹就问账房先生："以前你和大掌柜来济南进药，都去哪些药店购药啊？"账房先生说："我到济南就住在旅馆里只管收药付账，由大掌柜负责去各家药行买药，人家把药凑齐送到旅馆后，我再和送药商人一起去钱庄划银票。"李风竹说："那好，我们还是按田大掌柜立的规矩办事。你在旅馆等着接货付钱，我到各家药店转转看看再订货。"

到了济南以后，李风竹首先到西门大街的几家药店转了一圈，见身后没有人盯梢后，就顺着小胡同拐弯抹角地来到明湖药店。季掌柜一见是李风竹，就大声喊："二掌柜到，请到后堂看药。"季掌柜关上店门，挂上盘点休业牌，就拉着李风竹来到后院客厅。李风竹恭恭敬敬地问季传祥："季掌柜，我寄的信收到了吗？"季传祥说："信已收到，还是雪梅和我说的。我已把你到商河发展的情况向军区政治部首长汇报过，李自清主任指示要尽快打通运输渠道，确保野战医院的药品供应。"李风竹回答："我担心信件会受到检查，因此，信的内容写得很简单。现在我已初步得到田敬堂的信任，他把每月来济南采购药的差事交给我办理。今后，我就有机会每月来济南一趟，这样见面汇报工作会更方便、更秘密。"季传祥听了李风竹的汇报后，竖起大拇指，赞赏地说："你这次打入商河的行动非常成功，用伪军和鬼子的汽车运送我们的急需药品，这是我们八路军野战医院的一大发明和创新啊。"李风竹紧紧握住季传祥的手说："季掌柜，我们有铁路、公路两条秘密运输通道，再也不愁药运不出去了。"

季传祥拍拍李风竹的肩膀说："先别激动，快说说今天的任务吧。"李风竹从衣服口袋里掏出药品采购清单递给季传祥，并特别说明阿胶一定要质量最好的！下午3点前把货送到明湖大旅馆303房间。季传祥接过药单子看了一遍，他说："这单子上的中药、西药和医疗器械，咱这里大部分都有，这些没有的我圈了出来，你再转转看，买好后抓紧回旅馆，我打好包就找车给你送过去。"

晚上6点多回到商河药店，李风竹和账房先生一起把中、西药和医疗器械全部清点入库。然后，他就提着阿胶来到田府，进了田老太太的屋门就说："姨，我从济南给您带了六盒阿胶，您老品尝一下看看这效果如何？"李风竹说着就把阿胶放到茶几上。田老太太说："外甥啊，有钱多给你娘买点，我这里啥也不缺啊。"娘儿俩正说着话呢，田敬堂就从外面进屋了，看见茶几上放的阿胶，就问李风竹多少钱一斤？李风竹回答："表哥，这是济南最好的阿胶，五个大洋一斤。"田敬堂听后先是一愣，接着就问："我听大掌柜说最好的阿胶是十个大洋一斤啊！你买的这么便宜，是最好的阿胶吗？"李风竹认真地解释说："表哥，说实话论卖药的年头我不如田大掌柜的，但是论分辨药的质量、成色、味道和炮制工艺，我自信还是有点功夫的。"田老太太见状赶紧说："不论贵贱，都是一片孝心，咱们先去吃饭吧。"

第二天下午，田敬堂把坐堂医生叫来，看看阿胶的成色和品质。坐堂医生说："田司令，不瞒您说啊，我行医四十多年，还是第一次见到成色和品质这么好的阿胶，两块阿胶一敲，发出脆响声，冲着光亮处一看，质地均匀透明，真是少见的珍品啊！”田敬堂又拿出以前他侄子田大掌柜买的所谓上等阿胶，请坐堂的医生来鉴定一番。这两种阿胶一比一看，确实成色和质量相差太多了，田敬堂便自言自语道：“真是不比不知道，这一比吓一跳啊。”

打发走坐堂医生回药店后，田敬堂传账房先生来客厅，账房先生不知道田司令叫他有啥事，一路上边走边嘀咕：虽然药店是田敬堂的家族产业，但他从来不过问药店的具体业务。再说，凡是自己经手的账目一分一厘都是清清楚楚的，没有半点虚假。今天田司令亲自传话让俺到他府里问话，还真是丈二和尚摸不着头脑。账房先生嘴里不停地念叨着，不知不觉走到司令家的客厅门口。

值班的警卫兵报告药店账房先生到，田司令回了一声进来！账房先生哆哆嗦嗦地走进屋后，毕恭毕敬地站在客厅门口。田司令说：“我今天叫你来问话，你必须老实回答，若有半句假话、谎话，小心你的脑袋搬家！”账房先生一听田司令的话，早已吓得面色蜡黄，结结巴巴地回答：“司令大人，我若是有半句瞎话，天打五雷轰！”田司令说：“那好，我问你，你和二掌柜去济南买药，看他业务情况如何？”账房先生老老实实地回答：“回司令的话，二掌柜对药行业务确实很熟练，他不但买的药材品质好，而且还是个砍价高手，买同样的药能省不少钱。”田司令接着问：“这砍价也有道道吗？”账房先生解释说：“这个月与上月买的中药和西药数量相差无几，但整整省下了五十多块大洋。就连二掌柜提走的四盒阿胶也是他自己付的账，他没有花柜上一分钱。不信您可以派县政府审计处到药铺一笔一笔查账核实。”

田司令一听，孝敬老太太的那四盒阿胶是表弟自己掏的钱，他从心里赞叹这个表弟办事可靠、公私分明。他对账房先生说：“别的没事了，你退下吧。”账房先生吓得出了一身冷汗，辞过田司令后便快步离开。

第二十九章

商济公路开店 新增秘密通道

第二天上午，田司令给表弟李风竹打电话。李风竹放下电话先到田大掌柜办公室，向大掌柜请假说："大掌柜，田司令找我有事，我先提前走一会儿，特来告诉您一声。"田大掌柜正在屋里琢磨老叔到底想干什么。昨天传坐堂的先生，接着又叫账房先生，他是不是在暗地里调查什么事啊？他越想越不对劲，越想头皮越发麻，正在屋里愣神呢。听司令又找二掌柜，他更是紧张得全身起一层鸡皮疙瘩，犹如万针刺背一般难受。他阴阳怪气地对二掌柜说："知道了，你去吧。"二掌柜走后，田大掌柜又继续犯起了嘀咕，心里想老叔又叫二掌柜去他那里，就是不叫自己去，这是又出哪门子的幺蛾子啊？

李风竹到了田司令办公室，表哥请他坐下，然后说道："老弟，看来这药行也是很有学问啊！"李风竹一听表哥是话里有话，就回答说："表哥不但军事上是行家，对买卖药材也感兴趣啊？"田敬堂认真地说："那倒不是，我刚问过药店的账房先生，他说这次你们去济南进药，买的数量与上个月差不多，但比上个月节省了五十多块银圆，有这事吗？”李风竹一听这话，就明白表哥问话是啥意思了，他如实回答道：“这药行是很有学问，比如说，药材的产地不一样，这药效就有差别，药价也就相差很大。所以，买药就是讲究同样的价格比产地、比品质，同样的产地和品质再看价格。凡是做药行的，不论买家还是卖家都明白这个道理。再说，药行为促销也有很多招数，譬如说以次充好来抬高价格，给承办人好处或回扣等等。这些道道都是药行内部心照不宣的秘密，吃亏的可就是出钱的东家和病号了。”

田敬堂接着问：“老弟，按你的想法，如何把药店经营得更好呢？”李风竹回答：“表哥，这就是凭良心的买卖，这人只要坏了良心，什么缺德的事都能干得出来。依我看，做生意都是为了赚钱，没有一家是为了赔钱去做生意的，关键是要挣有良心的钱。咱家的药店不但要挣钱，还要给您挣面子，挣出个好名声来！”田敬堂听了一惊，又问李风竹：“此话怎讲？”李风竹又继续解释说：“表哥您看啊，您是商河县军政一体的父母官，既是县长又是保安司令，虽然县城里有三十多个皇军的宪兵队，但基本上也是很给您面子的，有您坐镇，它们不敢胡作非为。再说咱这几家药店，全县的老百姓都知道是您家开的，如果卖的药价很高、品质又差、药效又不好，最终全县百姓还不是骂您不好。您说是不是这个理儿啊？”田敬堂听了双手一拍大腿，然后他站起来对李风竹说：“老弟，就是这个理！别看你读的书不多，这理讲得还是很透彻、很入耳、很入心。老弟你确实是个不可多得的人才啊。”

经过这一番仔细调查，田敬堂认为侄子田大掌柜在药店经营上确实有瑕疵和不少猫儿腻。一个月就多掏五十个大洋，这一年下来就是六百个大洋啊！虽然是亲侄子，但这小子的心也是够黑的。要不是这次换了表弟去济南购药，这事还发现不了呢。经过反复考虑，田敬堂决定让侄子田立光离开药店，调他到县税务局当个副局长，让表弟李风竹来当药店大掌柜兼保安团后勤处军需科科长，并授上尉军衔。

根据李风竹排长传回的可靠情报，八路军临海军区司令部政治部研究决定：

一、济南明湖大药房季传祥同志负责加大对野战医院所需的紧缺药品和医疗器械的采购量，必须为军区野战医院多储备盘尼西林类西药。

二、调整运送紧缺药品、器械的秘密运输通道，确定“以商济公路为主、以胶济铁路为辅”的运送方案，确保军区野战医院紧缺药品和医疗器械运输通道的安全畅通。

三、必须在商济公路沿线迅速选定合适的地点，最好选在济阳与商河交界处这个三不管的地段，设置以大车店为掩护的秘密转运站，确保野战医院药品、器械的安全交接。

八路军临海军区司令部政治部的上述决定，通过中共临海区地下秘密交通站，迅速传达给济南药店的季传祥和商河药店的李风竹，一条新的药品输送秘密通道就此开通了。

7月20日这天近中午时分，商河药店进来了一位头戴白色凉帽、身穿一身白色夏装的中年人，进门就问伙计："李掌柜在吗？"店伙计说："你请稍等，我去看看大掌柜在不在。"一会儿李风竹从二楼下来，见来人就说："我就是李掌柜，请问你有事吗？"来人说："我想问问朱砂和人参能配伍吗？"李风竹回答："这要看方子中其他药的配伍情况。"两人对上暗号后，来人掏出药方让李风竹看，李风竹大声说："前柜太忙，跟我到后柜吧，请坐堂先生给你看看。"二人到了李风竹的办公室，来人自我介绍："我是政治部情报处的于德祥，李主任让我通知你，这个月底有一批急需药品和一台美国制造的X光机从济南运出来，商济公路潘家桥镇南关有一个挂着月牙旗的'清真大车店'，那里就是咱们新开的秘密转运站，我就是那里的大车店老板。"李风竹紧紧握着于德祥的手说："代我向军区和医院首长汇报，请首长们放心，保证完成任务！"

送走于德祥后，李风竹就拿起电话要通了田司令办公室。田敬堂接电话一听是表弟，就说："表弟啊，有事吗？"李风竹说："表哥，这半个多月药店的买卖很好，我想这个月20多号再去趟济南进药，您看后勤处那边还有要买的东西吗？顺便一车捎回来。"田司令说："明天你去后勤处找宋处长，问问他有需求吗？另外，近期周围的八路军活动得很厉害，你去济南带一个警卫班去，路上要高度警惕，要早去早回啊。"李风竹回答："表哥，我记住了，请您放心。"

1945年7月22日是星期天，李风竹穿上有上尉军衔的军装，带着保安团的十几个卫兵开车去济南。当走到潘家桥镇南关，李风竹看见挂有月牙旗的清真大车店后，就让司机把车停在大车店门口，带着司机、账房先生、警卫班长等四人下车去喝水。头戴清真小白帽的店老板站在门口笑脸相迎，十分客气地说："老总们辛苦啦，快进屋歇歇脚吧。"李风竹对店老板说："赶快给弟兄们倒几碗茶水喝。"店老板很为难地说："老总，实在对不起，我这是从济南回老家刚刚开张的一家店，现在还没有茶叶，我还有好些东西都在济南还没拉回来呢。"李风竹吩咐说："那就先倒几碗白开水吧。"店老板说："好来，各位老总稍等，马上来啦。"店老板一边倒开水一边问李风竹："老总们这是开车去哪里啊？"李风竹回答："我们去济南拉货。"店老板一听这汽车去济南，就问李风竹："老总，能给俺捎些家里生活用的东西吗？"李风竹假装生气地说："不行，你没看见我这是军车吗？"店老板于德祥急忙从口袋里掏出四块大洋放在桌子上，嬉皮笑脸地说："老总们行行好吧，我这点小意思不成敬意，就当我孝敬老总们的茶钱吧！"李风竹拿起四块银圆在手里掂了掂，然后给司机、警卫班长、账房先生每人分一块大洋，边分钱边对他们说："弟兄们拿着，就算我的一点心意吧。"三人齐声道谢："谢谢李科长，跟长官您第一趟出差就赏俺弟兄们，真是俺弟兄们的福气。"店掌柜的见状就又开口说："老总，我济南家里那些东西？"李风竹说："店老板，你捎的东西多吗？"店老板急忙说："不多不多，一共四个木箱子。"李风竹说："那好，你写个详细地址、姓名等方便联系，今天下午四五点钟可以顺便给你带回来。"店老板赶紧谢道："感谢各位老总，等你们回来我请各位老总喝茶、吃饭啊。”

李风竹等四人喝完水便上车，汽车开到济南市东城门外，远远望见城楼上站岗的鬼子和城门口站岗的伪军。汽车停下后，李风竹从汽车驾驶室下来，走到站岗的伪军面前说：“我们是商河县保安团的，今天是来济南拉军需物资的。”站岗的伪军一看是带上尉连长军衔的大官，赶紧立正敬礼说：“报告长官，凡是进出城的车辆，我们都要例行检查！”李风竹说：“好说，你们检查吧！”两个伪军爬上后面车厢一看，除了十几个背枪的伪军外，车厢里空空的什么也没有，然后，给城门楼上站岗的鬼子举起绿旗一挥，城门楼上站岗的鬼子一按电钮，护城河上的吊桥就自动落下来了，李风竹上车后向站岗的伪军一挥手，汽车一脚油门就驶入城里。

汽车开到了济南明湖大旅社，大家约好集合的时间、地点，军车就直接去西关军需仓库拉货。李风竹在旅社迅速换好便装，还是照例到西街药店转了一大圈，然后顺着曲水亭巷西边的小胡同赶到明湖药店。季传祥一看到李风竹到了，速到门外看看是否有尾巴，见大门四周无异常情况，就赶紧挂上歇业的牌子。关门后，两人速到内柜，逐一清点要运走的药品。李风竹对季传祥说：“把这些药品器械分装到四个大木箱子里，在木箱的外面写上‘商河县潘家桥镇南关清真大车店于老板收’即可。”季传祥说：“放心吧，大木箱子早已准备好，还是你先回旅店等着，我安排好人力车送过去。”

俩人正在说话，季雪梅提着热水壶来送水，见到李风竹非常惊喜。

她开口就问："风竹哥，你是啥时候到的，怎么不提前说一声呢？"李风竹急忙站起来回答："我也是刚刚到，正在和季掌柜说买药的事呢。"季雪梅高兴地说："这次来济南要待多长时间？"李风竹说："我和季掌柜看好药，结完账就走。"季雪梅不高兴地说："在家里吃完中午饭再走也不迟啊！"季传祥见状对大女儿雪梅说："李风竹现在可是商河药店的大掌柜了，业务很忙，不能久留。"季雪梅生气地说："我说呢，当了大掌柜就瞧不起人了！"李风竹赶紧解释说："可不是啊，我是跟人家的汽车来捎货的，真的不方便吃饭再走，等下次再来时一定留下吃饭。我给你带来一本王羲之的《兰亭序》字帖，有时间可以多临摹几遍，你的毛笔字水平肯定还会有更大的提高！"季雪梅高兴地说："谢谢风竹哥，希望下次来家吃饭啊。"李风竹赶紧回答："一定！"

李风竹从明湖药店刚回到明湖大旅社不一会儿，就有人送来三十三包中药和十九箱西药，账房先生和李风竹两人一起清点药品种类及数量，然后，账房先生再一笔一笔地付款记账。刚刚忙完这一批药材的生意，又有人把那四箱货物送到了，李风竹赶紧让两个脚夫把四个大木箱放到旅社的门口右边，再用绳子分别捆紧了。这时拉军需物资的汽车已经到了，大家一起忙着装车，首先把四个大木箱装在车厢的前面，再把药材和军需物资压在车厢里货物的上面。

当汽车回到济南东门后，站岗的伪军照例要进行停车检查，李风竹左手拿通行证，右手掏着裤兜，提前站在汽车后面。当前面的伪军非要爬上车厢检查时，李风竹严厉地说："上面是给驻商河县皇军拉的军需物资，还需要上车检查吗？”那个伪军张狂地说：“别说是给皇君拉的货，就是给天皇拉货也要检查！”李风竹一看这小子还真够蛮横的，上去啪啪就抽了他两个嘴巴子。那个伪军急忙捂着脸喊道：“皇军，有情况！”他这一喊不要紧，城门口站岗的四个鬼子端着枪跑过来吼道：“八嘎，什么的干活？”李风竹从驾驶室拿出商河县鬼子宪兵队开具的拉货清单和通行证，递给鬼子看。然后，两个鬼子又爬上汽车看了一遍，军需箱子上印着“日本国三菱重工株式会社制造”等字样，下车后又问李风竹：“你的，什么的干活？”李风竹又从上衣口袋里掏出军官证给鬼子看，鬼子看后笑着说：“吆西，商河宪兵队的货物，大大的好！”接着鬼子挥手示意，说道：“放下吊桥，快快开路！”

下午4点半左右，汽车又顺利回到潘家桥镇南关的清真大车店，于老板满脸笑容地站在门口迎接。李风竹下车对司机说：“把车开到后院里，留两个站岗放哨的，其余的都下车到店里歇歇脚。”他回头又对店老板说：“弟兄们都累了，赶紧喝点水、抽袋烟，休息二十来分钟，等卸完于老板的行李物品，我们就继续赶路。”于老板大声招呼着：“得嘞，老总们屋里请吧！我给你们烤好了正宗的东北大烟叶，烧好了绿豆汤，既解渴又消暑啊。”除留下两个站岗的，车上其余的人全部到店里喝水、抽烟，大家议论纷纷地说：“以前跑济南都是一口气跑到，中间从来不歇息的，还是李掌柜关心咱们大家。今后我们再跑济南有于老板这个歇脚的地方，弟兄们就方便多了。”于老板接话茬说：“弟兄们说得对，今后只要瞧得起我这个小老板，就当回家一样地方便，咱是有啥吃的就吃啥，有啥喝的就喝啥，千万别拿我当外人啊。”于老板一边应酬着屋里的伪军们，一边从窗子里望着外面伙计们卸车的情况。

李风竹站在车前面盯着两个店小二和两个站岗的弟兄一起把四个大木箱卸下车，然后，对最后两个站岗弟兄说：“我在外面活动一下，你们两个也进去抓紧喝点儿水、抽袋烟吧。”这两个伪军谢过李科长，赶紧到屋里去喝水。李风竹在外面一直盯到四个大木箱全部抬进于掌柜的住屋内，并到店老板屋里亲自看着放好。然后，他出来站在车前一挥手，命令道：“弟兄们，全部上车，马上出发！”

汽车沿着商济公路继续前进，李风竹坐在副驾驶的座位上，看到公路两旁绿油油的玉米地和成片的高粱，再抬头望着蓝蓝的天空和白云，心里想到要是在和平年景，没有日本鬼子的侵略，咱老百姓该是多么幸福啊。此时此刻，他更加想念首长和军区前线奋力杀敌的战友们。

通过这趟济南之行，李风竹不但全面掌握了跑济南过检查站、中途在大车店休息、购置药品、安全运出等一系列详细情况，也真实地感受到打通这条安全、可靠、秘密的药品器械运输线的重要性、必要性。回想起党组织的周密安排和部署，自己回老家动员母亲到商河续亲，在药店用心琢磨各个细节，再到充分得到田敬堂的信任，每一个环节都不允许出任何一点儿差错，否则，就不可能完成党组织交给的这项艰巨而光荣的任务。如果不能保障急需药品和医疗器械的及时供给，军区的伤病员就不能得到及时有效的治疗，更不能让战友们迅速康复，继续回到抗日前线，消灭日本侵略者。

汽车继续在坑洼不平的沙土公路上颠簸前行，不知不觉中已经可以隐约望见商河县城的南城门楼子。李风竹用手理了理被风吹乱的头发，拍了拍军装上的尘土，然后，他又重新调整自己的思绪，紧紧地攥起两个拳头，重重地捶到膝盖上。他在严肃地提醒自己：虽然很庆幸、很顺利开通了这条秘密安全的药品、器械和其他物资的运输线，但是，今后可能还有预想不到的危险。为保证冀鲁边区抗日战争的药品供应，为抢救临海解放区军民的宝贵生命，必须身居虎穴不畏惧、加倍努力和小心。为党的工作、为人民的利益、为取得抗日战争的最后胜利，他时刻准备牺牲自己的一切。

第三十章 组织安排任务 智取城防计划

7月30日这天，刚好是个礼拜一，天气晴朗，万里无云。李风竹在药店里刚刚统计完本月的营业收入情况，正站起来伸伸懒腰活动一下。药店门口来了一位客人，他头戴乳白色礼帽，身穿浅灰色长衫。来客问小伙计："请问李大掌柜在店里吗？"小伙计对客人说："先生，您贵姓？"客人自我介绍说："我是李大掌柜的好朋友，姓于，你就叫我于大夫吧。"小伙计接着说："于大夫您请坐，我去里面向大掌柜禀报一下。"不一会儿，李风竹从里面出来，见到于大夫说："于大夫您好，有失远迎啊，赶快到里面客厅坐吧！"

李风竹和于大夫一起来到里屋坐好，李风竹急切地问于大夫："家里有急病号需要抓药吗？"于大夫俯在李风竹的右耳朵上说："为了安全起见，咱们到外面找个僻静的地方再细说吧！"李风竹嘱咐小伙计说："这位大夫来抓一味药，咱店里暂时没这味药，我带他到其他药店转转看，你在店里盯着。"小伙计点头应道："知道了，大掌柜放心吧。”

李风竹和于大夫二人出药店后顺南关大街边走边聊天，不知不觉来到南关大街路东的赏福公园。二人站在望月亭台阶上四处看了看，确定附近没有闲杂人后，就坐下来说道：“军区政治部首长让我口头传达军区首长的指示，抗战反攻已进入关键时刻，让你迅速搞到商河县城内外两层城墙和城内的城防布置图，特别要摸清明碉堡、暗碉堡、炮兵阵地、交通壕、军械库和司令部等关键部位，为解放商河攻坚作战提供可靠情报。”李风竹问于大夫：“有具体时间要求吗？”于大夫对李风竹说：“没有规定具体时间，但政治部首长要求越快越好。”李风竹对于大夫说：“请代我向军区首长汇报，这件事有难度，但我保证完成任务。”于大夫说：“我先在城南大街的安顺旅馆住下，同时，我以郎中的身份串街行医，等情报拿到手后再走。”李风竹送于大夫到公园门口说：“于大夫慢走，情报到手我会及时联系您。”送走于大夫，李风竹先顺着南关又转到东关大街回药房，边走边琢磨这个艰巨的任务如何才能完成。

这几天，田司令总是看着墙上挂的山东鲁北地图，用铅笔圈着商河周围东面的滨惠县、北面的枣城县等临海军区八路军的地盘。目前，只有南面的济阳和西面的卧牛县城还有鬼子和伪军占据着，现在到济南市、卧牛县城还能畅通无阻。看到周围鬼子的地盘日趋缩小，他预感鬼子日落西山已成定局，要开始做最后的打算。经过反复考虑，他认定手下最可靠的只有两个人，一个是他的贴身副官刘长青，另一个就是他的表弟李风竹。田司令考虑让他俩分别完成各自的任务，同步布局并安排相关事宜。

田司令喊刘副官，刘长青应声来到田司令办公室。田司令说："你通知周营长、冯处长、李科长速来司令部开会，我有事安排。"刘副官立正回答："是，司令。"

不一会儿，工兵营的周营长、军需处的冯处长、军需科的李科长随刘副官一起到田司令办公室。田司令让刘副官把办公室的门关好，然后用手示意让他们坐在椅子上。他严肃地说道："今天让你们来，就是根据当前形势和周围环境，抓紧安排两件非常重要的事。这第一件事，就是加紧商河城防工事的加固和完善。要求外城的城壕要加深到三米、上口加宽到二十米，所有碉堡的射击面部分要用水泥加固。内城城墙的射击垛口也要用水泥和青砖加固，所有暗堡要做好隐蔽工程，要构成强大的立体交叉火力网。城内与外城之间的交通壕要加深到两米，确保打起仗来既安全又畅通无阻。现在雨季马上就要结束了，所以，应加快城防工事加固、完缮前的现场勘测核实的工作进度。城防工事施工人手如果不够，可从城内四街四关征集民工，此事由周营长负责工事的修筑、加固和完善。刘副官负责物料的协调和城防图的保管，要求每天一报城防工程勘察和施工的进度情况。周营长和刘副官起身立正回答道："是，司令！"

田司令说："特别强调，一定要做好城防图的保管和保密工作，不得有任何闪失。"刘副官立正回答："请司令放心！"

田司令又对冯处长和李科长说："这第二件事呢，就是做好城内军粮、军服、枪械、弹药、煤炭、油料、食盐、药品等八大用品的筹备事项。由冯处长负责前四项军粮、军服、枪械、弹药，李科长负责后四项煤炭、油料、食盐、药品，要求每周汇报一次各种物资的筹备情况。"冯处长和李科长起身立正回答："是，司令！"

田司令站起来说："你们俩要密切配合，抓好质量和进度，各项任务完成得越快越好，回去分头准备吧！"接着田司令又说，"李科长再留一下，我还有别的事要安排。"其他三人走后，田司令示意李风竹再把办公室门关好，然后李风竹随田司令进入左边的书房内，在藤椅上坐下。田司令对李风竹说："老弟，说实话现在情况非常不妙啊，你看看商河县东面、北面都是八路的地盘，西面的你老家卧牛县也不好说啥时会变天，只有去济南还是通行的。现在的局势不利，就连宪兵队队长松本二郎也很悲观。"李风竹故作为难地说："表哥，您说今后咱咋办吧？"田司令搔搔头皮、皱起眉头思考一会说："这就是我想和你说的大事，这第一呢，当然是抓紧加固工事、筹备军需、准备守城。这第二呢，就是准备后事。我想准备将老母亲、太太和孩子们提前送到济南，如遇不测可从济南坐火车直接去上海。我在上海法租界里还有一栋房子，那里存有外币和硬通货，在那里生活暂时还没有问题。"李风竹说："表哥，您这样打算有道理，可是您自己？"他这话只说了半句就不敢往下说了，田司令听到这里就站起来拍了拍李风竹的肩膀说："表弟啊不瞒你说，我回商河老家这七八年，虽然军政要职一身兼，权力之大是明摆着的，就是商河鬼子的宪兵队在我眼皮底下，也不敢胡作非为，不经我的批准他们也不敢出城门半步。因此，我敢拍拍胸脯夸海口，我姓田的没有做过一件对不起良心、对不起商河老百姓的事。”

李风竹听了也站起来说：“表哥，您说的这些我都知道，去济南出发时，路上那些当兵的也都是这样说，田司令纪律严明有三不准：不准行凶作恶，不准欺负百姓，不准私自出城，违者军法处置。您在商河县的口碑是好的，我听四街四关老百姓去咱药店买药时也都是这么说的。”田司令听了李风竹的话点头称是，可他还是悲观地说：“老弟啊，我吃这碗饭、穿这身黄皮，这汉奸的坏名声是跳进黄河也洗不清啊，所以，还是早做准备为好。”李风竹面带为难地问田司令：“表哥，我能帮您做什么呢？”田司令慢慢地抬起头来，又叹口气说：“是啊，我就是想让你把你老姨、嫂子和孩子们尽快送到济南。这件事让别人去办我不放心，只能辛苦老弟你去走一趟了，具体到济南住哪里，带哪些东西，我让刘副官和你交代一下。”没有等李风竹回话，田司令接着说：“千万要记住，跟你姨和嫂子说，就是去济南过夏天，过段时间我也去济南一起住，等秋天凉爽了再回商河，明白吗？”李风竹回话说：“表哥放心，我明白！”田司令又拍拍李风竹的肩膀说：“好了，你先回去等通知吧。”

李风竹从田司令办公室出来直奔药铺，回到自己房内关上门后，就琢磨着如何搞到城防布置图。他用右手食指轻轻地敲着桌面，眼睛盯着浴缸里的小金鱼自由游动，又把表哥在书房里说的话一句接着一句地回放一遍。在所有谈话中，他感觉最有价值的就是刘副官手里的城防布置图，这正是军区首长安排给自己的重要任务。想到这里，李风竹攥紧拳头重重地捶在桌面上。突然砰的一声响，可把小伙计给吓坏了，赶紧推开门问："大掌柜，出什么事了？"李风竹笑笑说："是我感觉手发麻，捶了一下桌子，没有事，您去忙吧！"小伙计应声关门退出去。

目标有了，如何把城防布置图弄到手，他反复考虑了一下午，终于有了一个清晰的思路。他拿起电话接通了司令部副官处的电话，接电话的正是刘副官。李风竹客套几句后就问刘副官："晚上司令安排你任务了吗？"刘副官回答说："没有，司令好像说晚上要回家吃饭。"李风竹接着说："那好，下班咱俩去东关的羊肉店，那里离司令部很近，去吃正宗的羊肉泡馍，您感兴趣的话咱俩再喝上两口卧牛高粱烧。"刘副官说："好吧，等司令回家后我联系老弟！"李风竹回道："好嘞，晚上见！"

李风竹提前让小伙计去东关羊肉饭馆订好一个小单间，接到刘副官的电话后特意穿好上尉军装。他对着镜子前后左右照了照，然后喊着小伙计提着卧牛高粱烧酒一起去东关羊肉店。路上小伙计边走边向李风竹叨叨说："大掌柜对俺真好，我来店里都三年多了，从没有人叫俺一起下过馆子，今天跟着大掌柜也开开洋荤，见见世面去。"李风竹说："我也是在药店当学徒出身，只要自己用心好好干，肯定会有出息！"小伙计又恭维李风竹说："大掌柜，您以前穿大褂就精神，穿上这军装，不但更精神，还很魁梧呢！”李风竹笑着说：“我虽然有军队职务，但只要没有公干很少穿军装，个人感觉穿大褂更自在一些。今天晚上喝酒吃饭也是公干，所以，必须穿军装。”小伙计听了为难地说：“大掌柜，您今天有公干，我就别跟着去了，要不我把酒送到饭店就回药铺吧。”李风竹拍拍小伙计的肩膀说：“不用回去，今天你去了管着端茶斟酒也是公干。咱们不用店小二，让你开开眼界、长长见识。”小伙计听了高兴地抖抖肩说：“感谢大掌柜瞧得起俺，俺一定勤快麻利地伺候好客人。”李风竹又严肃地嘱咐说：“你只管伺候好、吃好，绝不能多嘴多舌啊！”小伙计坚定地回答：“大掌柜放心，我绝对不会的。”

二人说着就到了东关羊肉店，饭店掌柜的正满面笑容地拱手迎客：“老总好，里面请！”到了雅座间坐下，李风竹就喊店小二上茶、点菜，他拿过菜单看了一遍后，点了拌羊肚、拌羊肝、烤羊腿、清炖羊排、五香羊蹄、羊杂汤等六道菜和汤，主食是羊肉泡馍。刚刚点好菜和饭，刘副官就进门了，二人寒暄客套一番分别坐下。李风竹主动介绍说：“刘副官，这位是我药铺的小伙计，也是自己人，今天专门来上菜、端茶、斟酒伺候咱的。”刘副官听了连说：“好，好啊。咱们为了说话方便就不用店小二伺候了。”李风竹接茬说：“对，都是自己人，方便些。”说话间这六道菜就上齐了，李风竹让小伙计热好酒，又赶紧倒满小杯。李风竹端起酒杯站起来说：“现在书归正传，咱哥俩都是司令身边干事的人，也是司令最信得过的人，来，咱俩共同干了这第一杯酒。同时，我十分感谢刘副官赏光！”刘副官赶紧举起酒杯回道：“老弟千万别客气，我还仰仗老弟您在司令面前多美言几句呢！”李风竹立马回道：“刘副官客气，您跟随司令十多年，还是你们的交情深啊。”刘副官郑重其事地对李风竹说：“我说老弟，田司令对您可是很器重的，您不但是田家药店的大掌柜，而且还是军需处的上尉科长，您是一身兼两个要职，前所未有、前所未有啊。您再看看，我这司令副官不是和您一样的上尉军衔吗？”李风竹赶紧举杯说：“啥也不说了，咱哥儿俩先干了第一杯吧！”两人一碰杯，一饮而尽。

酒过三巡，菜过五味。刘副官已喝得差不多了，但嘴上还是逞强，手舞足蹈地说：“老弟要是给俺面子，咱哥俩就再干几杯！”李风竹也装醉说：“刘副官这么给我面子，我一定给足老兄面子。咱俩再连干四杯，这叫四（事）四（事）如意啊。”二人趁兴继续喝酒，小伙计继续勤快地倒酒。最后喝得刘副官眼睛也睁不开了，趴到桌子上睡着了。李风竹又是喊大哥，又是晃他的身子，刘副官就是不醒。李风竹立马叫店小二结账，然后让小伙计再出去喊来一辆人力车，二人把刘副官扶上车。李风竹回头嘱咐小伙计：“我去送刘副官，您把桌子上的烤羊腿和清炖羊排打好包，一会儿送到司令部门口等我，其余的打包带回药店吧。”小伙计应声去雅间收拾桌子上的饭菜。

李风竹坐着人力车一起来到警备司令部大门口，站岗的兵一看军服和军衔是两位长官，又都喝得醉醺醺的，便什么也没有细问，赶紧敬礼，抬杆放行。李风竹一手挎着刘副官的左臂，一手搂着刘副官的腰部，连拖带拽地把刘副官扶到办公室门口，又从他上衣兜里找到办公室的钥匙后开锁进屋。刘副官的办公室是里外两间的房子，外间是副官办公室，内间是他的宿舍。隔壁就是田司令的大办公室。李风竹把刘副官扶到床上，然后又大声叫刘副官、刘副官。他只是哼哼了两声，继续睡。李风竹又推了刘副官两下，刘副官还是没有反应。李风竹见状给他脱了鞋，又盖上毯子，站起身来环视着房间的每一个角落。这城防布置图会放到哪里呢？他看到卧室内除了刘副官的用品和衣物外，没有办公用的橱柜。李风竹判断这里肯定没有放城防布置图。

然后，李风竹先到外间门口，从门缝向外看到没有人来，又回身观察外间的办公室。办公桌对面有两个文件柜，他迅速打开之后，翻了一遍也没有找到城防图。他低头看到办公桌下面有一个军用铁箱子，并且箱子被锁着。李风竹马上用刘副官那串钥匙试着开锁，试到第三把钥匙，锁一下子打开了。他急忙小心地打开箱子，里面的图纸正是商河县城防布置图。李风竹兴奋得几乎喘不过气来，他屏住呼吸展开城防图仔细地看了一遍，然后从上衣兜里掏出早已准备好的纸和笔。凭借在特务营警卫连扎实苦练的基本功，他先在纸上画出一个商河县城的简图，再把外城的碉堡、内城的暗堡、交通壕的走向、司令部的地点、武器弹药仓库、城内制高点等重要布防位置详细标注。然后，他又把图纸叠好放回箱子，再把铁箱子锁好放到原处。

李风竹又回到里间刘副官的床前，用手推一下刘副官并趁机把钥匙放到刘副官的上衣兜里，再喊了两声刘副官、刘副官，见刘副官仍没有反应，他从热水瓶里给刘副官倒了一杯热水放到床头后，便敏捷地快步回身出门走到司令部大门口。见小伙计左手和右手各提一兜东西正等着，李风竹问小伙计：“哪是给刘副官的一兜子东西？”小伙计抬抬右手说：“这是给刘副官的！”李风竹接过手，提着那兜子烤羊腿和炖羊排回到刘副官办公室，把兜子放在刘副官办公室的桌子上，把房门带好后走出司令部大门，叫上小伙计速回药店。

第二天一早，李风竹就给刘副官打电话问：“老兄，昨晚喝酒感觉如何，这羊肉还正宗吧？”刘副官回电话说：“让老弟您见笑了，昨晚的羊肉当然正宗，就是这酒喝大了、脑子也断片了。我也不知是怎么回宿舍的，现在还有点儿头重脚轻的感觉。”李风竹忙解释说：“都高兴，喝得高兴啊。昨晚我和小伙计一起送您回办公室的，我现在的感觉和您一样，也是感觉脚下像踩着棉花一样啊！”刘副官接着说：“我看到桌子上的两盆羊肉了，感谢老弟还想着我，中午又有羊肉吃啦！”李风竹接茬说：“老兄千万客气，说实话昨晚酒是喝好了，但羊肉没有吃多少。所以，我让小伙计打包带回来放到您办公桌上了。”刘副官感动地说：“老弟想得真周到，不是我恭维，老弟确实够朋友。今后有空闲时，我们还是多聚聚，一来可以聊聊天、解解闷，二来也能解馋、养胃。这食堂的饭太难吃了，不吃又没有别的办法啊。”听到隔壁田司令喊刘副官，他慌忙挂了电话。

李风竹挂断电话后，起身把办公室的门关好，从抽屉里拿出昨晚绘制的商河县城防布置草图。他一边仔细查看，一边回忆原图上还有没有漏掉的地方，从外城到内城把所有的明碉堡、暗碉堡、交通壕、制高点等重要部位统统梳理了一遍。为了确保图纸所有的标注准确无误，李风竹又想出了一个亲自到内外城区进行现场核实的主意。他随后拿起电话要通了工兵营周营长。周营长接电话一听是李风竹，赶紧说："李大掌柜有何指示？"李风竹笑着说："岂敢，我是想和您商量一下。这么热的天，弟兄们在工地干活，我想让药店伙计们带着清凉油和绿豆汤到工地上慰问一下。"周营长听了忙说："这是好事，我正好陪你们一起到现场看看。"从上午转到下午，李风竹把现场城防工事和重要目标逐一进行了核实。

经过现场确认图标无误之后，晚上李风竹又重新把城防布置图审核一遍，然后用白绸布裹紧缝好。第二天早上 8 点钟，他把城防图放在大褂的内兜里，出门时嘱咐小伙计："我出去办点事，你在店里值班，如果有电话或有人找我，就说我出去看药品，一会儿就回来。"小伙计点头答应："大掌柜，放心吧！"

李风竹出门径直向城南大街的安顺旅馆而去，刚到安顺旅馆门口，就听旅馆店小二迎面问道："先生，您是住店还是找人啊？"李风竹回："我来找一位姓于的大夫，他人在吗？"店小二殷勤地说："他在二楼房间，我带您去见。"李风竹随店小二来到二楼房间见到于大夫，于大夫见到李风竹急问："大掌柜，我的药材可准备好了？"李风竹笑哈哈地拱手道："于大夫放心，我都准备齐活儿啦。"他一边说着，一边用右手示意店小二退下。店小二看见后慌忙说："二位请忙，我去前台照应生意啦。”

于大夫关好房门后紧紧握住李风竹的手，惊喜地问：“东西可带来了？”李风竹从上衣内兜里拿出用白绸布缝好的城防图交给于大夫说：“这不是原图，是我亲手绘制的草图，与原图的标注一模一样，并亲自去现场核实，确保无误。”于大夫激动地赞叹道：“李排长，这次您可是立了大功啦！”李风竹高兴地说：“事不宜迟，您赶紧退房，速回军区汇报！”于大夫把城防图放在肩搭子的夹层里，由李风竹亲自护送出南城门。

第三十一章

迎来抗战胜利 会长寿终安详

1945年8月15日，抗日战争胜利了。自1931年的九一八事变到1945年8月15日日本天皇发布无条件投降《诏书》，中国人民经过十四年艰苦卓绝的残酷斗争，以中国军民伤亡3500余万人的沉痛代价，终于赢得了抗日战争的伟大胜利！举国上下一片欢腾盛景，城乡万众载歌载舞、庆祝胜利。

在济南明湖大药房，季掌柜一家和其他市民一样，忙着在大门上挂红灯笼、插五彩旗，热烈庆祝抗日战争的胜利。

晚上，家人正围着圆桌一起吃饭，二少奶奶说："要是嘉圣也在家，一起吃团圆饭该有多好啊！"二少奶奶的话音刚落，就听见砰砰砰急促的敲门声。季掌柜从抽屉里拿出手枪插到衣兜里，快步走向前面的店铺门口，隔着门缝问："你是谁呀？"门外传来亲切的声音："爹，快开门，我是嘉圣啊！"季掌柜赶快开门，紧拉住大儿子的手说："看看咱山东人就是怕念，你娘刚还说要是你在家一起吃饭多好啊，这话音还没有落呢，你就来敲门了，你看这巧不巧？”嘉圣连连说：“真是巧得很啊，这叫‘说曹操，曹操就到。’”爷儿俩说话间就来到屋门口。听到是嘉圣说话的声音，全家人都从屋里出来迎接他。二少奶奶两手抓住大儿子嘉圣的双臂，从头到脚细看了一个遍，看到人是长高了但身子瘦了，脸也晒得黑了。她看着看着，眼泪就下来了，接着问嘉圣：“你这大半年不见面都去哪里了？我和你爹都黑白地惦记着你，有时做梦都梦见你啊！”嘉圣安抚母亲：“娘，别哭了，我这不是好好地回来了吗？”二少奶奶赶紧擦擦眼泪，从厨房端来一碗嘉圣最爱吃的红烧肉。全家人又重新站起来，举杯祝贺抗战胜利！

吃过晚饭等家人都睡觉以后，季掌柜拉着大儿子嘉圣的手来到前面药铺的账房里，详细询问了嘉圣这几个月在外面的情况。嘉圣先是向爹汇报说：“我在学校经程老师介绍，加入了中国共产党。然后，在组织的安排下，我又到抗日军政大学临海军区分校学习了一个月。现在，我在临海军区政治部直属特务连侦察排任排长。”季掌柜听着嘉圣的详细汇报，再看眼前这年仅十六岁的大儿子，从心里真真切切感到孩子已经长大了，一种从未有过的成就感和满足感油然而生。季掌柜眉头一皱又问嘉圣：“你说的这些都是党和军队的机密，为什么和我都说了呢？这可是违反组织纪律和规定的啊！”嘉圣开心地笑着说：“爹，您现在还在考我呢？您和爷爷早就是老党员了，我们军区医院的紧缺药品，大多数都是爷爷、您和吴院长供应的。还有咱家酒厂酿造的高度白酒，军区野战医院都做消毒酒精用了，我说得对吧？”季掌柜点点头说：“是，你是怎么知道的？”嘉圣说：“这些都是军区政治部首长李自清主任告诉我的，不然，我怎么敢向爹泄露党和军队的高级机密呢？”爷儿俩亲切地对视片刻，然后不约而同地笑了。

嘉圣接着向爹说：“我这次回来的主要任务，是专门向您送一封军区首长的密信。”说完，他就从衣服下摆里面拆出一个纸卷递给季掌柜。季掌柜打开纸卷看信的内容：

季传祥同志：

目前，抗战胜利已成定局，鉴于后续形势的发展，坚守岗位仍有十分重要的意义。请你于8月25日前到临海军区政治部报到，参加临海军区抗战胜利庆祝大会。

八路军临海军区政治部

1945年8月15日

季掌柜看完信后非常激动，他与嘉圣又继续聊了很多关于学习、战斗和卧牛老家的事，不知不觉已是深夜2点多了。季掌柜催促儿子嘉圣：“抓紧睡一觉吧，你还要坐中午12点多的火车到周村站，下车后再赶回临海军区也不早了。”嘉圣说：“好 的，爹，您也早点儿睡吧。”

8月15日同一天，卧牛城里同样充满着抗战胜利的喜悦，人们纷纷走上街头敲锣打鼓、耍龙灯、舞狮子、扭秧歌、载歌载舞，非常热闹。季会长和杨掌柜说：“现在要做两件有意义的事，一是尽快把原先给苏米老先生刻碑的老石匠找来，在苏米碑文上‘大功臣’前面那两个空格的地方再刻上‘抗日’两字。二是我们也应该把前面店铺和后面酒厂的伙计们请来，共同举杯庆祝抗日战争的伟大胜利！”

至此，杨掌柜和大伙终于明白了苏米老先生墓碑上那两个空字格的含义啦。

季会长吩咐伙房要做八大桌好菜，要有鸡有鱼，寓意大吉大利、年年有余！再拿出酒店封缸五年的高粱烧原浆酒，让大家开怀畅饮，一扫八年来的痛苦和磨难。

晚上6点，酒席正式开始。在主桌就座的有季会长、杨掌柜、王掌柜、孙掌柜、邢老先生等五人，主桌上还多摆了两双筷子，一双筷子是给苏米老师摆的，另一双是给季传瑞摆的。其他六桌都是每桌八人，在内宅还有一桌是季老爷家的女眷。

首先，季会长端起酒杯站起来激动地说：“各位亲戚朋友、受累的掌柜、辛苦的伙计们：今天是我们中国人民抗战胜利的日子，也是日本鬼子投降的日子，更是值得我们庆祝的好日子！我早就说过，跑到别人家里丧尽天良干坏事的强盗，是不会有好下场的。这个家只要还有一个人，这个人还有一口气，就一定会与强盗斗争到底！更何况我们是有四万万同胞的国家，所以，鬼子的败局是命中注定的。

这第一杯酒，敬给为抗战牺牲的同胞们，请大家把酒洒在地上。

这第二杯酒，是献给抗战有功的全体中国军民，请大家把酒洒向空中。

这第三杯酒，抗战胜利了，祝福咱们老百姓能过上安稳、富足的好日子！来，大家都举杯畅饮，咱们一起干杯！”

伙计们一起鼓掌并一饮而尽。季会长接着说：“我这七十三岁的人，虽然造好酒，但从不喝酒。今天，我陪大家一起喝！”季会长先是在主桌上给每个人敬了酒，然后，又走到每个桌前向伙计们分别敬酒。尽管每次敬酒，只喝一点点，但对一个从不喝酒的七十三岁的老人来说，也是一个很大的负担。杨掌柜劝季会长：“您老的心意大伙儿全领了。敬过一轮酒，您就先回后宅早点休息，这里由我们替您老人家陪好。”季会长说：“那好，你替我照应好大伙儿，好酒好菜尽情享用啊！”杨掌柜愉快地回答：“请您老放心吧，我保证让大伙喝好。”

这庆祝抗战胜利的宴会，是卧牛酒厂开业以来第一次摆的大型场面，再加上季会长亲自敬酒，自然十分热闹！大伙儿一直喝到晚上10点多，才收场各自回去休息。

第二天早上，杨掌柜要去和季会长商量，准备把库存的四大缸高度酒再送到军区医院。当杨掌柜来到季会长的书房一看，桌子上的茶杯还在冒着热气，季会长端坐在太师椅上，手上拿着的长烟袋还在冒烟，他双目微闭似睡非睡，整个面容非常平和。杨掌柜还以为季会长在思考什么事呢。所以，他就在书房门口稍站了一会儿，不敢惊动季会长的静思。但站了好大一会儿后，杨掌柜见季会长整个身体的姿势一动不动，他就轻步走到季会长面前小声叫：“季会长，季会长！”杨掌柜见季会长仍未反应，就用手放到季会长的鼻子上一试，季会长已经没有气息了。他急忙来到院子里大声喊："快来人，快来人啊，季老爷不行了！"

不一会儿，王掌柜、孙掌柜、老太太、大少奶奶都来到书房。老太太进门就抓住老爷的手边哭边说："老爷昨晚回屋还很兴奋，嘴里不断地念叨抗战胜利啦！老爷啊，你怎么早上起来不和我说一声、见见面，就一个人走了啊，这可让我怎么活啊？"王掌柜见状就劝大少奶奶："赶快扶着老太太回屋休息，这里由我和杨掌柜、孙掌柜帮着料理后事。"大少奶奶赶紧扶着老太太，一边擦着泪，一边劝说着，走回屋里去。

杨掌柜说："现在咱们三人分分工吧。王掌柜负责通知县城各店铺商号和亲朋好友，告知季会长老先生仙逝。孙掌柜负责筹备丧事和搭建吊唁大棚，再找个风水先生到北门外路西的季家墓地看看。我骑马速去济南告诉传祥一家回来奔丧，今天夜里得赶回来。你俩看这样行不行？"王掌柜和孙掌柜都说行，便都分头准备。

杨掌柜骑上一匹黑色大马直奔济南，他虽然已经有两年多不骑马了，但有侦察员出身的功底，骑上这匹不带鞍具的裸马依然熟练。杨掌柜恨不得让马长出翅膀来，一路上水没喝一口、饭没吃一口，马不停蹄地飞奔济南府，直到中午 12 点多才赶到济南市。

季掌柜去济南火车站送儿子，回家刚吃过饭，正想午休，就听前面店铺大门有砰、砰、砰的敲门声。季掌柜起身去前面看看啥情况，隔着门缝一看是杨掌柜，而且还牵着马，赶紧开门让杨掌柜快进院。季掌柜问杨掌柜："看你跑得这一身大汗，上衣全都湿透了，这马毛也顺着往下流汗，家里有啥急事吗？”季掌柜这一问，杨掌柜一把抱住季掌柜哭着说：“今天早上我去书房要跟老爷商量事，一进门就发现老爷不行了。”季掌柜一听到这里，就如同五雷轰顶，一片天昏地暗。巨大的痛苦，让毫无准备的季掌柜两腿一软瘫倒了下去。杨掌柜赶紧扶着季掌柜回到屋里，又是掐人中又是呼喊着，过了一会儿才见季掌柜慢慢苏醒来。他问杨掌柜：“前段时间，你和我爹来济南时，他身体还是好好的，怎么说不行就突然不行了呢？”杨掌柜解释说：“昨天晚上为庆祝抗日胜利，在酒厂大院里办了酒席，季会长高兴地向大家频频敬酒。我也是第一次看见季会长喝酒，最后还是我劝他早回内宅休息的。他走的时候没有一点醉的迹象啊，没想到第二天早上就没了。”季掌柜听后自言自语地说：“都熬到抗战胜利了，已经看见好日子啦，他老人家却走了。”

因孩子们都去上学了，家里只有季掌柜和二少奶奶。杨掌柜和二少奶奶一直劝解季掌柜，并商量如何回老家办理丧事。杨掌柜说：“我来济南之前，家里已经安排王掌柜和孙掌柜分头准备了，现在要想办法让一家人快点回去。”季掌柜压抑着悲伤说：“现在最快最安全的办法，就是找程处长要一辆汽车，这样晚上就能赶回家了。”季掌柜又拿起电话，要通了程处长，把父亲去世的情况汇报了一遍，程处长回话说：“你稍等，我马上安排汽车。师傅姓冯，是自己人，请放心！”季掌柜让二少奶奶简单收拾一下，又通知郑老大照顾好杨掌柜骑来的马，在店铺门口挂上“暂停营业”的牌子后，他就赶紧去学校叫雪梅、雪兰和嘉承三人。三个孩子不知家里出了什么事，一听爹说让回卧牛城老家，就抓紧收拾书包。

下午3点多，一辆后开门的罗马大吉普车停在明湖大药房的门口。从车上下来了一个穿着铁路警察制服的司机师傅，他的腰间虽隔着外衣但仍能看清楚里面插着手枪。他站在药铺门口就大声喊：“请大家快上车吧。”杨掌柜上车坐在副驾驶的位置，季掌柜、二少奶奶和三个孩子都坐在车后面的座位上。汽车发动后就直奔卧牛城。在坑洼不平的泥土公路上，汽车跑了近三个半小时，于晚上6点多才到家，一路上还算顺利。

季掌柜回家一看，在酒厂内早已搭建好灵棚。在灵棚内部正中间挂有一幅季会长的画像，前面已摆好长条贡桌，桌子上供有整猪、整羊、整鸡、整鱼和五大素盘，共计摆了九大祭品。灵堂上方正中间横挂着很大的黑缎子花，下方是一个大大的黑色“奠”字，两边挂着一副由杨掌柜亲手书写的挽联：

上联：聚财积富为国抗战

下联：毁家纾难为民谋福

横批：沉痛悼念季鸿泰会长

季掌柜率家人来到灵堂前，先敬上三炷高香，再行三跪九叩大礼。然后，在杨掌柜、王掌柜、孙掌柜等陪同下，到书房见父亲最后一面。季传祥看到父亲躺在床上的遗容非常安详，脸上没有半点痛苦的表情，就像睡熟了一样。回想起父亲艰辛治家却老年丧子，度过担惊受怕、忍辱负重、坎坷不平的岁月，季传祥瞬间泪流满面，大声痛哭起来！他一面哭一面说："我是个不孝之子啊，我没有替您挑起重担啊，没有照顾好您老人家啊。"

王掌柜劝说："传祥啊，人死不能复生，不但你很痛苦，我们也是跟着季老爷一辈子的人，大家心里都很悲痛啊。但是，咱们现在还不是哭的时候。你回来和老爷见了最后一面，就应该抓紧将季老爷的遗体装棺入殓，停到灵棚去。明天，已接到送信的亲朋好友和商铺店家掌柜的都会前来吊唁，我们要准备守丧谢孝的事。你也劝劝你娘多想开些，这么热的天让她老人家多保重身体啊！"经过王掌柜一再劝说和开导，季传祥的情绪也稍稍平息了一些，紧接着与大家一起准备丧事和善后事宜。

按照当地习俗，家里老辈人去世要出三天大丧，季家也是按照当地习俗来安排整个治丧事项的。

第三天下午 5 点整开始出殡，整个送葬队伍分为十队。第一队是由吹唢呐和喇叭的九人组成的丧乐队，第二队是由九个僧人组成的诵经队，第三队是由九人组成举幡的丧仪队，第四队是抬季会长棺材的八人大卧轿队。卧轿的顶上系着硕大的白花，四角垂着黄白相间的福字缀头，正面绣有圆形的"奠"字，在卧轿的轿杠上缠着黄色的缎子，轿夫们一身黑色素服，腰系白腰带。第五队是由三十人组成的举花圈、拿祭品的送葬队。第六队是手拿着孝杖及身穿白孝服的众孝男孝女等直系亲属送葬队。第七队是由六十多人组成的亲朋好友送葬队。第八队是由八十多位酒店酒厂伙计组成的送葬队。第九队是县城各店铺商号和众多老街坊邻居等一百多人组成的送葬队伍。第十队是拉着送葬祭祀品的三辆大马车，三匹马均为白色的高头大马。

整个出殡送葬队伍前头已经出了县城北门，最后面还没有走出酒厂的大门，浩浩荡荡三里多长。沿途各个大街的每个店铺、商号门口都摆上香炉，敬上高香。曾经受过季会长帮助的老街坊邻居们，更是失声痛哭，沿街烧纸、磕头相送，老头老太太们口中念念有词："我们不会忘了您老人家的大恩大德，请季老爷一路走好啊。"